S F・シリーズ

5057

極めて私的な超能力

EICHMANN IN ALASKA

BY

KANG-MYOUNG CHANG

チャン・ガンミョン

吉良佳奈江訳

TOKYO
HAYAKAWA
BOOKS

A HAYAKAWA
SCIENCE FICTION SERIES

EICHMANN IN ALASKA
by
KANG-MYOUNG CHANG

First published 2022 in Japan by
HAYAKAWA PUBLISHING, INC.
This book is published in Japan by
direct arrangement with
KANG-MYOUNG CHANG
through ERIC YANG AGENCY INC.
Translated by
KANAE KIRA

This book is published with the support of
the Literature Translation Institute of Korea (LTI Korea).

カバーイラスト　植田りょうたろう
カバーデザイン　川名 潤

目次

極めて私的な超能力

日本の読者のみなさんへ

日本の読者のみなさん、こんにちは。韓国の小説家チャン・ガンミョンです。私のSF小説集『極めて私的な超能力』でお会いできて本当にうれしいです。私は韓国でSFも書き、SFではないリアリズム小説も書く作家です。ノンフィクションやエッセイもよく書きます。

私の本が日本語に翻訳されるのは今回が四冊目ですが、SFは初めてです。私としては格別な気がします。というのも幼い頃、日本のすばらしいSFと漫画、アニメを見ながら「私もいつかあんな作品を書きたい」と思っていたからです。

実際に本短篇集に収録された「アスタチン」を書きながら、一方ではロジャー・ゼラズニイの小説を、もう一方ではアニメ『キャプテン・フューチャー』のことを考えていました。アニメ『キャプテン・フューチャー』はアメリカの原作SF小説をベースに日本の制作陣が作った作品ですが、それに影響を受けて韓国人である私が小説を書くなんておもしろいじゃありませんか。

『極めて私的な超能力』を書いているときには、私は「技術は予想外の方法で人間に深い影響を及ぼす」という話をしたかったのです。「アラスカのアイヒマン」もそうですし、最初の短篇「定時に服用してください」、最後の短篇「データの時代の愛《サラン》」も、すべてそんな話です。

技術は過去にも予想できなかった方式で人間に深い影響を及ぼしましたが、今はその影響を及ぼすスピードは速くなり、その範囲はますます広くなりました。二十一世紀に日本と韓国に住む私たち皆が、一緒に悩むべき問題だと思います。日本の読者のみなさんがこの小説集を読んで、そんなことも考えていただけると、私はとてもうれしいです。

しかし、何よりこの小説集を面白く読んでもらえたら、たいへん感謝します。

韓国のチャン・ガンミョンより

定時に服用してください

정시에 복용하십시오

「その選択を後悔していますか？」医者が尋ねた。

僕はわからないと答えた。

「もう一度その時に戻れるなら、薬を飲むと思いますか？」医者がふたたび尋ねた。

しばし考えてみた。僕はどうして僕がその瞬間に戻らなければならないのかわからないと答えた。どうして完全に僕だけが責任を負わねばならないかのように訊いてくるのか？　過去に戻る人が、どうして僕でなければならないのか？　その薬を作った人たちが、その薬を開発したときに戻って、自分たちが何を作っているのかを真剣に考慮すべきではなかろうか？

医者は、僕が答えをはぐらかしていると指摘した。

僕は、自分の考えを落ち着いて整理してみた。
①今、僕は不幸か？　イエス。
②この不幸は二カ月前にあの薬を飲まなかったことが原因か？　イエス。
③僕はあの薬を飲まなければ不幸になることを知っていたか？　あの時、それはひとつの賭けのように思えた。薬を飲まなければ七〇パーセントの確率で不幸になり、薬を飲めば不幸の確率は一〇パーセント程度になると思った。
④薬を飲まないことは正しい選択だったか？　その選択が賢明だったか、最善だったか、望ましかったかではなく、正しい選択だったのか訊いているのなら、イエス。それは〈正しい〉選択だった。僕は道徳的に正しいことをした結果まぐれみたいにうまく解決するのを期待したが、うまくいかなかった。

ここまで考えてみて、なんだか自分が殉教者のように思えてきた。僕は二者択一を迫られて、その選択はある種の倫理的な決断を要求した。僕は正しいが損する可能性が高いほうを選んで、結局大きな損害を被った。

彼女に捨てられたのだ。

そこまで考えて、殉教だのなんだの言っている自分が、ただ自己を正当化しているだけだと気付いた。僕はバカでまぬけだ。

＊

製薬会社ではその薬を〈不滅の恋人〉と名付けた。一部の事実誤認とは違い、その薬はひと匙《さじ》飲めば恋に落ちる神秘の妙薬、ではなかった。互いに愛情のない二人の間ではいかなる作用も起こらなかった。すでに情熱の冷めたカップルにも役に立たなかった。

その薬は、今まさに恋に落ちて脳内であらゆる神経伝達物質を生産しているカップルに作用した。ドーパミン、フェネチルアミン、オキシトシン、セロトニン、まあそんな名前の物質のことだ。

科学者たちは愛の妙薬を直接作り出すことはできなかった。代わりに脳が恋に落ちてその天然化学物質カクテルを作るバーテンダー役をするとき、その役を簡単にやめられなくなる誘導薬物を見つけ出した。

つまり、恋愛初期に二人が〈不滅の恋人〉を飲めば、その瞬間の強烈で甘美な興奮状態が何年でも何十年でも維持できるという話だった。最近の若者たちの間では付き合ってひと月、あるいは付き合って百日目に愛を告白し、病院へ行って処方箋を受け取ることがトレンドになっているという話も聞いた。帰りには指輪もこしらえて。

僕たちは付き合ってから百日目に病院に行った。簡単な検診を受け、長期にわたって服用すると高血圧のリスクが高まるとかいう説明を聞き、病院と連携しているカップル対象のイベント会社のカタログを読み、処方箋をもらった。

　その後三年間は、僕の人生でいちばん幸せな期間だった。

　四年目に入るとき、僕はバカでまぬけな考えにとらわれた。僕たちはこの上なく完璧で、これ以上お似合いの相手はいなくて、薬がなくてもこの関係は続くだろう、っていう。

「わざわざそんなこと試す必要があるの？」彼女は僕の胸を撫でながら訊いた。

「もしも薬をやめて愛情が消えるのなら、僕たちの今のこの感情は偽物だってことじゃないか。薬物にだまされて関係を維持しているってことになるし。そんなの嫌なんだよ。それに、薬をやめても僕たちの愛が変わらないなら、薬をやめられない理由もないし」

　僕は彼女の瞳を見つめながら答えた。僕は自分が〈本物の愛〉をほぼ手中に収めていると信じていた。ひとかけらの疑いさえ消せば済むのだと。

「自分が感じている気持ちが、もともと本物なのか偽物なのか、そんなに大事なの？　大事なことは気持ちそのものじゃない？　私が化粧してきれいにしているときに、きれいに見えるのは化粧のおかげだって知ったら、あなたはがっかりするの？　私に化粧を落とせっていうつもり？」彼女は一度などそう訊き返してきた。「愛情って、気持ちと同じくらい意志の問題でもあると思うよ。逆に考えてみて。私がもしも『愛しているなら薬をやめないで』って言ったら、あなたはためらわずに薬を飲んでくれるでしょう？　だとしたらこんなふうに悩まなくても済むんだし」と問い詰められもした。

　それが、この薬の難しいところだった。人間の感情だけでなく、考えにも影響を及ぼすということ。自分を信じられなくしてしまうこと。

　僕は、科学者たちがそんな薬を作るべきではなかったと考えた。それはまるで天国の門をがばがばに開いて、問いも質《ただ》しもせずに地上のすべての人を受け入れるような行為だ。その結果、天国の意味が損なわれる。

科学者たちは歯や胃の組織を管理するように、愛情を手なずけようとした。彼らは長らく恋人たちの間の親近感や安らぎといった要素を虫歯菌やピロリ菌のように扱った。僕はそんな態度は正しくないと感じたし、愛情と人間の関係、もっと言えば生きる意味を壊してしまうと信じていた。

僕たちはひと月だけ、薬をやめてみることにした。

彼女に対する僕の愛情は冷めなかった。彼女を思い浮かべたり彼女を見たりするたびに胸がドキドキするというわけではなかったが、ほのかながらも確かな満ち足りた思いが、日常に染みこんでいることを確認した。

彼女は、同好会で出会った男と一緒に病院へ行って処方箋を受け取った。

「愛情は意志の問題だって言ったよね！　あいつと病院へ行ったのは、君の選択だった。そうしないこともできたじゃないか！」僕は泣きながら抗議した。

「そうね、たぶん私は恋に恋する女だったみたい」彼女が答えた。

＊

医者が処方箋を出してくれた。

僕は、薬物の力を借りてこの心の傷を克服するのは正しくないと、いまだに考えている。

僕は、ある種の苦痛には意味があると信じている。自分の人生は感覚ではなくて、意味で満たされていてほしい。この苦痛が消えてからも彼女という心の傷がすっかり消えてしまうのではなく、僕の心に大きな傷痕を残していてほしいと思っている。

医者が処方してくれた薬は、そんな僕の希望とは反対だとわかっている。その薬は僕が追い求める人生の価値を損なうものだと思う。
だけど、何も言わずに処方箋を受け取る。
苦痛に耐えられないからだ。

アラスカのアイヒマン

알래스카의 아이히만

ナチス・ドイツの虐殺責任者アドルフ・アイヒマンが〈裁判〉を受けてから八年が経過した。ニューヨーカー誌はハンナ・アーレント博士をアンカレッジのユダヤ人自治区へ特派員として送り、裁判の過程を見守った。アーレント博士が一九六三年二月八日号から五回にわたり連載した〈全般的な報告：アンカレッジのアイヒマン〉は、われわれの時代の悪の正体と戦犯処理について熱い論争を呼び起こした。

ニューヨーカー誌は八年ぶりに特派員をアンカレッジに送った。今回はフリーランス記者でありピューリッツァー賞ノンフィクション部門受賞作家でもあるアン・モリッシー・メリックである。メリックは彼女が編み出した〈ノンフィクション小説スタイル〉によって五回にわたりアイヒマンの死と〈体験機械〉について寄稿した。

＊

全般的な報告：アイヒマンと体験機械——I

アン・モリッシー・メリック、一九六九年十一月八日

「イスラエルへようこそ」アンカレッジ空港で記者団を出迎えたエリザベス・ホーンスタイン広報官が言った。

〈イスラエル〉と言いながら彼女はかすかに笑ったようだった。その単語はヘブライ語で〈神と共に闘う〉という意味であり、強硬派シオニストたちがアメリカ

からの独立を要求し、アラスカに建てようと言っている国家の名前でもあった。ホーンスタインの挨拶は記者団の緊張を解くための軽いジョークのようにも聞こえ、〈あなた方がなんと呼ぼうと、ここはわれわれの土地イスラエル〉だとする決意を誇示するようにも聞こえた。

実際にアンカレッジ空港を通過することはアメリカの四十九番目の州ではなく、他の国に入国するのに近かった。われわれは物々しい保安検査と身分確認の手続きを経た。空港職員たちはトランクひとつにもバッグのひとつにも例外を設けなかった。空港の内にも外にも揃いの制服を着たユダヤ人武装民兵隊がいて、ところどころにダヴィデの星が描かれた旗がまるで国旗のように掲げられていた。

空港を出た記者たちとホーンスタインは、何事もなかったかのように天気についておしゃべりをしながらホテルに向かった。まだ誰もアイヒマンの名前を口にしていなかったが、それでも緊張感と互いの気の張り合いを隠すことはできなかった。みんなが集まって騒いでいるときに白く息が立ち上るのを見ても、アウシュビッツで使用されたチクロンBガスを連想してしまうほどであった。

記者たちは宿泊先となったハイアットホテルで荷物を解いてから、ようやく日程表を受け取った。その場で記者団の代表となったAP通信のローラ・フォーセットがホーンスタインに公式に取材に関する問題提起をした。

「私たちはアイヒマンと体験機械の取材に来ました。政治家の話を聞いたり集団工場を見物したりするために来たのではありません」

「何がお望みですか？」ホーンスタイン広報官が尋ねた。

「体験機械に入る人たちへのインタビューを求めます。機械に入る前に一度、そして入って出てきてから一度です。アドルフ・アイヒマンとエミール・ベンヤミン氏、ふたりともです」

「アドルフ・アイヒマンがみなさんと話ができるよう私どもが許可すると、本気で信じているわけではありませんよね？」

「戦犯裁判はテレビで生中継されましたよね。あの時はアイヒマンの証言は全世界の人たちが直接聞いたのに、今回の私たちには許されないというのですか？　それから、アインシュタイン博士のインタビューも求めます。インタビューのテーマは体験機械だけでなく、博士の近況と物理学研究まで際限なく扱いたいと思いまして」

「おそらくどちらも難しいと思いますが、私が決定できることでもなさそうですね。局長に報告して答えていただきますから」ホーンスタインは答えた。

些末といえば些末な、このような交渉の過程をいちいち記すのには理由がある。アーレント博士はニューヨーカー誌の連載記事をもとに出版した本『アンカレッジのアイヒマン』ではアイヒマン裁判の演劇的な側面を指摘した。その裁判はある面では〈ユダヤ人たちが全世界に教えるべきだと考えた教訓を込めたショーだった〉というのだ。

私を含め、この日アラスカに到着した記者たちは体験機械の稼働が八年前の戦犯裁判以上のショーだと感じていた。この芝居には特にアーレント博士が提起した〈悪の凡庸さ〉という概念に反駁《はんばく》する目的があるのは明白だった。われわれはその広報事業の道具になりたくはなかった。そうでなくてもユダヤ人委員会側では記者たちの性向を分析し、自分たちに有利な文章を書いてくれる人だけを選んで呼び寄せたという批判が出ている状況だった。

ホーンスタインは二時間後に戻ってきた。

「今から申し上げる内容は交渉案ではなく最終日程です。これ以上私どもにできることはありません。日程が気に入らない方は空港に戻られても構いません。まず、アイヒマンにインタビューをすることはできません。しかし、アイヒマンが求めるなら体験機械の稼働前後に記者たちに彼の立場を発表する機会を提供します。その場合、ガラス越しにアイヒマンが言いたいことを述べる方式になるでしょう。質問は受け付けずに、です。それとは別に記者のみなさんが求めるなら、前回の戦犯裁判と体験機械の稼働禁止申請でアイヒマンの法廷代理人を務めたダニエル・セルヴァティウス博士にインタビューできる席を準備します。ベンヤミン氏とは明日と明後日、それぞれ二時間ずつ懇談会ができるようにいたします。時間が足りなければ集団工場見学の日程を調整するか、見学自体を省略します。アインシュタイン博士とは、明日研究所のルポを終えてから食事をしながら自由な雰囲気で会話できるように調整しますから」

記者たちはほぼ受け入れている様子だった。私はアイヒマンが長くはなくともひと言ふた言自己弁明をするのではないかと期待した。その程度なら悪くないスケッチを描き出せるだろう。セルヴァティウスと話ができるというのも魅力的な提案だった。過去八年間多くのマスコミがインタビューを申し入れていたが、彼は一度も応じたことがなかったからだ。

ほかの記者たちも私と同じ考えだったようだ。われわれが黙っているとホーンスタインは「では、みなさんが同意されたものと理解します」と言って出ていった。あとになって振り返れば、ユダヤ人委員会の文化広報局があらかじめ緻密に練り上げた計画にわれわれがひっかかったのではないかと疑わしくもなった。どのようなスケジュールを提示しても抗議をし、ほかの要求事項を持ち出す記者たちはいたであろう。だからユダヤ人委員会側はアインシュタインやセルヴァティウス博士のインタビューを準備しておきつつも、最初の日程表ではそれをわざわざ除外していたのではないかと思われた。

＊

一九六一年五月二十二日、アンカレッジのユダヤ人自治区の実質的な政府であるユダヤ人委員会のダヴィド・ベングリオン委員長は、自分たちがナチスの戦犯を一名逮捕し、ユダヤ人自治区の特別法廷で彼の裁判を行うと発表した。彼が逮捕したという戦犯はアドルフ・アイヒマンで、逮捕した場所はブエノスアイレスだった。

アメリカの連邦政府とアラスカ州政府は「ユダヤ人自治区は司法権を保有しておらず、彼らの〈戦犯裁判〉にも法的効力はまったくない」と繰り返し明言した。アルゼンチンはユダヤ人たちが不法に拉致したアイヒマンを即刻、送還すべきだと主張した。しかし、アメリカ政府は八年間ユダヤ人自治区に拘束されているアイヒマンの身柄を確保するためのいかなる実質的な努力もしておらず、アイヒマンをアメリカの裁判所に起訴するかについてもはっきりした立場を表明していなかった。

国際軍事裁判をふたたび開こうとか、刑事問題まで争うべく国際司法裁判所の機能を拡大しようとか、反人道的な犯罪を裁判するために別の国際機構を創設しようとかいったアイデアなどは新聞と雑誌の紙面上でのみ、騒がしく行き交った。その間にユダヤ人委員会は「われわれの正当な裁判を妨害しようとするいかなる武力行使も許さない」として民兵隊を結成し、複数のユダヤ系アメリカ人共同体もユダヤ人委員会の擁護に立ち上がった。

そうして裁判が開かれたが、この文章では二点だけ言及すれば充分であろう。

まず、裁判を取り巻く世論はユダヤ人委員会が意図した方向には流されなかったという点だ。アイヒマン裁判が超法的テロだと声を高める非ユダヤ人は多くなかった。しかし、ユダヤ人ではない多くの人がカタルシスよりも気まずさを覚えたのは事実だ。その上ブラウン管の中のアイヒマンはどんな手をつくしてでも排除すべき怪物というよりはあまりにつまらない人間に見え、〈悪は凡庸である〉というアーレント博士の主張はかなり説得力を持って響いた。

こともあろうに裁判の直後、ユダヤ人であるスタンレー・ミルグラム教授が、今では有名になった実験によって、人間がどれほどたやすく権威に屈服するかを見せてくれた。人々は、この上もなく善良な隣人が白衣の研究者の指示によって、他人に致死レベルの電気ショックをいくらでも加えることができることを知った。そしてそれを知ることはアイヒマンの〈罪〉に対する疑念につながった。

アイヒマンが萎縮こそすれ、それほど罪の意識を感じていない様子だった点が、そんな懐疑心をあおった。自分が何の罪を犯したかもわかっていないような人間を処罰することに、果たしてどんな意味があるだろうか。

次に指摘したいことは、死刑宣告と死刑執行は完全に異なる事態だという事実である。アイヒマン個人にとってももちろんだが、アラスカのユダヤ人自治区の政治的運命という観点からいっても別物だった。実際にアイヒマンに死刑が宣告された直後、ジョン・F・ケネディ大統領がベングリオン委員長へ電話をかけ、以後アイヒマンの処分についてホワイトハウスとアンカレッジの間で十回あまりにわたり水面下の議論が交わされたと伝えられている。

ユダヤ人自治区内の穏健派と外交専門家たちは、ユダヤ人委員会がアイヒマンを特別赦免する法案を支持した。ユダヤ人委員会がアイヒマンをアラスカの外に追放し、アメリカはユダヤ人自治区にグアムやプエルトリコよりもレベルの高い自治権を付与するというアイデアだった。しかしユダヤ人自治区がアイヒマンの死刑を直接執行すべきだとする強硬派のシオニストも無視できない数だった。彼らはアイヒマンをそのように解放してしまえば、ヨーゼフ・メンゲレら潜伏しているナチスの戦犯たちを追跡する推進力が失われるだろうと主張した。

突破口は思いがけず科学界からやってきた。アイヒマン裁判の翌年である一九六二年、ロザリンド・フランクリン博士は〈記憶細胞〉と呼ばれるディグラム細胞を発見し、その作動原理を究明した。彼女の研究結果はDNAの二重らせん構造の発見を霞ませるほどのものだと評価され、二十世紀生命科学分野最大の業績のひとつとされている。マスコミの前に出るのをはばかっていたフランクリン博士はノーベル生理学賞の受賞インタビューで「われわれはほかの人の記憶を人工的に注入されることも可能でしょうか？」という質問を受けた。

「記憶をどのように規定するかによってその質問に対する答えは変わってくると思います。短期記憶と長期記憶は形成メカニズムが完全に違うのですが、私たちは短期記憶についてはまだわからないことが多すぎる状態です。ほぼわかっていないというのが正直な表現でしょう。しかし、トラウマとして残るほど強力な長期記憶なら、ひとつのディグラム細胞体に記録された電気信号を読み取り、別のディグラム細胞体に同じ電気信号を記録することが理論上は可能です。すでに特定の条件下で電気ショックを受けたマウスのディグラム細胞体を他のマウスに移植する実験は、成功裏に終えた段階です。ディグラム細胞を移植されたマウスは自分が経験したこともない対象を怖がるようになりました」

「そんなことが人間相手にも可能だと思われますか？」

「〈体験機械〉のお話でしょうか？　私たちには理論があります。しかし理論上可能なことと、その理論をもとにして機械を製作し、実際に作動させることは完全に違います。理論上ではエベレストでも一歩踏み出し、反対の足をもう一歩踏み出すことを続ければ頂上にたどり着けるでしょう。体験機械を作ることにも解決すべき技術的課題があまりにも多いのです。おそらく三十年以内には不可能だと思われます。そして、もしもその機械が作られたとしても私たちが移植できる〈情報 - 記憶〉ではなく〈情緒 - 記憶〉です。体験機械が開発されるだろうと信じて、勉強する必要がなくなると考えている幼い生徒たちがいたら、考え直してほしいですね。みなさんが大学を卒業するまでにその機械ができるはずはありませんし、その機械ができたとしても友人が勉強した内容をみなさんの頭の中に移してあげることはできませんから。勉強して感じるつらさや退屈さだけが移ることでしょう」

記者たちは一斉に笑い声をあげたが、記事は好きなように書いた。フランクリン博士は次の日、ずいぶん当惑したことだろう。「フランクリン博士〈体験機械は可能〉と明言」という見出しの記事まで出たのだから。そして一週間後、彼女はアンカレッジより招聘《しょうへい》を受けた。

＊

「体験機械の稼働はアイヒマン本人が望んだことです。われわれにはそのような非難を浴びる理由がありません」

ゴルダ・メイヤー文化広報局長が言った。われわれはアンカレッジ中心部にあるユダヤ人委員会事務局ビル三階の大会議室にいた。

ユダヤ人委員会の文化部長官に当たる彼女との懇談会は戦争のような雰囲気だった。記者たちは攻撃的に質問を投げかけ、メイヤーは事務的な態度を見せた。一方で、そのような雰囲気はある程度予想もできていた。メイヤーは、ユダヤ人がアイヒマンをアラスカに連れてきたのは拉致ではなかったと、ユダヤ人にはアイヒマンを裁判する資格と権利があるとし、体験機械の稼働も同じことだと主張した。それはユダヤ人委員会の公式見解を明かすべき席だったので、そのように答えるほかなかったのだ。

メイヤーは二つの話を繰り返した。第一に、すべてのことはアイヒマンの同意のもとになされるという点。彼女によれば、アイヒマンはアルゼンチンからアラスカに来るときも、裁判を受けるときも、体験機械に入ることについても、すべて自らその提案に賛成するという自筆の同意書を作成した（そして、メイヤーがこの点を真剣に話せば話すほど記者たちは次第に冷ややかな表情になっていった）。

第二に、ナチスははるかに残酷な行為を犯しているということ。メイヤーは答えにくい質問を受けるたびに顔をしかめてこう返した。

「そのような質問は、もっと前にすべきだったのではありませんか？ ナチスがユダヤ人を隔離してガス室に送るときです。どうしてあなた方はそのときナチスに何の権利と資格があるのかと、問わなかったのですか？ どうして今になってわれわれが正義を遂行しようとするときに権利と資格を問いただすのですか？」

懇談会を終えるときメイヤーは記者たちにありがとう、とか、ごきげんよう、などの挨拶さえかけなかった。

メイヤー局長との懇談会やホーンスタイン広報官と共にした夕食よりも、その晩ほかの記者たちと交わした話のほうが私の考えを整理するのに有用だったと思う。私をはじめ、数名の記者たちは遅くなるまで眠れなかった。われわれはホテルのロビーラウンジでワインを飲みタバコを吸いながら、アイヒマンとユダヤ人委員会、シオニズムとホロコーストについて、そして体験機械について、許しと和解について、ほかの人を理解するということについてゆるゆると語り合った。

それでも、私は正直に認めよう。われわれの中のひとりとして、二日後見ることになる実験の意味を理解できていなかったと。それはこの文章を書いている今、この瞬間も変わらない。体験機械は人間の意識と歴史を永遠に変えてしまう装置だ。そして、われわれはその発明の意味をきちんと把握できずにいた。もしかしたらこの機械が世界を変えてしまった後で、ようやくその含意を解析することになるかもしれない。

われわれは何か想像も及ばない巨大な変化が目の前にあることを、漠然と感じただけだった。エドモンド・カートライトの自動織機や、ジェイムズ・ワットの蒸気機関を初めて目にした十八世紀の人たちのように。その上アイヒマンという人物が私たちの目を遮るように立ち、その後ろに広がる展望をきちんと見られないように妨げていた。

「いつか体験機械が普及したら、復讐の道具として使いたいと思いますか？　交通事故で家族を失う、そうしたら相手の運転手を体験機械に入らせて、自分が経験した苦痛を味わわせてやりたいと思いますか？　私はよくわからないんです。相手が刑務所に行くよりましな気もするし。でも、それよりただ私に賠償金を払ってくれればいいとも思うし」タイム誌のヘレン・テイラーが訊いてきた。

「犯罪の種類によってちがうんじゃない？　過失犯に対してはあえて〈私が味わった苦痛を経験してみろ〉とは要求すると思えない。経済事犯に対しても同じ。誰かが私を騙して金を奪っていったら、その金を返してもらうのが大事でしょ、その詐欺犯がどんな処罰を受けるかって問題は後から考えると思う。逆に性犯罪や暴力、殺人についてはそんなふうには考えられない」イギリスから来た、クレア・ホリングワースが言った。

「罪名や故意かどうかが重要なわけじゃないと思いますけど。経済事犯だとしても自分の家族をめちゃくちゃにぶち壊した犯人だったら、賠償金ではなく相手を苦しませたいと思います。特に、相手がロックフェラーとかカーネギーみたいな大金持ちなら、そうなるんじゃない？　自分の被害が完全補償されるのが問題じゃなくて、自分の苦しみを加害者が感じるかどうかが大事ですよ。ユダヤ人たちがアイヒマン処置について感じている心情もそれと似たようなものでしょう。アイヒマン本人が、自身が被害者たちに与えた苦痛を知らないまま死ぬとしたら、そんな処罰には意味がないってわけですよ。それよりもむしろ、彼を生かしてやって、代わりに体験機械で教えを与えるほうがましだというのでしょう」ローラ・フォーセットが言った。

「それって正義ですかね、それとも復讐ですかね？　アイヒマン本人が被害者たちに与えた苦痛を知らないまま死んでいったら、そんな処罰には本当に意味がないんでしょうか？　それとももっと甘美なる報復であるべきだとでも？」

私がそう言うと、フォーセットが口笛を吹いた。私はフォーセットに向かって笑いかけ、タバコの煙を吐き出した。テイラーが踊りたくなったと立ち上がり、ツイストのステップを踏んだ。

「アラスカには石油もあるし、石炭もあるし、金もあるし、ほかの人の経験を体験させてくれるっていう機械もあるし、ナチスの戦犯もいるし、ユダヤ人もいるでしょう？　じゃあ、その中に悪くないユダヤ男のひとりやふたりいてしかるべきでしょ？」

テイラーが言うと、誰かが「あの子はまだ若いから、悪くない男がどれほど貴重な資源なのかわかってないな」と冷やかした。

別の誰かは、体験機械が性革命を起こすだろうと主張した。

「自分の恋人や妻たちがセックス中に何を経験しているのか、男たちはようやく理解できるようになるんじゃない？　前戯がどれほど重要なものかようやく気付くでしょうよ！　それに女たちはもう嘘くさいオーガズムの演技をする必要がなくなるってわけ」

別の誰かはむしろセックスの必要性が消えてしまうのではないかと反論した。体験機械を通じて、ほかの人たちが経験したさまざまなレベルの高いセックスを安全に購入できるようになるのだから。また別の誰かは本当のセックスと体験機械を通した間接的な経験の間にはライブ公演とレコードで聴く音楽くらい、はっきりとした違いがあるだろうと主張した。

「その問題は人類の幸福と文明の発展に途方もなく重要なイシューなだけに、明日忘れずにロザリンド・フランクリン博士に訊くようにしましょう。記者代表として、フォーセットが」

ホリングワースがその場をお開きにするひと言を言った。

＊

全般的な報告：アイヒマンと体験機械――Ⅱ
アン・モリッシー・メリック、一九六九年十一月十五日

「私は科学者として、アイヒマン氏に苦痛を与えることに目標を置いているのではありません。体験機械が精巧な拷問道具であるという批判にも同意しかねます。ディグラム細胞の作動原理を少しでも勉強した人なら決してそんな言葉は使わないでしょう。私は体験機械という名称も間違っていると思います。改めてこの機械に大衆的な名前をつけるとしたら〈共感機械〉か〈理解機械〉と呼びたいですね。何度か提案しましたものの、特に反応はありませんでしたけど」

フランクリン博士が歩きながら説明した。その後ろには巨大なタンクローリーのように見える構造物が二台あった。フランクリン博士はその構造物が中央処理装置であり、これほど大きくなる理由は冷却装置のた

めなのだと言った。タンクローリーの前の部分に人ひとりがゆったりと入ることができる長いシリンダーが二本、並んで横たわっていて、ちょうど小さな洞窟のように見えた。

われわれはアンカレッジ郊外、ファー・ノース・バイセンテニアル公園の地下にあるワイズマン研究所に来ていた。体験機械の開発のために全世界から百名余りの科学者が集められ、八年間夜昼なく研究を進めてきた場所だ。研究者たちの専攻は様々だ。分子生物学者、神経科学者、電気および電子工学者はもちろんのこと、心理学者、社会学者、人類学者もいる。

この研究所の年間の予算はアジアやアフリカ小国の一国の国防予算よりも多いという噂もあり、ロスチャイルド家をはじめとするユダヤの資本が研究費を際限なく援助しているという風説もあった。体験機械は世間を欺く目くらましで、実際には世界支配を夢見るユダヤ人富豪たちのための洗脳装置を作っている場所であり、UFOもここで作られた武器だという陰謀論もあった(この陰謀論によれば、アインシュタイン博士がそのUFOを設計したという)。

もちろん、われわれはそのような根も葉もない噂を信じていなかったが、少なくとも研究所が最先端装備でぎっしり詰まっているだろうと期待していた。いざ目にすると研究所は私が通っていた大学の工学部校舎に似ていた。見た目など構わず実用的に建てられた、いつも一角が工事中で、何日か徹夜したような表情の大学院生たちが白衣を着てうろついていた校舎に。

「体験と共感にはどんな違いがありますか? 博士がお考えになる定義とは何ですか?」

「体験とはとてつもなく豊富な感覚信号によって成り立っているものです。そしてその中でディグラム細胞体に残る情報は多くても五パーセント程度にしかなりません。虚しい思考実験ですが、もしもある人を拷問した直後にその人のディグラム細胞を取り出してほかの人に移植したとしても、その施術を受けた人が痛みに身をよじることはないのです。そのような施術を受けた人は相当な衝撃を受けるでしょうが、その刺激が何を意味するのかわからずに戸惑うことでしょう。もしかして安堵するかもしれません。悪夢を見て目覚めた人は夢の中でどれだけ強烈な経験をしたとしても、それが自分の現実とは関連がないことに気付いた瞬間に心が軽くなるように、です」フランクリン博士が優雅に答えた。

「私たちがその話をもって〈体験機械の共感効率は五パーセント〉という記事を書いてはいけないのでしょうね？」

「もちろん、困ります、メリックさん。私が申し上げたいのは、体験をそのまま記録したといって記憶になるわけではないという点、そしてディグラム細胞体が石碑やノートや磁気テープのようなものではないという事実です。私たちが外部の世界から受け取るものは感覚ですが、頭の中に貯蔵するのはその感覚を材料とした認知的構造物です。この構造物は体験の瞬間以降かなりの時間をかけて形成され、時には何年も、あるいは何十年もその姿を変え続けることもあります。一部は消えることもあり、一部が強化されることもあるでしょう。ほかのディグラム細胞体と混ざり合って歪《ゆが》んでしまうこともあります。そんな編集が長期記憶の本質的な特性です」

「ディグラム細胞がその構造物ですか？」

「そうとは限りません。この先の話はたぶんみなさんを退屈させる専門的な説明が必要な部分ですが、私が比喩としてよく使うのは銀行です。銀行が認知的構造物に当たります。私たちは銀行で預金をしたり金を引き出したり借りたりすることができます。私たちの要求に合わせて金を引き出したり、貸したりしてくれる銀行の職員がいて、その人たちが働く建物がありますね。ディグラム細胞体は銀行というよりも銀行の帳簿に当たります。記憶は金融活動のようなものですし。実際、ディグラム細胞体がなくても私たちは他人の経験を不完全ながら体験することができます。銀行が帳簿を紛失した状態でも顧客を騙して営業できるのと同じように」

「そのようなことを可能にするのが、博士の次の目標なのですか?」

「いいえ。それは偉大な作家たちがすでに数百年もの間行ってきたことです。文学作品を読むとき、私たちは主人公の運命を追体験して泣いたり笑ったりしますね。それを〈間接体験〉と呼ぶとしても、そのとき感じる喜びや悲しみは本物です。白人でも『アンクル・トムの小屋』を読めば黒人奴隷たちの苦痛に共感できますし、貧しさを経験したことがなくても『オリヴァー・ツイスト』を読めば涙を流すことがあるでしょう。しかし、ディグラム細胞体を介さないそのような体験は正確ではなく、実感も劣るでしょう」

「博士ご自身は体験機械を体験されましたか?」

「私たち研究員は、全員この機械を三回以上経験しています。私たちはあらゆる経験を交換しあっています。飼っていた犬の死、科学コンテストでの受賞、大学入学、進路の悩み、恋人との別れ、海外旅行、ヒッピー体験、親の病気などなどです。その数々の実験は体験機械を改善するのに役立ちましたが、研究員たちの間の信頼と友情を篤《あつ》くするのにもたいへん大きな影響を及ぼしました。もうひとつ付け加えるなら実験中、一貫して体験機械は安全でしたし、安定して作動していました。一度だけ実験中に稼働を中断したことがありますが、それは機械の問題ではなく被験者が貧血症状からめまいを訴えたためです」

＊

「私たちは事実上、神経工学という新たな分野を作り出したというわけです。八年目にしてこのような成果をあげることができるとは、誰も予想できませんでした」グレイス・ペリー博士が説明した。

　身長が五フィートをようやく超えるほどの彼女は、体験機械の開発のためにアインシュタイン博士とオッペンハイマー博士が呼び寄せた非ユダヤ人科学者の中の一人だ。それ以前にはペリー博士はアメリカの海軍中佐として勤務していた。彼女は第二次世界大戦が起こると志願兵として婦人部隊に入隊した。ワイズマン研究所からのヘッドハンティングをはじめは断ったが、体験機械の開発に着手するという知らせを聞くと年俸も訊かずにその場で提案に応じたという。

　ペリー博士が話している間、ユダヤ人委員会の指定したカメラマンがフラッシュをたいて写真を撮っていた。今回の取材期間中は一貫して外部記者たちの写真撮影が禁じられており、ユダヤ人委員会が提供する写真を使用することで合意していた。研究所の正確な位置や侵入方法の糸口が写真によって流出する可能性があるという理由からだった。ワイズマン研究所や体験機械の研究員たちは反ユダヤ主義テロリスト団体の標的の一つだった。

「動物実験では目標となるディグラム細胞体を摘出して移植することができますが、人間相手にそんなことはできませんよね。もしもその方法をとったらもともとそのディグラム細胞を持っていた人は自分の記憶を失ってしまうでしょうから。細胞体をなくしたからといって記憶がすっぱりきれいに消えてしまうわけではありませんが。私たちの大きな課題の一つは原本のディグラム細胞体をコピーすることですが、研究チームの立ち上げ当初はこれを可能にする方法についてはいくつかの仮説しかありませんでした」ペリー博士は元将校らしくビシッとした姿勢で話した。

　その後一時間にわたり、特定の波長を持つ電磁波がディグラム細胞体をどのように制御するかについてペリー博士が講義している間、私をはじめとした記者たちのペンの運びはだんだんと遅くなっていった。数名の記者がペリー博士に「文学的な比喩を使って説明してもらえませんか」と要求すると、今度は博士の口が止まった。確かにフランクリン博士の〈銀行の比喩〉もそれほどピンとくるものではなかった。

ペリー博士は長い説明を終えてから質問を受け付けると言ったが、居合わせた記者たちは静かだった。最後にフォーセットがためらいがちに一応手をあげたが、本気で知りたいことがあるというより明らかに博士に対する礼儀と義務感のためだった。先ほどのフランクリン博士の説明のおかげで、だいたい答えの予想はついた。

「博士、例えば……セックスや死のような経験も体験機械を通してそれがどんな感じなのかを他の人に伝えることは可能でしょうか？　そのような場合その強度はどのくらいでしょうか？　大衆が知りたがっている部分だと思いますが」

ペリー博士は（これはまた、どこから説明したらいいかわからないけど）という表情でフォーセットを見つめた。するとフランクリン博士が割って入った。

「セックスの場合には一度も経験したことのない人にそれがどんな感じなのか伝達することは可能でしょう。しかし、快感ではなく体と体のすてきな対話として伝達されるでしょう。死自体は伝達不可能です。死んでいく過程なら伝達可能でしょうけど、それが特別な経験かはわかりませんね。ただ痛くて、不快で、めまいを感じることでしょう。私が先だってお話ししたように、ディグラム細胞体に貯蔵される情報は感覚信号ではありません。かなりの時間をかけてその信号を認知的に解析して作り出した物語と情緒反応が残るのですよ」

「博士、アイヒマン氏は体験機械に入って正確には何を経験するのですか？　ベンヤミン氏のどのような経験がアイヒマン氏に入力されるのですか？」私は訊いた。

「一九六九年現在の時点で、ベンヤミン氏が覚えているアウシュビッツでの体験がアイヒマン氏の海馬に入っていくのです。ベンヤミン氏がアウシュビッツで体験した肉体的な苦痛の総体ではなく。アイヒマン氏はその経験をひとつの物語として受け止めることになります。生々しいものですが、八年前に体験が形成された苦痛よりも、今の傷痕や喪失感がより深く感じられることになります。ですから、私はこの機械を体験機械ではなく共感機械か理解機械と呼びたいのです」

「ほかの人の記憶が頭の中に入ってくるというのはどんなことでしょうか？ しばらくの間自我が消えて、その人になってしまうということですか？ ベンヤミン氏にアイヒマン氏の記憶が入っていくと、ベンヤミン氏はその瞬間に完全にアイヒマン氏になるのですか？」

「哲学的には複雑な論議を呼び起こすでしょうが、実際にいざ経験してみればそれほど大層なことではありません。映画や小説の中にすっぽり入りこんでから戻ってくるような感覚です。機械の作動が終わるときに少し夢から覚めるような、一人分の人生を生きてきたような気分にもなります。しかし、感動的な映画が終わってエンドロールが流れてくるときにもそんな気分になりませんか？」

「博士、私の理解が合っているか教えてください。体験機械は、ある人の主観的な記憶をほかの人の主観的な記憶になるように作ることができると考えます。しかし、主観的な記憶に対する態度は人によって違うこともありえますよね。極端なことを言えば、そのような記憶を移植されても特に何も感じない可能性もありますよね？ 自閉性障害があったり、共感能力がほかの人にくらべて著しく劣っていたりするケースです」

大学で心理学を専攻したティラーが、鋭く質問した。

「正確に理解されていると思います。銀行に帳簿があっても銀行の職員がその帳簿を読めなかったり業務拒否をしたりすれば、方法はありません。これは体験機械自体の限界なのか、それとも別の突破口があるのかについては私も何とも申し上げられません。しかし、自閉性障害があったり、共感能力が劣ったりする人であっても長期記憶を作らないわけではありません。ですから、そのような障害がない人が体験機械を利用して、障害と共に生きるとはどのようなことなのか経験することができるでしょう。それは悪いことではありません。そしてアイヒマン氏について言えば、精神科の医師六名が彼の診察に当たり、みな正常だと判定しました。彼は悲しみを感じることのできる人間です。友人が自殺したとき、とても悲しんだといいます。アーレント博士もアイヒマン氏はとても平凡な人物だと書いていましたよね」

フランクリン博士が言った。

＊

「広島と長崎に原子爆弾が炸裂したのを見て、以前のようには生きられないと考えました。自分の手が血で濡れているような気分でしたね。みなさんご存じの通り、私はルーズベルト大統領にマンハッタン計画を推進するように勧めました。今やナチス・ドイツは消滅し、人類は核兵器と憎悪という新たな敵を、もしかしたらより強く大きな敵を相手にすることになりました。当然、科学者たちが集まってこの問題を研究し、実質的な解決策を議論すべきだと考えましたし、私も一助になりたいと思いました」アインシュタイン博士が言った。

しかし彼は、体験機械の開発に自分が科学者として寄与した部分はないとして、体をかがめた。

「みなさんにしても私にしても、この機械を見ることができるのはすべてフランクリン博士の天賦の才能のおかげです」と、アインシュタイン博士は言った。自分は顔を貸しているだけであり、オッペンハイマーは現場監督のような存在だった、本当に重要なことは全てロザリンド・フランクリン博士とグレイス・ペリー博士の研究チームが行ったというのだった。アインシュタイン博士はオッペンハイマー博士が生きて一緒にいたとしても、彼の意見に同意しただろうと付け加えた。アインシュタイン博十は「オッペンハイマー博士はタバコを吸いすぎたのです」と残念がった。

「最初にこのプロジェクトのアイデアを出したのは博士ではないのですか？」ホリングワースが尋ねた。

「それも違います。フランクリン博士のノーベル賞受賞インタビューを見てユダヤ人委員会の誰かが決定したことです。アメリカの人たちは数十年かかるだろうと言われる技術的な課題をマンハッタン計画やアポロ計画として推進したではありませんか。それで、フランクリン博士が体験機械の開発に三十年かかるだろうと言うので、有能な科学者たちを集めチームを立ち上げればその期間をはるかに前倒しできるだろうと考えた人がいるのでしょう。その誰かの名前は、ここにいる人たちの一級機密事項ですし」

「体験機械の開発がアイヒマンを狙ったプロジェクトだというのは、いつ気付かれたのですか？」テイラーが訊いた。

「アンカレッジに来て半年ほど後にわかりました。ずいぶん悩みました。電気椅子を開発したエジソンになったような気分でしたね。政治家たちは科学をこんなふうにしか利用できないのかと恥じ入る気持ちにもなりました」

「しかし、博士は研究チームに残っていらっしゃいますね」私が指摘した。

「体験機械の潜在能力があまりに大きいので、研究チームから離れがたいのです。私は、体験機械の発明が月面着陸よりもはるかに大きな事件だとあえて主張したいのです。月面着陸は驚くべき成果ですが、われわれの世界認識を根本的に変えさせることはありませんでした。われわれは月へ行けば、何が見られるかわかっていましたし、月面着陸を目撃した後も心から驚きはしませんでした。われわれは自分たちについて熱狂し、熱狂しているほかの人を見てまた熱狂したにすぎません。それは人類次元の自己陶酔でした」

この部分でアインシュタイン博士の声がしばらくかすれてしまった。博士は喉を整えて言葉を続けた。

「月の石を分析して地球の誕生と、もしかしたら太陽系の起源について重大な糸口を見つけられるかもしれません。しかしそれは科学者たちの問題です。残りの普通の人たちには月面着陸とは〈人間が外界に行くことができる〉という証明程度に記憶されるでしょう。冷静な評価をするとき、人間意識の歴史において月面着陸の意義はロマンティックな伝統観念をいくらか崩し、科学万能主義を普及させる程度に終わるかもしれません」

アインシュタイン博士は「他人の心はわれわれにとって月よりももっとはるかに遠いところ」であると言った。人間の人生で大部分を占める悲劇は、ほかの人を理解できないというところから来るのではないか。われわれがほかの人の喜びや苦痛を、直接その人が感じた通りに経験することができるようになったなら、どんなことが起きるだろうか？「個人の人生、団体の規則、政治と社会政策、文化がすべてひっくり返るでしょう。さらに文明全体が変わる」だろうと、アインシュタイン博士は力を込めて語った。

「すべての人たちに一年に数時間以上、強制的に体験機械を使用させるようにする法律ができるとよいでしょう。男性が女性を、女性が男性を理解するようになれば性差別は大きく解消されるでしょう。金持ちは貧しさとはどういうものか理解できるでしょう。雇用主は労働者の観点を理解できるようになり、戦争を主張する人たちは戦争がどれほど残酷なのか、屋根の下で眠る人は野宿者や難民の生活がどんなものか感じることになるのです。少なくとも原子爆弾以上の衝撃があるでしょう。私はこの千年の間に登場した科学理論や技術の中で体験機械に比肩しうるのは印刷術くらいのものだと思います」

そう信じていたので、物理学研究を中断することもそれほどつらい決断ではなかったとアインシュタイン博士は言った。大統一理論研究はいつでも再開できるだろうし、急を要するものではないが、体験機械の開発は違うのだと。

「その機械をあえて強制しなくても、必要な時に使うことができるという可能性だけでも、人々の行動は変化するでしょう。核兵器が核抑止力という概念を作り出したように、です。互いに自分のほうがより大きな被害を受けたと主張して争う人のうち、どちらがより大きな被害を受けたのかほかの人が客観的に見極められるようになるということではありませんか。自分こそが犠牲者だと主張する人たちは、そのような可能性を念頭に置いて行動するほかなくなるでしょう」

懇談会を終えるとき、誰かが博士にそれでも物理学者たちの最新研究動向を探ることはないのかと、ニールス・ボーア博士の最近の主張について意見を求めた。アインシュタイン博士はあいまいに微笑んで「そうですねえ、神様がさいころ遊びをしているとは思えませんがね」と言った。

＊

全般的な報告：アイヒマンと体験機械—Ⅲ

アン・モリッシー・メリック、一九六九年十一月二十二日

「私がこの場でお話しできるのは、今回の体験機械の稼働に関係してアイヒマン氏が何を求めているのか、

そして依頼人の要求に従って私が何をしたのかです。私自身に対する質問は受け付けません。これはメイヤー局長とも合意している部分です。前回の裁判と関連した質問も受け付けません。ご理解ください」

セルヴァティウス弁護士が言った。彼は背が高く重厚な体格だった。体重は少なくとも一〇〇キロはありそうだ。白い髪を軍人のように短く刈っていて、文末の語尾を力を込めて言い終える癖があり、そのたびにピリオドが目の前に描かれる気分だった。

アイヒマンは記者たちと話すのを拒否した。セルヴァティウスはアイヒマンの代理人としてホテルのロビーでわれわれに会った。ワイズマン研究所やユダヤ人委員会事務局ではない別の場所で記者たちに会ってほしいというのも、アイヒマンの要求事項の一つだったそうだ。

ダニエル・セルヴァティウスは把握しがたい人物だった。彼はドイツ軍の少佐として第二次世界大戦に参戦した。しかしナチ党員ではなく、いかなる戦争犯罪ともかかわっていなかった。ユダヤ人委員会がアイヒマンを逮捕して特別法廷に立たせるだろうと発表したとき、セルヴァティウスはアイヒマンの弁護人に名乗りを上げた。

彼は無報酬で働いた。だからといって〈アイヒマンの弁護士〉として高まった認知度を自分の営業に活用しようとも、政界やメディア界に足を踏み入れようともしなかった。彼はシオニストたちからあらゆる非難と脅しを受けながら、裁判では熾烈にアイヒマンを弁護した。しかし、その裁判の不法性そのものについては語らなかった。そのようにしてドイツ軍に籍を置いていた過去を謝罪したかったのだろうか？　それともどんな悪人でも被告席では弁護人とともにいるべきだという型にはまった信念があるのだろうか。

「後から回顧録を書こうってことでしょうよ、ほかにどんな理由があるの？」フォーセットはそう言ったが、私はセルヴァティウスが自分に対する質問を受け付けないということが、どうにもあきらめきれなかった。

「ユダヤ人委員会が赦免と追放についての約束を誠実に守ることを別にすれば、私の依頼人が体験機械に関連して要求したのは大きく二点でした。最初に、体験機械の安全性です。そのためにアイヒマン氏は私と共にフランクリン博士から二度にわたり体験機械について直接説明を聞き、動物と人間を対象とした実験結果も伝えてもらいました。アイヒマン氏はユダヤ人ではない外部の専門家によるその資料の検証を求めましたが、その要求は断られました。また研究チームの人たちを相手にした実験はすべて、途方もない悲劇ではない経験を体験したものだったので、これを補完することを要求しましたがやはり断られました。研究陣も甚だしいトラウマ経験を移植することについては安全だと言い切れないとのことでした。結局、私の依頼人はこの部分についての要求を撤回しました」

ユダヤ人委員会が呼び寄せた記者たちはすべて戦勝国出身だった。かの悪名高い虐殺者自身の安全をそこまで事細かに考慮しているという事実に、われわれは本能的に不快になった。しかし、見方によってはこの奇妙な芝居においてアイヒマンは、そのような要求をすることで自分に対する処罰を正当化する役割をきちんとこなしていることになった。また体験機械が安全でなく作動中に事故が起きたらアイヒマンに劣らずユダヤ人委員会も苦境に陥るであろう。

「アイヒマンの二つ目の要求は何でしたか？」フォーセットが手をあげて質問した。

「私の依頼人のもう一つの要求は、ユダヤ人委員会側からも誰かがその機械に入ってアドルフ・アイヒマンという人間が第二次世界大戦期間中にどんな目にあったのか経験しなければならないということでした。私の依頼人は裁判中にも、またその後も一貫して自分は上層部の指示をそのまま遂行したにすぎず、ナチス・

ドイツにおいて彼と同じ地位にいた人間が他の選択をすることは物理的にも心理的にも不可能だったと主張してきました。私の依頼人は自身の経験を正直に語ったにもかかわらず、その陳述がまっとうに受け入れられておらず個人の無能さや、ひいては知性の不足として考えられていることに憤慨しています。アイヒマン氏はこう言いましたね。世の中に集団収容所を経験した人はたくさんいるが、自分のような立場を経験したのは自分だけだと」

「それは、どういう意味ですか？　人々は自らの善良さを過信しているという主張でしょうか？　それとも人々の偽善や忖度《そんたく》の問題という意味でしょうか？」

「その言葉についてはそれ以上の説明は聞けていません。ほかの話をしていて出てきた話ですから。私がお話ししたいのは、ある面では私の依頼人も体験機械の稼働を非常に望んでいるということです。自分が置かれていた立場をほかの人に理解させたいということでしょう。アイヒマン氏は自分が加害者であることを否定はしませんが、同時に大きな被害を受けたとも信じています」

なんと！　アイヒマン本人が体験機械の稼働を望んでいるというゴルダ・メイヤー文化広報局長の言葉は嘘ではなかったことになる。

「もしかして、アイヒマン氏はアーレント博士の『アンカレッジのアイヒマン』を読んだのでしょうか？」

私は訊いてみた。

「依頼人が読みたいと言うので私が購入して差し入れしました。ただし、ユダヤ人委員会の検閲を経たため一部分は削除されました。ユダヤ人委員会はアイヒマン氏が追放後にアメリカの刑務所で著述作業に入るのではないかと憂慮しています」

「アイヒマン氏は本を読んで何か言っていましたか？　本では〈悪の凡庸さ〉の部分は検閲されたのですか？」

「その部分は削除されていません。依頼人もアーレント博士の描写を読みましん。正確な表現ではありませんが、システムの悪を個人に転嫁すべきではないと、依頼人が話していたと記憶します。処罰されるべきはナチス・ドイツであり、その部品だった人間ではないと。すべての部品は無能で、また凡庸である、それが部品の属性だと聞いたのを覚えています」

「その主張には同意されますか？」

「ここで私の意見を述べるのは適切ではないと思いますね」

セルヴァティウス弁護士が言った。

＊

「ここで私の意見を述べるのは適切ではないと思いますよ。ともかく委員会で決定したことですから」

ツヴィ・ザミール、ユダヤ人委員会情報局長が言った。

彼はちょうど「体験機械に入ることはアイヒマン氏にとって充分な処罰になると考えるか？」という質問を受けたところだった。

ポーランド出身のザミール局長は、英語の発音がやや堅く、髪はほとんど抜けていた。セルヴァティウス弁護士が数時間前に口にした言葉が、まったく同様に繰り返されたせいで妙な気分になった。単純な偶然の一致だろうか？　ザミールとセルヴァティウスは〈謎の人物〉という共通点もあった。

多くの人たちはユダヤ人委員会が〈ユダヤ人報復団〉と密接な関係があると信じている。何名かの陰謀論者たちはユダヤ人委員会がユダヤ人報復団と協力しているどころか、〈モサド〉という機関を置いて拉致と暗殺の専門家を養成していると主張する（ところがモサドという名前はヘブライ語で単なる〈機関〉という意味にすぎない）。モサドを率いるのがまさにツヴィ・ザミールだと主張する人もいる。また、モサドはもっと秘密めいた組織で、ツヴィ・ザミールはその中間幹部にすぎず、実際のリーダーは前局長のメイール・アミートであるとする人もいる。モサドは実在するが、情報局はそれとは関係がなく、本当の標的からモサドを保護するのがツヴィ・ザミールの役割だとも言われる。

これらの陰謀論が消えずにしつこく再生産される最大の理由は、とにかく誰かがアイヒマンをアルゼンチンで拉致してユダヤ人委員会に引き渡したという、否定できない事実があるためだった。われわれは目の前にいる中年の男性がどこかしら陰険な気をまとっていることを感じざるを得なかった。

「われわれの業務は事務的なものでした。体験提供者がアイヒマンと同じ性別で年齢も同じような場合に、同調率がわずかとはいえ若干高まるだろうとフランクリン博士に説明されました。ですからアウシュビッツの生存者の中からそのような人たちを候補として選り分けました。一九〇六年前後に生まれた男性でドイツ文化に親しみ中産階級の家庭で育ち、第一次世界大戦後の困難を経験した人間です。そして彼らが本当に収容所を経験したのか、カポ（原注 収監者を管理する収監者）として働いていたのではないか、ほかに前科はないか、何重にも検証しました」

ユダヤ人委員会の情報局はそのようにして選り分けた一次候補者たちにいちいち連絡をして、体験機械の作動原理とアイヒマンの要求を説明した。あなたの記憶をアイヒマンに入力してもよいか、そしてその代わりにアイヒマンの記憶を体験する意思はあるか。そのすべてをマスコミの前でやり遂げる用意があるか。

不必要な議論を避けるためにユダヤ人委員会は一次候補者たちにアンカレッジまでの交通費と滞在費を除いては、いかなる金銭的対価も払うことはできないと釘を刺した。それでも二百人を超える人が体験機械に入りたいと志願した。大部分はアイヒマンが「自分はただ命令に従っただけで良心の呵責は感じていない」と語ったことに憤慨する熱烈なシオニストたちだった。

「志願者たちは近所の病院で健康診断を受け、その結果をわれわれに送ってきました。検診の費用もわれわれは出さずに志願者たちが払いました。フランクリン博士は一年分のトラウマを入力するのにだいたい三十分から四十五分かかるだろうと言っています。議論の最初の段階ではユダヤ人委員会とアイヒマンは五年程度の記憶を交換することで合意した状態でした。アウシュビッツの記憶を提供する志願者がアイヒマンと同じ体験機械に入って彼の記憶を受け取ることにしたのです。技術的に難しい作業ではないと、研究チームは言っています。最大四時間かかる施術に健康状態が耐えられそうもないように見える志願者はふるい落としました。その段階でアイヒマン側が交換する記憶を十年に延ばそうと言ってきました。自分がアメリカの捕虜収容所に収監されていた経験と、暗殺におびえながらアルゼンチンで潜伏生活をしなくてはならなかった経験も相手に感じさせるという主張でした。ユダヤ人委員会は激論の末、その主張の一部を受け入れました。ユダヤ人委員会側の志願者とアイヒマンは合わせて八年八カ月にわたる相手の記憶を体験機械でそれぞれ経験することにしました。そこで、われわれはより厳格な基準で志願者の身体条件をふたたび調べ上げなくてはなりませんでした」

情報局はそこで最終候補の七人を選んだ。情報局はその七人の詳しい身の上と人生の話をまとめた資料をアイヒマンとセルヴァティウスに渡し、アイヒマンはエミール・ベンヤミンを選択した。

「志願者の中から最終候補の七人を選ぶときにはどんな基準で選んだのですか？　政治的な配慮もありましたか？」

「詳しい基準を明かすことはできません。政治的な配慮とはどのような意味でおっしゃっているのかよくわせんね」

「ともかく、体験者はマスコミの前に姿を現していくつか意見も表明することになりますよね？　私だったらナチスの戦犯処理や以前の裁判、ユダヤ人自治区独立などについてユダヤ人委員会と意見が同じ方を選びたかったと思うのですが。そしてその中でもアイヒマン氏の内面を目撃しても絶対に揺らがない人物、自分の見解を曲げず主張できる人を選ぼうとしたと思うのですが」ヘレン・テイラーが訊いた。

「実はユダヤ人委員会内部の人間やユダヤ人自治区の公共部門勤務者の中にも志願者はたくさんいました。しかし、われわれは彼らをすべて排除しました。中立性を守るためです。そのように方針を定めたところ、情報局職員の中には体験機械に入るために辞表を出すと言い出す人もいましたよ」

「もしかして、何人かの候補の中で特別に傷が深い人たちを選択されたのではありませんか？」

「アウシュビッツはすべての収容者にとって悪夢でした。そして最大の苦痛を味わった人たちはそこを耐えきれなかったのです」

「アイヒマン氏の健康状態は大丈夫ですか？」

「彼は実に健康です」

ザミール局長が答えた。

＊

「私は神経生物学については何も知りません。しかし体験機械がアイヒマンにとって処罰になるとは考えていません。あの人があそこで死亡した六百万人の苦痛をすべて感じることができるなら、そのときこそ処罰と言えるでしょう。個人的にはあの人が私ひとりの体験だけを味わわねばならないというのは不満です。私がホロコースト生存者全体を代表することはできません。あの人が一週間に一人ずつ、二年かけて百人の記憶を受け取ることも技術的には可能なことではありませんか？」エミール・ベンヤミン氏が言った。

チェック模様のスーツを着てユダヤ人委員会事務局の会議室で記者たちに会った彼は、頑固そうな印象の老紳士だった。一九〇四年生まれでフランクフルト出身の彼は、香水事業で大金を稼ぎ、ナチスがユダヤ人弾圧政策を始めるやオランダに亡命した。しかしドイツが一九四〇年にオランダに侵攻してからアウシュビッツに引っ張られていき、そこで妻と二人の娘を失った。現在はアメリカのフィラデルフィアで牛革の加工会社を運営していた。

彼はユダヤ人委員会から連絡を受けて以降、毎日のように祈っていたのだと明かした。体験機械で自分があの人の〈パートナー〉になれますようにと。体験機械に入るためには体力が重要だという話を聞くと、朝のジョギングを始め、今では毎日一五キロ走るのだという。

「もちろん、あの人を憎悪しています。許したくもありません。しかしユダヤ人報復団が他の戦犯たちにしているように、彼が路地裏で撃ち殺されればいいなどとは思いません。それよりも法廷に立たせるほうがはるかにましです。自分がどんなことをしでかしたのか、何を間違えたのかをあの人が理解しなくては。そして私たちにとってそれがより品位のあることとです。そのような意味で、あの人をここで絞首台の代わりに体験機械に入れることにも賛成します。できることならあの人が体験機械に入り、なおかつ罪の重さに見合うだけの罰も追加で受ければいいと思いますが、やむを得ずそのうちのひとつを選択すべきなら前者を優先すべきだと思います。そしてユダヤ人自治区から追放されるということは、以前行った裁判が無効だという意味ですから、どの国でも彼がふたたび裁判を受けることを望みます」

ベンヤミン氏は一九六一年の公開裁判の生中継を逃すことなく見守って、テレビを見ながらあまりに強く歯を食いしばったせいで奥歯にひびが入った。彼は『アンカレッジのアイヒマン』を読みながら、読んでいる途中で投げつけないようにありったけの力でこらえたそうだ。ベンヤミン氏はあの本は誤謬《ごびゅう》に満ちていると言った。

「アイヒマンは逮捕される直前の一九六〇年に、昔の親衛隊《SS》の同僚に対し、自分は単純に命令を遂行する者ではなかったと、地球上のすべてのユダヤ人が自分の敵であると、はっきり語ったという事実があります。そして一九三七年にはユダヤ人強制移住政策に反対して、虐殺政策を代案として提示しました。あの人は決して想像力が足りない凡庸な人間ではありません」

よしんばアーレント博士の主張を受け入れるとしても、アイヒマンに似合う別名は〈凡庸な悪〉ではなく〈意気地のない悪〉であるとベンヤミン氏は言った。

「人間には明らかに権威に服従してしまう悲しい本性がある。しかし、自分が受けた命令が数百万人を虐殺することだったら当然拒絶すべきであり、善良な人間だったら誰でもそうするだろう」というのがベンヤミン氏の主張だった。

「アイヒマンの記憶を受け入れることは恐ろしくありません。反吐《へど》が出そうなことですが。しかし、私はそれよりももっと反吐が出そうなことを経験しました。私たちはジャガイモの一つでもないかという希望でゴミの山をひっくり返し、床に小便がたまった列車の客車で何日も何夜も過ごしたこともあります。半年間服も着替えずにガス室から出てきた死体を収集しました。腐った食べ物でも発見すれば心からうれしくて、仲間が殴られているときはそれが自分でないということをひそかに喜びました。そうやって生き残り、生き残った者としてすべきことがあるのだと思います。アイヒマンの記憶を受け入れるのは吐き気を覚えることだとしても、私の道徳的な義務です。そんな考えが私を守ってくれるでしょう」

ベンヤミン氏は言った。

そのような道徳的な義務は自分だけではなく〈生き残った者たち〉であるユダヤ人たちが集団的に受け継ぐものだと彼は主張した。ホロコーストの記憶は体験機械を通して父から息子へ、母から娘へ、そして子の世代から孫の世代へ、そのようにしてユダヤ人の血をたどって伝え続けられるべきだとベンヤミン氏は語る。

*

全般的な報告　アイヒマンと体験機械―Ⅳ

アン・モリッシー・メリック、一九六九年十一月二十九日

われわれが二日前に見た体験機械の中央処理装置は分厚い藍色の布で遮られていた。パネルに埋め込まれた真空管ダイオードが仰々しく光り、走馬灯のようにぐるぐると回りながら見る人の神経を散漫にさせる装置もあったためだ。研究員たちは藍色の布の後ろをせわしなく動き回っているようだった。

予定された時間になるとアドルフ・アイヒマンが現れた。アイヒマンは、ユダヤ人委員会から見れば死刑を執行されていない未決囚であったが囚人服も着ておらず、縄にも手錠にもつながれていない状態だった。ただアイヒマンの前後にスーツを着た体格のよい男性が四人、彼を取り巻いて歩いていた。それよりずっと後ろからダニエル・セルヴァティウス弁護士がついてきた。

アイヒマンは藍色の布と参観者席の間の空間に立ち止まった。その空間にいた若い研究員はバイ菌を見るような顔でアイヒマンをしばし見つめると、逃げ出すように奥に戻っていった。参観者席の前列に座ったユダヤ人委員会の幹部たちは恐ろしいほど静かだった。

後列に座っている私には見えなかったが、めらめらと燃え上がる憎悪のまなざしを前方に投げつけているのは明らかだった。

ユダヤ人、ロマ族、同性愛者、障碍者《しょうがい》、共産主義者ら数百万人を殺害した男は、腰の引けた姿勢で周りをしばらく見まわした。彼は痩せていて疲れて見えたが健康状態は悪そうではなかった。彼は参観者席に向かって軽蔑した表情を見せようとしたがうまくいかなかった。毅然とした様子を見せようともしていたが、気後れした表情とこわばった身ぶりのせいで失敗し、そんな意図だけが丸見えになった。彼は遠くからでも見てわかるほど脚を震わせていた。

私は八年前の公開裁判が世の人たちになぜあれほど大きな衝撃を与えたのか、今更ながら理解できた。アイヒマンは虐殺という巨大な罪を犯すにはあまりにもくだらない、取るに足らない存在に見えるのだ。ユダヤ人ではない私にとって彼は憎悪や怒りを引き起こすというよりただ汚くて不快であり、絞首台や電気椅子送りにするよりも踏みつぶすとか殺虫剤で除去すべき存在のように感じられた。そしてそれはまさしく、その悪魔のような人間がかつてユダヤ人に対して抱いていた態度だった。

「アイヒマンさん、何かひと言ください!」

私の隣の席でフォーセットが大声で質問したせいで、参観者の席にいたみなが驚いた。ザルマン・シャザール現ユダヤ人委員長がしばらく記者席のほうを振り返り、アインシュタイン博士が不満げな表情できょろきょろとしていた。アイヒマンはフォーセットとしばし目が合ったが、口を開きはしなかった。それでもかすかに、にやりと笑ってはいた。誰かの要請を断ることで、いっとき自分の爪先ほどの権力を享受したと信じているようだった。

ホーンスタイン広報官が私たちのところに来て、フォーセットにあと一度でも突発的な行動をしたら研究所から追い出し、その後の取材活動も許可しないと言った。フォーセットは頭を下げて謝って二度とそんなことはしないと約束したが、ホーンスタインは自分の席に戻ってから一度肩をそびやかした。私はフォーセットの耳元でささやいた。「よくやった」

エミール・ベンヤミン氏は記者たちから要請されてもいないのに、体験機械の前で短く演説をした。

「私は復讐者や処刑人、被害者や告発者、王や司祭や裁判官の資格を持ってこの場に立つのではありません。むしろ教室に入る教師の気持ちでここに立っています。私はアイヒマンに、またナチス・ドイツとそれに同調した全世界の反ユダヤ主義者たちへ補償を求めることはしません。彼らの苦痛も望みません。彼らが私の足元にひれ伏して慈悲を乞う姿など見たくもありません。私は彼らに自分たちがどのようなことを犯したのか、自分たちが言ったのはどんな意味だったのか、自分たちは何を否定しているのか、気付いてほしいだけなのです」

ベンヤミン氏は気品を持って話した。彼は両耳の上側の髪を短く撫でつけていたが、前夜の懇談会の時にはそんなヘアスタイルではなかった。前日の夜かこの日の朝、その部分の髪を切ったのは明らかだった。体験機械に入るために受けるべき処置なのだろうと私は察した。ベンヤミン氏はもともと軍人のように短い髪だったので、そのような変化が大して目立つわけではなかった。一方アイヒマンは元々少ない髪の毛が裁判以後、すべて消えてしまいそうな状態なのでそのような処置を受ける必要がないようだった。

「私がこの教室で反ユダヤ主義者たちに教えようと思うのは、古くからある教訓です。実は私たちはユダヤ人であれ、キリスト教者、仏教徒、ムスリムであれ、数千年前に同じ指示を受けています。自分がされたいと思うように他人を遇《ぐう》すべしという黄金律です。この簡単な教えを理解できずに体験機械の発明を待たなければならない人たちもいました。機械を発明したロザリンド・フランクリン博士とグレイス・ペリー博士、そして研究を支援したユダヤ人委員会に感謝申し上げます。今や私は教師の矜持《きょうじ》と使命感を持って、この教室に入っていきます」

私はエミール・ベンヤミンの演説はニール・アームストロングの演説よりもはるかに立派だと感じた。ベンヤミン氏が話し終えるとフランクリン博士チームの研究員がふたり、彼を更衣室に連れて行った。しばらくしてベンヤミン氏は軽いガウン姿で部屋から出てきた。アイヒマンもガウンを着て出てきた。アイヒマンの横にいた看守兼ボディガード役の男性はふたりに減っていた。

ベンヤミン氏とアイヒマンはその時に初めて相手を見た。もちろん二人は握手をしたり目礼を交わしたりはしなかった。ベンヤミン氏は目に見えて蒼白な顔でアイヒマンをじっと睨みつけた。するとアイヒマンはおかしな行動をした。ベンヤミン氏を指さして自分の瞳をぐるりと一周させたのだ。まるで〈へえ、あなたでしたか?〉とでも言うかのように。ベンヤミン氏は拳をぎゅっと握ってその侮辱に耐えた。

ほかの研究員たちがそれまでに参観者席と体験機械の間にある藍色の布を取り払った。研究チームが意図したところではないだろうが、その行為は否認しがたく除幕式に似ていて、われわれはみなアーレント博士が使った芝居という表現を思い浮かべざるを得なかった。

ショーが始まったのだった。

＊

体験機械の中央処理装置の前方についているシリンダーの上部が開いた。ベンヤミン氏は参観者席から見て左側にあるシリンダーに、アイヒマンは右側のシリンダーに向かった。彼らについてそれぞれのシリンダーに研究員と看護師がそれぞれ入っていった。ベンヤミン氏とアイヒマンはまず看護師が差し出した薬液をコップに一杯飲んでからシリンダーの中にあるベッドに横たわった。

「あれは嘔吐抑制剤です。体験機械の作動中に吐き気を訴える人がたまにいます」

ベラ・レデラー研究員がよく通る声で言った。研究所では責任研究員である彼女を参観者席に送って、記者たちに施術過程を説明する役を任せていた。フランクリン博士とペリー博士は中央処理装置の前でチェックリストを挟んだクリップボードを手に緊張した面持ちで立っていた。

「今、腕に輸液チューブを刺しています。輸液の内容物はただの生理食塩水です。施術中に脱水が起こるのを防ぐためです。……今打っているのは麻酔注射です。脳には痛覚受容体がないのでディグラム細胞体が形成されたり変形したりするときにも苦痛はありません。しかし、ディグラム細胞体を形成する複合タンパク質を注入するときの痛みはかなりのものです。薬物に粘性があるためかなり太めの針で大変ゆっくり注入しなくてはならないからです。これを何回か行わなくてはならないので、あらかじめあのように部分麻酔を施します」

技術的な説明が続いたが、どの記者もレデラー研究員に質問をしなかった。みなシリンダーだけを穴が開くほど見つめながら、見えるものと聞こえることを必死でメモしていた。

シリンダーにいる研究員が、その痛みがあるという薬液をベンヤミン氏とアイヒマンに注射した。太い注射器をたっぷりと満たす乳白色の液体だった。レデラー研究員が薬物の主成分は神経細胞成長因子受容体と〈捕獲多重体〉と呼ばれる複合タンパク質だと説明した。〈捕獲多重体〉こそ体験機械の核心であり、この施術を現実に可能にした研究チームの最大の業績だとレデラー研究員は言った。

注射をした研究員たちはベッドに横たわる体験者に

寒く感じたり暑く感じたりしないか、めまいはしないか尋ねた。ベンヤミン氏とアイヒマンが大丈夫だと答えると、看護師が彼らにアイマスクと耳栓をつけた。続いて研究員はべたべたしたジェルをベンヤミン氏とアイヒマンの両耳の上に塗ると、金属でできたヘルメットを頭にかぶらせた。ヘルメットからはぶらぶらとコードがつながっていた。

少しすると中央処理装置の真空管がうるさく光りはじめた。風がひどく吹く日に窓の外から聞こえる低いうなり声のような音が聞こえてきた。

「細胞体に記録された一年分の電気信号を読み取るのにかかる時間は普通三十〜四十秒程度です。私たちはこの過程を〈スキャン〉と呼んでいますね。そうして読み取った一人の信号をもう一人の脳の海馬部位にあるディグラム細胞体に入れるには六〜七分程度かかります。この過程を〈彫刻〉と言います。そうして複製されたディグラム細胞体が他の神経細胞たちと連結するには早くて三分、長い場合は八分ほどかかります。この過程を安定化段階と呼んでいます。個人差が少しあります。体験者たちは安定化段階で元の記憶の持ち主のことを急速に理解し、共感するようになります」

研究員たちは当初シリンダーの中でベンヤミン氏やアイヒマンの足の指がひとつうごめいただけで目に見えて緊張していた。しかし実験は特にトラブルもなく順調に進行している様子で、一時間経過するとフランクリン博士は笑顔まで見せることがあった。ユダヤ人委員会幹部の中でザルマン・シャザール委員長が一番先に席を立ったが、おそらくタバコを吸うためのようだった。一、二名の記者が彼について行こうとして制止された。

ホーンスタイン広報官が来て、上の階に簡単な間食とお茶を準備してあると言った。記者たちがまったく動かずにいると、広報官はその部屋には窓があって、そこから体験機械と研究員たちがよく見えると付け加えた。すると記者たちは一斉に席から立ち上がった。

「月面着陸中継を見ていた時を思い出すね。画面には火を噴く宇宙船を背景に高度がいくつで、速度がいくつで、月までの距離がどのくらいだと数字が変化していて、みんな息をのんでそれを見ていた。私はあの宇宙船が絵だとは思わなかった。隣で誰かが『ところで、あの宇宙船をどうやって撮影したの？　宇宙船は二機なのか？』って訊いて、それでようやく自分が見ているのはアニメーションだって気が付いた」

フォーセットは片手に一杯のコーヒー、片手にはラッキーストライクを一本持って言った。彼女はベトナムでヘビースモーカーになって帰ってきた。

「そのうえ着陸船が月に到着した後も、ハッチを開くだけで二時間もかかったでしょ。今まさに人類が月面に降りていきます、間もなく行きます、と言いながら」

私は相槌を打った。私はマルボロを吸っていた。私はベトナムで〈ラッキーストライクを吸っていると弾に当たる〉という迷信を学んできた。

「記事はどうやって書くつもり？　ピューリッツァー賞受賞作家殿」フォーセットが訊いてきた。

「まだ、よくわからないんだけど。今回はかなり締め切りに余裕があって。あなたはどうやって書くつもり？」

「私は通信社だから、手当たり次第に書かないと。何本くらい書くことになるかな？　二十本？」

「もっと書かなくちゃだめそうだけど」

「私が記者だったら、だから速報じゃなくてニューヨーカー誌の記事を書くなら、ってことだけど……、アインシュタイン博士の話を先に打ち出すと思う。これは本当に人類の歴史を変える物みたいだから」

「そう？」

「違う？　〈相手の立場で考えてみる〉っていう難しいことがとうとう実現したんだよ。科学技術がこれまで人間という種の生物学的限界を乗り越えられるようにしてきてくれたじゃない。人間が馬よりも速く走り、鳥よりも高く飛べるようになったでしょう？　普通の人たちが数学の天才のように計算できるようになって、昔だったら水晶の球でも見られなかった遠い都市の事件をリアルタイムで見られるようになったじゃない。そのたびに文明の形態が変わってきた。今や普通の人が聖者か賢者のように他人を理解できるようになった。興奮しない？　今から何が変わるだろう。司法制度？　政治？　倫理意識？　宗教？」

私はその言葉に楯突きたくなった。

「ちょっと神聖さを冒瀆する話だけど……さっきアイヒマンが機械に入るときにちょっとおかしな想像をしたよ」

「どんな？」

「もしもアイヒマンも本当に地獄で生きてきたなら、どうする？　もしもいろんな人が直接体験してみて、アイヒマンが感じていた苦痛がアウシュビッツに匹敵するだけのものだったら？」

「あなた、それふざけて言ってるんだよね」

「私が言いたいのは、アイヒマンがこれまで苦痛を感じてきたかどうかとは関係なく、アイヒマンは罰を受けるべきだってこと。これは正しいか間違っているかの問題でしょ、誰がより苦しんできたかって問題じゃない。見方によっては犯罪を処罰するときその被害者がどんな苦痛を味わったかは副次的な問題だよ。何にも感覚のない人を傷つけたり、死にたい人を殺害したりしたとしても犯罪は犯罪だから。麻薬みたいに自分を害する犯罪もあるし」

「その正しいか間違っているかは誰が決めるの？　神様？　あらゆる倫理の基礎はほかの人の苦痛に対する人間的な共感から来るのではないの？　あなたは教会に通っているの？」

フォーセットが片方の眉を吊り上げて言った。

「いいえ」

私はタバコを押し消して答えた。宗教的にとても厳格な家で育ったという話はあえて付け加えなかった。

他人の苦痛と共感を一番に打ち出す態度が普遍的な倫理のある側面と衝突するのだと漠然と感じていたが、そんな考えは整然と解き明かすのも難しかった。ある行為が正しいか間違っているかは、行為者の意図とか受け取る側の感受性によって変わってくるのではないか。相手にとっても役に立つだろうと迷信のように信じることで、害を及ぼす行為が正しくなりえるだろうか？　感受性が敏感な人に対して悪さを働くことと何とも思わない人に同じことをするのは区別すべきなのか？

私は記事によって人々を傷つける。実際どんな記事を書こうとも、その記事に侮辱されたとか害を被ったという人が出てくる。その中には無辜《むこ》の犠牲者もいる。犯罪者についての記事が罪なき家族には傷となり、企業の役員が行った不正についての記事が誠実な従業員たちに羞恥心と罪の意識を呼び起こす。間違った信念を持つ人たちはその誤りを指摘されると傷つく。それらの感情は不条理だが厳然として実在する。そして人によって受け入れる強度が異なる。ある時代においては舞踏会でダンスの相手を断られたために死ぬほど苦しむ人もいた。

苦痛は、必ずしも悪だろうか？　時には正義と真実が人々を最も苦しめて不快にさせ、悪が最も甘美なのではなかったか？　体験機械が日常に溶け込めば、人々はほかの人の気分を害さないように行動を控えることが最も重要な道徳だと考えるようになったなら、これは批判と省察なく禁忌で溢れるナルシストの社会につながっていくのではないか？　反対にわれわれの自尊心を保ってくれる悪に対してはより簡単に屈服するようになるのではないか？　本能と憎悪、不安と恐怖も共感を通じて広がったのではなかったか？　優越意識や嫌悪感ほど伝染しやすい感情があったか？　だとしたら、これは第二のゲッベルスが最も喜ぶ機械ではないのか？

＊

「ビッテ……ビッテ……オー、ゴッツ、オー、オー、ゴッツ！」

アイヒマンが体をよじらせ声を上げた。ヘルメットがベッドにこすりつけられて、聞きがたい嫌な音がした。ドイツ語のできるホリングワースはアイヒマンの言葉が〈どうか、おお、神よ〉という意味だと教えてくれた。アイヒマンは体験機械に入ってだいたい二時間目から軽く苦しそうな声を立て始め、うめき声はだんだん大きくなると最後には悲鳴になった。はじめは彼が何と言っているのか聞こえなかったが、途中から参観者席からもはっきり聞こえるほど声が大きくなった。

研究員たちはそれほど驚いた様子を見せなかった。新しい記憶の注入されたディグラム細胞体が安定する段階でよく現れる現象だという。

「意識的に出している言葉ではありません。寝言のようなものだと思ってください」レデラー研究員が言った。そして、研究員としては明らかに不必要な言葉を付け加えた。「アウシュビッツの生存者の大部分は夜な夜な悪夢にさいなまれて大声で寝言を言うそうですよ」

「ヒルフ・ミア（助けてくれ）！　ビッテ！　ヒルフ・ミア！」

アイヒマンはとうとう拳でベッドを殴り、宙を蹴りつけるまでになった。

看護師がふたりシリンダーに入って行って、アイヒマンの足を摑むとベルトでしばりベッドに固定した。若い男性研究員はアイヒマンのヘルメットをきちんと直すと、顔から流れ落ちる汗を拭いた。フランクリン博士とペリー博士は、中央処理装置のパネルの間を小走りに忙しく動き回りながら出力された紙テープに記された数字とグラフを確認し、ほかの研究員たちに指示を出した。

アイヒマンの悲鳴が聞こえだしてから参観者席の前列に座るユダヤ人委員会の幹部たちの緊張が解けるのが確かに感じられた。先ほどとは違い首と肩の筋肉から怒りと憎しみの力が薄まり、その場所には代わりに勝利感と満足感が宿りだしたのが見て取れた。私は今更ながら人間の共感能力は恐ろしいと考えた。われわれは顔の見えない状態ですら、後ろ姿だけでも相手の気分を見分ける。

あるいはそれはすべて私の錯覚だっただろうか？ 好きなように私の感情をユダヤ人幹部たちの後ろ姿に投射したのだろうか？ 体験機械に入らずには確認できないことではないのだろうか？

一方、記者たちがいる席に活気が漂っているのは否定しがたく間違いのない事実だった。われわれは直前まで歴史的な事件があまりにも静かすぎるという不満が少々あり、記事の完成度を高めてくれる劇的なエピソードを求めていた。アイヒマンの悲鳴はその不満にぴったり応えてくれていた。

実に皮肉な瞬間だった。数十人の目の前で一人の老人が「助けてくれ」と叫びながら身もだえしていた。それなのに誰もその人間に憐憫《れんびん》の感情さえ抱かなかった。人間の共感能力がどれほど選択的か逆説的に立証する現場だった。相手は同情される価値のない悪魔のような人間であり、このような現象はよくあることで、しかも彼は今意識がなくて苦痛をきちんと感じることもできないと専門家が言っていて、隣にいる他の同僚の中に動揺を見せている者は誰もいない。ここで、どうやって共感能力が発揮できるだろうか。

このとき、実に当惑することが起きた。左のシリンダーに横たわっていたベンヤミン氏もこのようにぶつぶつ言い始めたのだ。

「ビッテ……ビッテ……オー、ゴッツ……」

ユダヤ人委員会の幹部たちはようやくざわざわし、研究員たちの動きもさっきとは違う感じでせわしくなった。ベンヤミン氏の手と足を押さえる看護師の手つきは、先ほどよりも何倍も優しそうに見えた。

「たとえアイヒマン氏の観点を通して感じたことだとしても、収容所の記憶は愉快ではないでしょう。特にベンヤミン氏のような方にとっては」レデラー研究員が硬い表情で言った。

ユダヤ人委員会と研究員たちにとって幸いなことに、ベンヤミン氏の反応はそれ以上激しくはならなかった。彼は「ビッテ」という言葉をさらに何回かつぶやき、すすり泣くように体を上下させた。それがすべてだった。そうしている間にアイヒマンの発作も徐々に消えていった。

体験機械は作動を始めてから五時間三十七分で停止した。ベンヤミン氏がアイヒマンの記憶を受け入れるのに五時間二十一分、アイヒマンがベンヤミン氏の記憶を受け入れるのに五時間三十七分かかったとレデラー研究員が説明してくれた。

「施術が終わったあとは、とくに処置する薬や療法はありません。ただ体験者の意識がはっきりするまで三十分程度、横になっていてもらいます」レデラー研究員が言った。

われわれは三十分まで待たなくてもよかった。アイヒマンが奇声に近い声を上げて自分のシリンダーから飛び出してきたためだ。彼はつんのめり、はじめに彼を体験機械に連れてきた体格のいい男性たちが彼を捕まえようと飛び出してきた。

「ダス・ヴァー・マイネ・シュルトゥ（私の過ちです）！ダス・ヴァー・マイネ・シュルトゥ！　エス・トゥートゥ・ミア・ゾー・ライトゥ（本当に申し訳ありません）！　エス・トゥートゥ・ミーア……」

アイヒマンは涙をぼたぼたと流しながら倒れこんだ。彼の顔は涙と鼻水とよだれにまみれていた。彼がどれだけ大量の涙を流したことか、床に小さな水たまりができるほどだった。

少ししてベンヤミン氏が自分のシリンダーからゆっくりと歩いて出てきた。彼は、魂の一部をなくしてしまった人のようだった。まなざしには驚愕が浮かんでおり、口はぽかんと開いた状態で手足に力がなかった。ゆっくりと参観者席を見回す彼の態度にはどこかゾッとするものがあった。彼ははるか遠く離れたところにいるように感じた。ユダヤ人委員会の幹部たちにとって、ベンヤミン氏はこんな表情を、こんな行動をすべきではない人だった。ベンヤミン氏は冷静に堂々とした足取りで歩いて出てきて勝利を宣言してもよかったし、このうえなく汚らしい内面だったと身震いして怒鳴りつけても、床に唾を吐いてもよかった。アイヒマンを殴りつけるのも悪くなかっただろう。しかし、そうではなかった。

その瞬間アイヒマンが振り返ってベンヤミン氏に気付いた。アイヒマンはガバッと立ち上がるとベンヤミン氏の前に二、三歩駆け寄って足がもつれ、倒れるようにバタッと音を立てて床にひざまずいた。あまりに急なうえにアイヒマンの意図が何なのかはっきりしないためガードマンもその行動を制止しかけて止まった。

「フェアツァイ・ミア（許してください）……。フェアツァイ・ミア、ビッテ（どうか）、ビッテ」

アイヒマンはベンヤミン氏の足首を摑んで乞うた。彼は額が床につくほど頭を下げると、急にベンヤミン氏の足に口づけし始めた。

ベンヤミン氏はのろのろと体をかがめて自分も床に膝をついた。彼はアイヒマンの肩を摑むとその手を下ろしていき、相手の肘を、そしてとうとう非人道的殺《さつ》戮《りくしゃ》者の両手を包み込んで握った。そしてゆっくりと自分の体を起こしながら、ナチスの戦犯の体も立ち上がらせた。アイヒマンは自分には両足で立っている資格などないとばかりに、深くうつむいたまま体をぶるぶると震わせた。アイヒマンほどではなかったが曲げられたまま宙に止まったベンヤミン氏の手も弱く震えていた。

研究員やガードマンたちはあえて割り込もうとはせず、黙って見守るばかりだった。ユダヤ人委員会の幹部たちも何も言えず、記者たちもぼんやりとペンを手にしたまま目の前の光景がどのように展開していくのか見つめていた。ユダヤ人委員会所属のカメラマンだけが、プロ精神を忘れずにフラッシュをたいて様々な角度からその場面を撮影した。

ベンヤミン氏は震える腕でアイヒマンを抱きしめた。アイヒマンもゆっくりと腕を上げてベンヤミン氏の体を抱きしめた。アイヒマンはクックッと声をあげて嗚咽を漏らしていた。ベンヤミン氏の目からもふた筋の涙が流れ落ちていた。

＊

全般的な報告：アイヒマンと体験機械—V
アン・モリッシー・メリック、
一九六九年十二月六日

マスコミ各社はユダヤ人委員会が要請した記事の掲載に合わせて、体験機械の成功を大々的に報道した。アドルフ・アイヒマンにまつわる許しと和解のドラマは世界のすべての新聞と放送のヘッドラインニュースになった。特にローラ・フォーセットが四十本も書いたAP通信の記事が途方もなくリアルで感動的だった。

ユダヤ人委員会はアイヒマンとベンヤミン氏が泣きながら抱き合った瞬間の写真を最後まで公開しなかった。エリザベス・ホーンスタイン広報官は報道資料と論評を何度か発表したが、〈和解〉という単語はただの一度も使っていない。〈許し〉という単語は何度か登場した。アイヒマンがひざまずきドイツ語で「許してください」と乞うたところを描写する中でのことだった。

ユダヤ人委員会が愛用した表現は〈贖罪《しょくざい》〉と〈懺《ざん》悔《げ》〉だった。それまで彼らが否定してきたアーレント博士の観点をいくらか借用したわけだ。そうであった、アドルフ・アイヒマンは確実に想像力が不足し、知的とは言いがたい、平凡な人間だった、だが現代科学の力で自身の犯した罪がどれほど巨大で途方もないものだったか気付くことになった、そしてそのとたんに自責の念と罪の意識にくずおれ許しを乞うた、ナチスの犯罪は果たしてナチスの最高の首領さえ耐えがたいひどいものだったという話だった。こんなストーリーは、犯罪者は精神疾患者であり、科学によって治療できるというニュアンスを醸した。

アドルフ・アイヒマンが膝をついて許しを乞うたときにベンヤミン氏がしたことについてユダヤ人委員会では論評を避けた。約束されていたベンヤミン氏との懇談会は取り消された。何百人もの記者たちがベンヤミン氏の働く牛革工場と家を訪ねてインタビューを試みたが、彼には会えなかった。ユダヤ人報復団は声明を出し、ベンヤミン氏は体験機械に入るのに適切な人物ではなかったとしてユダヤ人委員会を非難した。報復団は、ベンヤミン氏ではホロコーストの生存者を代表することはできず、代表すべきではなく、精神の衰弱した商人がひとりアイヒマンを許したとしても、アイヒマンの罪が消えるわけではないと主張した。気の立った強硬派シオニストたちはベンヤミン氏の家にガラス瓶を投げつけ、ドアに〈悪魔を理解するのは悪魔〉だとか〈安易すぎる許し＝裏切り〉などの文句を書いた。

その一方で一九六九年十一月一日の現場を過度に美化してふくらませた。少なくとも一週間はそうだった。

はっきりと証言するが、ベンヤミン氏がアイヒマンに「私の兄弟よ」だとか「あなたを許します、もし私にその資格があるならば」と言ったなどというエピソードは嘘だ。ベンヤミン氏は体験機械から出て検査を受けに行くまでひと言も話さなかった。彼はアイヒマンの頰に口づけもせず、アイヒマンの涙を拭いてやることもなかった。

ロザリンド・フランクリン博士がぼろぼろ涙を流したとか、アインシュタイン博士がヨブ記あるいは詩篇の一部を諳《そら》んじたという話も事実ではない。ユダヤ人委員長のザルマン・シャザール、またゴルダ・メイヤー文化広報局長が憤慨して席を蹴って立ち去ったという話もまた事実ではない。メイヤー局長は確実に腹を立てた表情ではあったが、特に何の行動もとりはしなかった。

体験機械の発明は月面着陸よりも奥深い出来事であり、われわれの文明を画期的に変えてしまうだろうというアインシュタイン博士の予言は確かに正しかった。

アポロ十一号以降、自分を月に送ってほしいと政府に願い出る人はいないわけではなかった。しかしその大部分は狂信者か子どもたちだった。その反面、体験機械が完成してきちんと作動するという知らせが伝わると、多くの人たちがその機械を利用させてほしいとホワイトハウスとアンカレッジに手紙を送った。配偶者を理解したいという人もいたし、臨終を迎えた家族と記憶を共有したいという人もいた。フェミニスト、障碍者団体、犯罪被害者団体などは体験機械の量産と普及を催促してきた。自閉性障害患者の親たちは体験機械を治療用に使えるようにしてほしいとアメリカ政府とロザリンド・フランクリン博士チームに訴えた。

しかし、相変わらずわれわれはこの機械が何をどのように変えてしまうのかについて、まともな想像さえできない状況にいると私は考える。私はアインシュタイン博士の意見と同じほど、サンフランシスコ・クロニクル誌に人生コラムを連載するアビゲール・ヴァン

・ビューレンの言葉にも同意する。彼女はこの機械のせいで人生コラムニストの仕事が消えてしまうのではないかという質問を受けてこのように答えている。

「相手の立場を理解したからといって問題が自然と解決するのではありません。そこから新しい問題が始まることもあるでしょう。相手の立場を理解する人が、自分はそのように理解されていないことについてもっと絶望することもあるし、反対に相手の世界を理解して相手にもっと残忍な悪さをすることだってあります」

＊

さて、アドルフ・アイヒマンのあっけない最期について語る番だ。

アイヒマンは体験機械に入ってから一週間、完全に違う姿を見せてくれた。彼は謝罪の記者会見を開きたいと言って、ユダヤ人委員会に記者を呼んでほしいと要請し、これを拒否されるとホロコーストの生存者たちに送る手紙を書いてセルヴァティウス弁護士を通して発表した。アイヒマンは八枚の便箋に、ホロコーストの生存者を訪ねて謝り、ナチス・ドイツの野蛮さを証言することに自分の残された時間をすべてささげたいと書いた。

一部ではあったが、アイヒマンに同情する世論が起こりつつもあった。そのような意見を述べるロマン主義者たちは、最悪な人間を許すことは、すなわち人間にできる最も崇高なことになるだろうと主張した。

アイヒマンはエミール・ベンヤミン氏にもう一度会いたがった。後から知らされた事実だが、アイヒマンが収監されていたのはワイズマン研究所から車で十五分の距離にある小さな農場だった。ユダヤ人委員会を通して連絡を受けたベンヤミン氏は、この農場を訪れてアイヒマンに面会した。

ベンヤミン氏はプレゼントしたい本だと言って、ヴィクトール・フランクル博士の『夜と霧』を持ってアイヒマンの部屋に入っていった。その本の中には革工芸に使う小さくて鋭い革刀が入れてあった。アイヒマンが腕を開いて自分を抱きしめようと近づいてきたとき、ベンヤミン氏は革刀で相手の首に切りつけた。

アイヒマンは目を大きく開き、信じられないという表情で何歩か後ずさった。ベンヤミン氏はアイヒマンの首から噴き出す血を顔に浴びながら相手を追いかけ、血を押さえている腕をつかんで下げさせると傷の中に革刀を差し込んで頸動脈をかっさばいた。アイヒマンが床に倒れるとベンヤミン氏が持っていた革刀は、今度はベンヤミン氏自身に向かった。ベンヤミン氏はためらわずに自分の首を、左耳の下から右耳の下まで長く、深く切りこんだ。

その時になって外にいた情報局職員たちが事態に気付いて部屋に入ってきた。しかし、彼らにできることはほとんどなかった。妙なことにベンヤミン氏の体はアイヒマンの体の上に重なっており、彼らの血はその下で混ざり合っていた。医師たちが到着したときには二人とも死んでいた。

その晩アンカレッジ警察がベンヤミン氏の家から一枚のメモを発見した。ベンヤミン氏の知人はメモに書かれた文字の筆跡はベンヤミン氏のもので間違いないと確認した。メモにはこのように書かれていた。

〈他人は他人のままにしておくのがよい〉

多くの人たちが、仲間のユダヤ人から非難されたためにベンヤミン氏がそのように極端な行動をしでかしたのだと信じた。特にアイヒマンを殺害する前の晩にベンヤミン氏は妻の父親と弟に会っていて、その席で過激な非難を浴びたのが決定的なきっかけになったと彼らは主張する。ベンヤミン氏はアンカレッジのユダヤ人社会での評判を非常に重要視する人物だった。変節者、裏切り者、ユダヤ民族の恥だと非難されたままでいるより、むしろ自ら命を絶つほうが彼にははるかに簡単だっただろうと友人たちは証言した。

ほかの人にではなくベンヤミン氏は、自分自身に耐えられなかったのだと推測する人たちもいた。彼は名誉と人の評判を重要に思うことはあっても、自分が正しいと思ったことなら周りの人たちの言葉など気にしない気骨のある人だった。ユダヤ人たちが独立国家を建設しようという計画をあきらめなければならないという主張を果敢に述べ、このために古くからの友人たちから絶交されたこともあった。頑固だった彼は自分の信念が拒絶されたことが一番受け入れがたかったのではないだろうか。アイヒマンとナチスの戦犯たちは死ぬに値し、いかなる理解も共感、同情、憐憫の余地もないという信念が。

このような主張を述べる者たちは、ベンヤミン氏がアイヒマンを哀れで可哀想だと思う自分自身を顧みてゾッとするほど驚き、自分がアイヒマンの助命活動に参加するような状況を防ぐために、あのような行動をしたのだという。ギャンブルをやめるために腕を切り落とす人のように。言うなれば体験機械以降のベンヤミン氏の自我は二つに分裂していて、敗北を予感した過去のベンヤミンが未来のベンヤミンとの心中を選んだというのだ。

もちろんこんな仮説とはまったく別物として、陰謀論を述べる者たちもいた。これらの陰謀論は全てひとつの事柄をその根拠としていた。そしてその大元は確かに見過ごすわけにはいかないものだった。アイヒマンに会いに行ったときのベンヤミン氏の監視があまりにお粗末だったという、まさにその点だ。刑務官たちはベンヤミン氏の持ち物を検査する考えもなく、ベンヤミン氏がアイヒマンのいる収監室に入っていったときそばで見守ることもなかった。彼らはベンヤミン氏がアイヒマンを二度も刺して、自分の首までざっくりやった後で部屋に入ってきた。

このすべてのことがユダヤ人委員会の黙認下で行わ

れたのではないか？　ユダヤ人委員会の誰かが、たとえばツヴィ・ザミール情報局長か、あるいはモサドにいたというメイール・アミートが心を痛めていたベンヤミン氏のもとに行き、それとなくアイヒマンの暗殺方法を教えてやるなり、行動をけしかけるなりしたのではないか？　死刑を執行した場合、起こるであろう政治的な問題が憂慮されるものの、だからといってほかの国家へアイヒマンの運命を任せたくもない強硬派シオニストたちにとっては、アイヒマンがユダヤ人の手によってアンカレッジで血を流しながらさっさと適切に死んだということではないか。

アイヒマンの監房を見守っていた刑務官たちは、ただただついぞ予想もつかないことで、まったく備えていなかっただけだと抗弁する。彼らもまたマスコミを通してアイヒマンとベンヤミン氏の感動的な抱擁をよく知っていた。彼らは当然ベンヤミン氏がアイヒマンを許しており、アイヒマンを助けるなり、そうでなくてもまっとうに対話を交わすためにこの私設刑務所を訪れたのだと察していた。だからベンヤミン氏を疑うなど考えも及ばなかったと弁明した。

だとしたら、もしかしてこれは全部ベンヤミン氏の計画だったのではないだろうか？　体験機械の前であのような涙を誘う場面を演出して世の人たちを欺き、その後検問なしに武器を持ってアイヒマンにふたたび接近する機会を作るための？　この辺までくると荒唐無稽な推理ではあるが。何人かの陰謀論愛好家たちはここからさらに先に進む。もともとすべてはモサド内部の過激派の計画であり、ベンヤミン氏もモサドの秘密要員であり、アイヒマンに体験機械を通じて自分の罪を自覚させた後で、アメリカに身柄を渡す前に脈を断ってしまうというのが彼らのシナリオであった、と。

＊

アイヒマンが死んでから半月経った頃、クレア・ホリングワースはダニエル・セルヴァティウス弁護士のインタビューという特ダネを報道した。セルヴァティウス弁護士はここで陰謀論愛好家たちなら、興奮して飛び跳ねるような衝撃的な内幕を暴露した。

アドルフ・アイヒマンはベンヤミン氏の前でひざまずいて謝罪しようという計画を体験機械に入る前にあらかじめ立てていた。その計画には体験機械で施術を受けている合間合間に神の名を呼んでうめき、宙を蹴りつけようという細部事項まで入っていた。

「アイヒマンは肉体的な苦痛を避けて生き延びることさえできるなら、ほかのことは何がどうなっても構わないという人物でした。そしてそのためになら冷徹で天才的な頭脳を持ち合わせていました。私はアイヒマンほど自分の生命と安全に執着する人物を見たことがありません。彼は自分がどれほど罪を後悔しているか主張したところで、ユダヤ人委員会はその言葉を信じないだろうことをよくわかっていて、体験機械が自分の唯一の生き延びる道だと考えました。彼は自分が体験機械に入ってから劇的に悔い改めた人を演じてアメリカに追放されれば、アメリカ国内の世論が自分に友好的に転じる可能性があると見て、そうなれば死刑ではなく終身刑になるだろうと期待していました。世の中で彼ほど体験機械の完成を願っていた人はいなかったでしょう。アイヒマンは体験機械の作動条件についてユダヤ人委員会と協議したとき、その場全体が台無しになることを一番気にかけていました。ですから外部の専門家に安全性について検証させようという提案をユダヤ人委員会側に断られたときも、文句を言わずに要求を撤回したのです」

「そのような構想をあなたに打ち明けたというのですか？」

「レコーダーが消してあるか何度も確認しながらです。その話をするときには楽しんで高笑いをすることもありました。実のところそれがアンカレッジに閉じ込められている間の彼にとって、数少ない楽しみだったでしょうから、人間的にまったく理解できないわけでもありませんが。同時に弁護士には守秘義務があるのでこの呆れかえる真実をほかの人に打ち明けるわけにはいかないし、もし話したとしても誰も信じてくれないだろうと私をからかっていましたよ。私一人であっても自分の意志で統制できると思えることが、彼にとって何より重要なことのようでした。気分がよい時には両手のひらを合わせて蠅のようにこするのが彼の習慣でしたが、死ぬまで忘れられそうにありません。おそらくアウシュビッツを構想しながらもあのように笑いながら手をすり合わせていたのでしょうね。ある日など私が到底耐えられずに『あなたが死んだらすぐに弁護士をやめてあなたの秘密を全部暴露してやる』と言ったところ、好きにすればいい、自分が死んだ後の世の中で起きることには関心がないからと言ったのです」

セルヴァティウスによるとアイヒマンは特にアインシュタインを嫌っていたそうだ。アイヒマンは自分が決して怪物ではないことを、まともな人間であることをよくわかっていた。彼は『アンカレッジのアイヒマン』を読んで不快がってはいたが、アーレント博士は見る目が鋭いと称賛さえもした。彼は、自分は醜悪だが平凡な人類のよくある一面だと主張した。だとしたら体験機械は人類にとって美談の領域を開拓する探査船などではなく、ただの鏡にすぎないものだとアイヒマンは言っていた。

「アインシュタイン博士はなぜあれほど光と鏡を求めるのだろう？　まさか自分の顔を見るに堪えるものだと信じているんだろうか？」

アイヒマンは目を丸くして宙に向かって尋ねてから、にやりと笑ったとセルヴァティウスは回顧している（もちろん彼は回顧録を書く考えだった）。

「仮に彼がそんな計画を組み上げていたとしても、体験機械に入って本当にベンヤミン氏の記憶を受け入れて驚愕し、別の人になった可能性もありますよね？」ホリングワースが訊いた。

「その可能性もあります。しかしそれはわれわれにはわかりません。体験機械に入って出てきてから私がアイヒマンと二人だけで話したのは一回きりです。その時アイヒマンは本当に悔い改めた人間に見えましたよ。しかし、彼が悔い改めた人を演じていた可能性もありますね。面談時間が短くて心中を打ち明けがたかったかもしれません。あの時の彼の本心を知ろうとするなら、それこそ体験機械が必要だったでしょう」セルヴァティウスが言った。

ホリングワースによるセルヴァティウス弁護士独占インタビューが報道されて二日後、アメリカの下院科学宇宙技術委員会傘下、研究技術監督小委員会において体験機械の応用分野について緊急聴聞会が開かれた。非公開聴聞会だったが、何名かの参席者たちの発言はマスコミ報道によって知られることになった。聴聞会で政治家たちは、主にソ連やほかの国家が体験機械を武器として開発する可能性を科学者たちに尋ねたそうだ。

防衛産業に従事する科学者と工学者たちが憂慮した体験機械の軍事的潜在力とは大きく分けて二種類あった。

まず、アメリカの軍人や情報要員を相手に〈洗脳機械〉として活用する可能性だ。特にベトナムとキューバのように自分たちの正当性を信じている敵側は、体験機械を利用してある種の洗脳工作よりも確実にアメリカ国民を包摂することができるだろう。体験機械は情緒面に訴える力が途方もなく強く発揮できる分、アメリカと紛争中の貧しい第三世界にとって有利な武器になるだろうということだった。

二つ目はもう少し大きなシナリオで、ソ連やエジプトのような国で自国民を対象に体験機械を使用する可能性だ。体験機械は電気信号を利用するので、一人の記憶を何人もの人に複製することも難しくない。数百万、数千万人の国民が政府によって定められた保健所に行って捕獲多重体を服用してヘルメットをかぶり、あらかじめ蓄えられた指導者の思想を入力することが起こりえるのだ。

「ブレジネフが総統になってやると決心したら、ソ連の外にいる誰も止めることはできないのです。ナセルがエジプト国民をすべてナセル主義者に変えてしまうことだって可能です。ヒトラーの第三帝国とは比べ物にならないほど巨大で強固なアメリカの敵が登場することもありえます」

一部愛国的な科学者たちはそのように言って、アメリカこそが体験機械を率先して使うべきだと意見したという話が後から伝わった。体験機械を利用してアメリカが追求するアメリカ的な価値をアメリカ人だけではなくアメリカの海外援助を受けている中東とアジア国家に広めるべきだというのだ。科学者たちは、民主主義国家であるアメリカは独裁国家に比べて国民の意見をうまく統一できないという弱点があるがゆえに、敵対する国家が体験機械を使用するときが来れば、すでに手の施しようがなく遅いのだと指摘した。

聴聞会に参加した科学者たちはロッキード・マーチンやボーイングのような軍需会社こそ体験機械の量産と改良業務に当たるのにふさわしいと指名した。またパイロット版は韓国のようなアメリカの援助対象国家で先に普及させ試験させるという試案も提示した。

「これまで人類が経験してきたいかなる戦争よりも熾烈な思想戦、イデオロギー戦が繰り広げられるでしょう。この戦争は誰がより多くの共感を得られるかという戦いです。すべての国家がある程度全体主義化するのは避けられません。もしかしたら政治エリートたちは今この瞬間にも、この機械を使ってひとつの〈集団意識〉になるべきかもしれません」

国防総省所属のある洗脳専門家は聴聞会でこう述べたという。

ニューヨーカー誌に原稿を送る瞬間までに、私は体験機械の意味を把握できそうにない（おそらく今後数十年間は誰にもわからないだろう）。この機械が人類にとって祝福なのか呪いなのかさえはっきりしていない。私は最後にハーバード大学哲学科のポール・レヴィナス教授の主張を紹介してこの文を終えようと思う。

レヴィナス教授はフランス哲学者たちの主張とは異なり、他者化と排除は人間の存在と人間的思惟の本質だと力説する。人間性は崇高で根源的な何かではなく、そこに属してはならないものに対する何重もの否定を通して怠まず再生産されるフィクションだという。人類の倫理は全てそのような他者化と排除を通して発展してきたのだという。

連続殺人鬼、性暴力犯、児童虐待者たちにとってもそれぞれの事情がある。しかしその事情にあえて耳を傾ける必要があるだろうか？　聞くべきだとしたらどんな理由からだろうか？　単純に彼らがわれわれに似た存在だからだろうか？　あるいは人間の限界がよくない方向にどこまで拡張できるか確認するためだろうか？　ほかの人間への理解は時に人間性を守るのに役立ちはするが、必ずしもそうとは限らないというのがレヴィナス教授の観点だ。レヴィナス教授はハーバード大学新聞に書いた特別寄稿文にこのように書いている。

〈往々にして他人は地獄である。そしてわれわれはもしかしたら、その地獄が自分たちの理解できないところにあることに感謝すべきかもしれない〉

極めて私的な超能力

지극히 사적인 초능력

彼女は手首に傷痕があった。傷痕を見せびらかすわけではなかったが、だからといって隠そうともしなかった。「見るなら見れば？」というスタイルだった。

他人に対する彼女の態度にも、いつもそんな雰囲気があった。「やるならやれば？」というような。

僕は彼女のそんな超然とした態度に惹きつけられて、同時にいつも腹を立てていた。

僕と別れる日、彼女は自分の超能力を打ち明けた。自分には予知能力があるというのだ。

「未来が見えるってわけじゃないの。ただわかるってことね。本を読むのに近いかな。目の前の人や、物、場所について、ふと、ある文章が浮かぶの。あ、この人はもうじき病気になるんだなあ。これはしばらく人の手に渡ることがなさそうだな。ここで誰かが怪我するんだな。そういったこと。完璧ではないよ。なんで、どうしてそんなことになるのかはわからなくて、ある断片だけが先にわかるんだから。でもそれが圧倒的なの。疑うこともできないくらい」

彼女は、自分の人生はそんな能力の影響を受けているのだと言い張った。

「未来のある時点の出来事がわかるっていうのと、未来全体を見通すっていうのはまったく違うからね。でも、私はそんな違いなんてわからずにいた。その違いもわからないまま、すべてはあらかじめ決められていて、変えられないって思いこんでいた。だから生きることに熱意を向けられなくなっていった」

その時、僕は彼女の言葉を信じなかった。彼女がこう付け加えたからだった。

「あなたは、私とは二度と会えない」

彼女の話はすべてこの一言のための作り話だと、その時は思った。

彼女に嫌われたんだと思った。

彼女はさらにいくつか、僕の未来について話してくれた。僕は、放送関係で働くことになって、過労で一回、交通事故で一回入院するけどすぐに退院して、辛い料理が好きになって、記録的な大寒波が押し寄せる日にブダペストにいるだろう、などなど。

それらの予言は、それから十年のうちにすべて現実となった。僕の人生もどうしようもなく、その事実に影響された。未来のある部分は決められていて、運命というものは存在した。

手首に傷痕のある彼女が知らなかったことは、僕もまた超能力者だという事実だった。

僕は、千里眼だった。ひと月に一度か二度くらい、

すごく疲れて頭が空っぽになりそうなとき、闇の中に突然映像が浮かぶことがあった。まるで夢を見ているようだったけど、夢ではなかった。思いがけない人たちが、その瞬間どんなふうに過ごしているのかを見ることができた。

三ヵ月に一度くらい、彼女を見た。

彼女は僕の知らない通りを歩いていたり、韓国系のスーパーで買い物をしていたり、本を読んだりノートパソコンをぼんやり見たりしていた。

＊

空港が寒波で閉鎖されて三日目だった。ドナウ川はカチカチに凍っていた。空は青から赤に、そしてゆっくりと黒に変わった。ブダペストの金色の夜景はきらびやかだったが、なぜか偽物のようにも見えた。

撮影チームは酒を飲みに出かけ、僕はADと同じホテルの部屋にいた。彼女と僕はそれぞれ別の番組制作

会社の所属だった。僕たちが同じ仕事をするのは二度目だった。僕たちはダウンを着た上から毛布を掛けていた。

「完璧ではないよ。なんで、どうしてそんなことになるのかはわからなくて、他人の人生の、ある断片だけちらっと覗き見るんだから。でもそれがすごく生々しいんだ」

千里眼について誰かに打ち明けるのは初めてだった。ADは笑うとか、呆れた表情は見せないで、真剣な顔でうなずいた。僕と話すとき、彼女はいつもそんな顔をしていた。

「そんな能力のせいで性格が変わったと思う？　望まないのに他の人を見ることになって、むしろ一人の時間を過ごしたくなるとか。元カノをしょっちゅう見て、恋愛戦線に異常が起きるとか」ADが訊いた。

「そうでもないけどな。CCTVを見ているからって、その画面の中の人物と一緒にいる気持ちにはならないだろ？」

口に出してみると、それが嘘だとわかった。CCTVを見ていると、その画面の中にいる人物の不在をより強く感じるようになる。そんな感覚は人生に影響を与える。

「そうやって、私を見たこともある？」

「いや、ないよ。誰かのことをよく考えるからといって、その人が見えるってわけじゃないよ。その反対でもないし。何の法則もなさそうだ。どうして、よりによって彼女のことばかり見えるのかわからない。超能力者同士、何か通じるものがあるのかもね」

「気になる？　元カノのことがずっと見えていて」

「気になるよ」僕は正直に認めた。

「実は、私も能力があるの。誰にも話したことはないけど」ADが言った。彼女は、自分は〈記憶除去者〉なのだと主張した。

「X－MENの映画でハゲの博士が持っていた能力、

覚えてる？　キスをしてヒロインの記憶を消すでしょう？　自分に関する記憶だけ。私も他の人の頭から特定の記憶をそんなふうに消すことができるの」

僕は笑いながら「その映画は『X‐MEN：ファーストジェネレーション』だね」と教えてやる。それに、その映画ではプロフェッサーXはまだハゲる前だと指摘する。

ADは肩をすくめて話し続ける。

「私の能力も完璧ではないの。私の場合、相手の協力が必要。相手が自分の記憶を消すことに同意していないと私には消せない……。手首に傷痕のあるその人の記憶、消したい？」

僕は数年ぶりに初めて、手首に傷のある彼女のことを真剣に考える。

彼女が僕の未来について教えてくれた理由について考える。

放送関係に就職したとき、過労で一回、交通事故で一回入院したとき、辛いものが好きになったと気付いたとき、ここブダペストに来て記録的な寒波に見舞われたとき、僕は彼女を思い出さずにはいられなかった。

それを望んでいたんだろうか？

「それを望んでいるの？」ADが尋ねる。

僕は答えられない。

「キスして」ADが言う。

あなたは灼熱の星に

당신은 뜨거운 별에

第七プロデューサー　地表探査ロボットの修理場面が長すぎます。その間に番組から離れる視聴者数が一万人ほどいまして、特に若者と低学歴層でチャンネルを替える人が顕著です。
スポンサー代理人　同じ言葉を繰り返すようで申し訳ありませんが、路線変更を検討すべき時期ですね。このリアリティショーが一番人気だったのはいつですかね？　研究者たちの間で三角関係が繰り広げられたあの時では？
第七プロデューサー　三角関係なんてありませんでしたよ。そう見えるように私たちが演出しただけです。
スポンサー代理人　私と哲学論争でもするつもりですか？
チーフプロデューサー　三角関係はダメ。地球にいる配偶者が不倫をやらかすのも、空気の読めない訪問客に引っかきまわされるのもダメ。以前のエピソードを繰り返すのもダメだし軽薄に見えてもダメ。本社側は金星探査船の真面目な様子を見せたいと言っています。
スポンサー代理人　真面目なものはつまらないって言われますよ。それより、視聴者がヒリヒリするような刺激を求めているんですよ。ご存じないなら教えてさしあげましょうか。
第七プロデューサー　ヒューマンドラマはどうでしょうか？　科学者の母親と問題児の娘。縁を切ったも同然の反抗的な娘が、結婚を前に金星にいる母親と和解を試みるという話は？
チーフプロデューサー　そんな話があったかな？

第七プロデューサー　ユジン研究員ですよ。少し前から娘と手紙をやり取りしています。娘は間もなく同性のパートナーと結婚する予定ですが、ユジン研究員は歓迎していないようですね。まあ、百歳を超えるご老人ですし、東北アジア出身ですもんね。

チーフプロデューサー　そうだったのか、なんで気付かなかったんだろう？

第七プロデューサー　うらの番組《ショー》ではユジン研究員は若くも古くもない、決断の早い中間管理職のキャラクターです。キャラクターに合わせて画面や台詞を変えているんですよ。二十代後半から三十代の前半くらいの印象になるように。

チーフプロデューサー　いや、そのことじゃなくて、ユジン研究員が娘とメールのやり取りをしているなんて知らなかった。

第七プロデューサー　娘はヒッピースタイルといいますか。便せんに手書きで手紙を書いて写真に撮ったものを画像ファイルとして母親に送っています。ですから、私たちにはそのテクストが共有されていません。必要でしたら内容を翻訳した文書を送ります。

チーフプロデューサー　母親に送る手書きの手紙か。しゃれたことをするねえ、娘さんは何やっている人？

第七プロデューサー　そうですねえ、成功していない芸術家？　最近は現代舞踊をしているそうです。母親の頭脳を受け継いで幼少期から数学オリンピックで入賞するような天才少女でしたが、自意識が芽生えて母親とは違う道を行きたくなったのでしょう。ですからバンドをやったり絵を描いたり、演劇も、社会運動にも参加して……。だいたいわかります？

チーフプロデューサー　演劇をやっていたなら演技ってもんもわかるだろうな。エリート科学者の母親と、ボヘミアンスタイルでレズビアンの娘ときたか。よし、それで行こう。娘に会って出演依頼をしてみよう。どんなタイプか把握して、ユジン研究員のキャラクターもそこに合わせて少しずつ調整していこう。わかるだろ？　心の底では互いに大事に思って愛し合っていても、近くで過ごすとどうしてもぶつかってしまう組み合わせだよ。そのうちシーズンファイナルで娘の人生を理解するというストーリー。

第七プロデューサー　わかりました。

スポンサー代理人　全地球が泣いた！　ってなるように、お願いしますよ。

＊

「母とは、それほど親しいわけではありません。実際、最後に会ったのは十年以上前ですし。たまにホログラム通話はしますけど」マリが言った。彼女は二十代になったばかりの若い女性に見えた。どこかしら不安定そうで、周りを警戒しすぎている雰囲気だった。

「それでも直接便せんに書いた手紙を写真に撮って送っていらっしゃいますよね」第七プロデューサーが尋ねた。彼女もまた二十代女性の外見をしていた。どちらにせよほとんどの人が二十代のような身体を維持する時代ではあるが。

「ええ。ですが正直に言えば、ただ、自分の悩みを打ち明ける相手が必要だったんです。ユジンっていう天才科学者兼、宇宙飛行士ではなくて、いつだって私の味方になって正しい助言をしてくれそうなシンボルとしての。メールではなくて手紙を書くのもそんな理由からでした。教皇やサンタクロースにクリスマスカードを送るようなものです。ただバチカンやサンタ村の代わりに金星の低軌道探査船を宛先にしたんです。母の返事も手書きだったのは、正直驚きました。そんな感性のようなものなんてまったくない人でしたけど、人間って変わりますからね」マリは嘘をついた。

「最初はユジン研究員のほうから連絡が来たんでしたっけ？」

「ええ、そうです。金星の雲の上に太陽が沈む映像を送ってくれました。あちらで新しく作ったロボットをテストする場面で、観光地から送られた絵葉書くらいに思っていました。それでも、とにかく素敵でしたよ。硫酸雲に包まれた金星の向こうに太陽が沈んでいく光景を見ていると、胸に迫るものがありました。あの、金星は自転周期が百日以上もあって日没だけでも何日もかかるそうですね？」

マリは不自然にならないよう、話をはぐらかした。彼女はその星の自転周期が地球の基準で二四三日であることはもちろん、金星について該博な知識を有していた。しかし、自分の知識を隠す必要があった。またユジンが初めて自分によこした映像と、自分が金星探査船へ送った手紙について相手が関心を持つことも避けたかった。

「あの夕焼けですね、うちの視聴者たちにも好評なんです。探査船を金星の自転と逆方向に移動させてワンシーズンの間ずっと夕焼けを背景に番組を放送したこともあります」

さいわい、第七プロデューサーはマリの説明を特に疑っていないようだった。実のところ第七プロデューサーはマリがどんな人物なのか把握するのに精いっぱいで、疑うどころではなかった。

（この子はなんで出演をためらっているの？　両手をあげてバンザーイって、涙を流してこれで私もスターだ！　って叫び散らしてもいいのよ？　私たちのリアリティショーもそんなに人気が落ちたのかしら？）

第七プロデューサーはマリがこのことを綿密に計算してきており、今自分をじらすためにわざと隙が与えられているなどとは想像もできずにいた。

「あの、もしかして、顔出しについて悩んでいらっしゃるの？　すべての場面であなたの代わりにデジタル俳優を使うこともできます。ご存じでしょう？　実は金星探査船の研究員たちもみんな、デジタルスタントが演技しているんです」

「知っています。うちの母だって母じゃないみたいに見えますし。どれだけ整形してアンチエイジング施術をしても、あんなに変わるのは不可能ですよね」

「でも、感情表現はすべて本物ですよ。皮肉なことですが、私たちの金星探査船が持っているいくつもの科学技術のなかで、最先端なのがデジタル俳優なんです。顔の筋肉と皮膚の動きを単純にまねするのではなく、脳の各部分に発生する化学物質を分析して実際のモデルがどんな感情なのかデジタル俳優たちに正確に伝えます。表現力ならデジタル俳優たちのほうがはるかに上ですから」

プロデューサーの発言にマリもうなずいた。そうなのだ。母が母じゃないみたいに見えるのは単純に見慣れないデジタル俳優の外見のせいだけではなかった。母役を演じるデジタル俳優は、母だったら絶対にしないであろう表情を見せ、母が一度もしたことのないしぐさをした。ショーの中で、母は目の前の人が話すときには相手の目をまっすぐに見つめ、うなずいては微笑み、目を丸くして拍手をした。

（もしかしてあれが本当のママなのかな？　前からママの脳はあんなふうに反応していたのに、肉体のベールが本当のママを隠していたんだろうか？）

「デジタル俳優は必要ありません。ショーには出演するつもりです」

「ありがとうございます。それでは詳しい契約書はメールで……」

「あの、ひとつ条件があります」マリはプロデューサーの言葉を遮った。

＊

金星探査船は硫酸雲層のすぐ上に位置していた。探査船が空中に浮かんでいる原理を明かせば、超低軌道の宇宙停留所というより飛行船に喩えるほうが正確だろう。自由落下で軌道を維持するのではなく、窒素ガスを詰めた巨大な風船とプロペラ、そしてジェットエンジンによって揚力を得ている。

映像の中の撮影者はその飛行船の展望デッキに一人で出ていた。カメラは宇宙服に付けられているようだ。画面の片隅に〈補正及び事後加工のない実際の映像です〉という字幕がしばらく現れたのち消えた。

カメラははじめに赤く光る雲の海に向けられていた。大粒の硫酸雨を降らせる積雲だが、上から見下ろすとただただ穏やかで美しく見えた。

「今日は研究室で新しいロボットを作ったの。他のモデルに比べてサイズが小さくて、軽い。飛び回りながら雲の層を探査する用途なんだよ」

ユジンの声が聞こえた。その声は少しためらってから話を続けた。

「まるで、赤ちゃんみたいじゃない?」

カメラがロボットを映した。実際に展望デッキの床に置かれた新型ロボットは生まれたての赤ん坊の大きさだった。手足が短く、頭と目が大きい。雲の間を飛び回りながら様々な観測をするために、頭と目が大きく、地上に降りたり荷物を運んだりする仕事はないので手足が短い。

(まさか、あのロボットのせいでセンチメンタルになって、私を思い出したわけ?)

娘のマリは初めて映像を見たときにそう思ったほどだ。

金星探査は対流圏の上層に浮かぶ探査船が数十台のロボットを遠隔操作する方式でなされていた。まず、平均気温が摂氏四〇〇度を超える惑星の表面に基地を建設すること自体がエネルギーの無駄遣いで危険なことだった。室内温度を一度上げることと、一度下げることはまったく別の作業だった。後者のほうがずっと面倒で費用もかかる。

基地全体の気温を調節することはそれでも何とかなった。冷媒と循環器を備えた携帯用冷却装置を宇宙服のひとつひとつに装備することは絶望的に採算に合わなかった。金星は地球と重力がほぼ同じなので、背中にチタン合金で作ったエアコンディショナーを一台ずつ背負って動こうとすれば、宇宙服をパワースーツにするほかなかった。しかし、地球の九十倍にもなるとんでもない気圧と高熱のために機械装置類はしょっちゅう故障した。電波送信も頼りにならなかった。雲の層が途方もなく分厚く、地球で起こりうる最悪の台風の三、四倍も強力な爆風が常に吹き荒れていたからだ。しかし、高度を上げればその分だけ気圧と温度が劇的に下がる。二万メートル上空では気温が摂氏三〇〇度、大気は二二気圧ほど。五万メートル上空では気温は七五度、気圧は一気圧ほどになり、五万五〇〇〇メートル上空ではその数値は二七度、〇・五気圧まで下がる。そのため金星探査船は高度五万メートルから五万五〇〇〇メートルの間を維持していた。

宇宙飛行士たちは記念写真を撮るために、しばらく金星の地表に降り立った後は、ほとんど雲の中に浮かぶ探査船で過ごしていた。自分たちの代わりにさまざまな形態のロボットを自分の体のように自由自在に遠隔操作する訓練を受けた。ロボットは彼らの目であり耳であり、腕でも足でもあったため、事実上もう一つの肉体も同然だった。

宇宙飛行士たちはロボットを修理したり、新しく作る教育も受けた。ロボットは汎用モジュールを使用しており、設計作業はそれほど難しくなかった。今、探査船のデッキにいる赤ん坊のように小さなロボットはユジンが作ったものだ。

「さあ、飛んでみようか?」

ユジンの声が聞こえた。宇宙服の腕がロボットをデッキの外に軽く押し出した。ロボットは強酸性の雨雲の中に落ちていったかと思うと、すぐ翼を広げて飛び回った。炭素繊維でできた翼はとても薄くてほぼ透明だった。

ロボットは何度か雲の中に入っては出てを繰り返し、宙に大きな円を描きデッキに戻った。ロボットが描いた円はアラビア数字の９に似ていた。

カメラは次にロボットの小さな手に向かった。ロボットの手は四本指だった。手首をぐるりと一周回転させることができ、指の関節も前後に曲げ伸ばし、時計回り、反時計回りの回転も可能だ。人差し指には四つの関節があって、その先が虫のように素早く動いた。（なんで飛行テストを先にして後から指の関節を試すんだろ？　逆のほうがいいんじゃない？）かすかな疑問を感じたマリは映像の細部まで見ようとして、ロボットが宙に向かって何か文字を書いているようだと感じた。

宇宙服の腕がロボットを抱いた。ロボットのお尻の部分がカメラに近づき拡大された。そこには赤いマーカーでＪｏｅという文字が書いてあった。

「かわいいでしょ？　この子の名前はジョー。私がここに来て初めて作ったロボットよ。機械の塊だけど何カ月か付きっきりで苦労してみると、急にあなたを妊娠した時を思い出してね。私たち親子はそんな関係でもないのに。私も寂しいみたいね。じゃ、元気で」ユジンの声が聞こえて映像が終わった。

あまりに母親らしくないメッセージと内容に、マリは映像を見終わってもしばらくわけがわからなかった。ユジンがあまりに流暢《りゅうちょう》に巻き舌で最後に〈ジョー〉というので、〈ジュオ〉と聞こえた。マリが知っているユジンは韓国語で話すときそんなふうに英語の発音を混ぜて話す人ではなかった。マリは映像をもう一度最初から再生した。

ロボットが人差し指で描いた形は「海《へ》」を崩して書いたのに似ていた。

ロボットが飛んで描いた軌跡——宙に描いた文字——

——その名前。

９《ク》・海《へ》・Ｊｏｅ《ジュオ》。

ク・ヘ・ジュオ。

「助けて《クヘジュオ》」

突拍子もない推理だと思ったマリはフッと笑ってしまった。彼女は頭を振ってベッドに入り、次の日は劇団に行くと一日中振り付けを考えることに没頭した。

二日後、マリはもう一度その映像を見た。

どう見ても、ロボットは数字の〈9〉の形に飛んで、指で〈海《ヘ》〉の字を書いていた。これが本当に〈助け《クヘジュ》て《オ》〉というメッセージである可能性はあるだろうか？

マリは逆に考えてみた。もしも母が金星探査船から地球にいる誰かに自分を助けてほしいとメッセージを送らなくてはならないとしたら、どうすればよかったか？

狭い探査船には五人の同僚がいて、当然私生活など存在するはずがない。しかもどんなメッセージであれ金星の衛星通信網と地球の軌道の中継衛星、地上の管制センターを経由して事実上の検閲にあっている。情報を管理する側は受信人が誰かについても関心を持つだろう。

それでも娘に送るメッセージならあまり注意を引かないだろう。他の同僚の宇宙飛行士たちが使わない少数言語をもとにして、コンピューターで分析できない非論理的かつ創意に満ちた暗号を作るほかなかったのではないだろうか？

マリはその可能性を考え抜き、自分も韓国語をもとにした創意に満ちた暗号を作って送らなくてはならないという結論に達した。本当に、母が切羽詰まった状況にあるのなら返事を一文字漏らさず読み込むはずで、隠されたメッセージに気付くだろう。

マリは便せんに手紙を書いた。手紙を書きながら不思議な気分になった。

（もしもこの推測が誇大妄想ではなくて事実だったら、ママはどれほど深刻な孤独と孤立の中にいるんだろう）

孤独と孤立の専門家として、マリは自分の想像の中の母親を憐れに感じながらも、一方で後ろめたさの混じった快感も少し味わっていた。（ようやくママも私がどんな生き方をしているかわかったでしょうね）という気分だった。マリは自分の推理が当たっていることをひそかに願った。

＊

チーフプロデューサー　その条件って？　何をしてほしいって？

第七プロデューサー　金星の地表で結婚式を挙げたいそうです。ロボットを使って。金星初のレズビアン結婚式になるわけですよ。

チーフプロデューサー　金星初の同性結婚式じゃないのか？

第七プロデューサー　いいえ、ゲイカップルの結婚式はすでにあります。

スポンサー代理人　金星初って触れ込みもそろそろうんざりですね。金星地表初のゴルフ、金星地表初のパーカッション演奏、金星地表初のシェイクスピア上演……全部退屈でしたよ。どうせ、すべてロボットじゃないですか。それにロボットの関節が自然に動かない点を考慮に入れても躍動感が足りませんよ。地球にいる人間の動きが金星にいるロボットに反映されるまで何分もかかるじゃないですか。私はあのロボットショーなんか全部やめたほうがいいって言っているんですよ。みんなつまらないって思っているんですから。生身の宇宙飛行士の金星着陸以外に見るべきものはありませんよ。

チーフプロデューサー　ロボットショーは広告収入のためにやっているわけじゃありませんよ。

スポンサー代理人　そうなんですか？

第七プロデューサー　ロボット使用料がけっこうな収入になります。地球では金星ロボットを操縦できる権限をオークションにかけているんですよ。使用期限は一シーズンあたり三時間と決めてあって、その三時間を分単位に切り分けてロンドンと上海で売っています。私たちに招待された人だけが参加するオークションですから、一般大衆にはあまり知られていませんがね。それでもセレブの間ではとっても人気があるんです。最近ではその使用権をめぐる先物取引市場もできました。

スポンサー代理人　それは広告収入と比較になりますかね？

第七プロデューサー　なかなかいい勝負ですよ。またとない贅沢品のマーケットです。金持ちにとって〈ほかの星へ行って何かをやった〉っていうのは取り替えの利かない自慢になりますからね。よく考えればダイヤモンドも美術品もすべて実際には使い道がなくて見せびらかすだけの物じゃありませんか？　ところが惑星探査ロボットはダイヤモンドより稀少価値があります。それにダイヤモンドは持ち主が代わることもありますし、本当の美術品だったら世界中の人に公開するわけにもいきませんけど、惑星探査経験はそんな心配もありません。一度成し遂げた金星初は、不滅の記録になります。管理する必要もありませんし。ロボットショーを放映するのはそんな魅力を維持するためなんです。誰かが偉業を成すために、歴史を作れるようにしてあげて、それを数百万人が見守れるようにしているんです。金星体験は特に価値があります。木星や土星のようなガス型の惑星は人間型ロボットが一歩を踏みしめる大地がありませんし。月や火星では金星ほどの達成感がない。地球では月や火星の低重力を完璧に再現するのも難しいですし。

スポンサー代理人　水星は？

第七プロデューサー　金星は水星よりも温度が高いんです。みんなその話を聞いて驚きます。

チーフプロデューサー　結婚式をするとしてロボット

は全部で何体必要なんだ？　式の時間は？

第七プロデューサー　マリの要求は六体です。ユジン研究員が使うロボットを含めてです。婚姻当事者が二人、ユジン研究員に、お祝いに三人同席するそうです。結婚式は一時間半ほどかかると言っていますね。

チーフプロデューサー　とんでもない話だな。これがどれだけ高級品産業なのか何にもわかっていないのか。

第七プロデューサー　同席者の数は減らすことができそうです。マリの婚約者はパキスタン出身のムスリム女性です。これは金星初のレズビアン結婚式ですが、パキスタンのムスリムで同性結婚式を公開するのも初めてだそうですよ。ですから同席者の三名はそれぞれパキスタンの女性運動家、ムスリムの女性運動家、そして同性結婚に賛成しているイマーム（イスラム指導者）です。そのうち一人だけなら受け入れると伝えてみましょうか。そうすれば必要なロボットは四体になります。

チーフプロデューサー　そうしてくれ。それに結婚式の時間は十五分だ。一時間半も式をする必要なんてあるか？　象徴になるだけでいいだろう。

第七プロデューサー　確認しておきます。

スポンサー代理人　スポンサーのいくつかは宗教に関連した内容にナーバスになる可能性があります。私たちのほうで個別に当たってみて意見をまとめておきますね。

チーフプロデューサー　ええ、お願いします。

＊

マリが子どものころ、彼女がまだ数学の天才少女だったころ、そのためユジンが自分の娘との対話を避けずにいたころ、二人はリーマン予想（リーマン仮説とも。未解決の数学の命題のひとつ）について語りあったことがあった。リーマン予想が解明され、現在の暗号体系が無用の長物になったとしたら、どんな代替システムを作るべきか？　暗号表の時代に戻らなくてはならないのか？　これまで解明されていない数学の他の問題を利用して新しい暗号体系を作ることはできないか？

　マリは面白おかしいアイデアをいくつも出したが、ユジンはいきなり怒鳴りつけた。

「これは遊びじゃないのよ！」

　マリが数学に対する興味を失ったのはそのころだった。

　その日、マリとユジンが交わした話の中には十九世紀のイギリスの人たちが使っていた暗号とも言えない暗号も含まれていた。新聞を一部買う。伝えたい文章のスペルに該当するアルファベットが新聞に出てきたら、その文字の下に針で小さな穴をあける。新聞を送る。受け取った人は針の穴の上にある文字だけをつなげて読めばいい。

　マリはその暗号とも言えない暗号を変形させることにした。彼女はわざと行間の詰まった便せんを買った。長くてたわいない話をその便せんにだらだらと書きつつ、いくつかの文字が巧妙に下のケイ線に引っかかるようにした。それらの文字だけを続けて読めば意図した内容が現れるように。

　単純でちまちましたやり口だが、ほかによい方法がなかった。そもそも母が送ってきた映像の「助けて《クヘジュオ》」というメッセージ自体が果たして存在するものなのか、確信が持てなかった。母と共有する暗号表もなく、相手が暗号解読にどれほどの時間とエネルギーを注ぐことができるか、見当もつかないことだった。

　しかし、ユジンが本当に〈助けて〉という言葉を映像の中に忍ばせて送ってきたのだったら、マリの返事も注意深く読んでくれるだろう。それに手書きのハングルを見慣れていない他の研究員や管制センター関係者の目には、そこに暗号が隠されていることもなかなか見破れないはずだ。やってみるだけの価値はあるとマリは考えた。

ユジンも手紙の写真で返事をくれた。ユジンはマリが提案した暗号を一段階さらに発展させた。ロボットを利用して手紙を書いたので、すべての点と画を○・一ミリ単位で精巧に描くことができた。それぞれの点と画の位置を座標に入力すると意味のある数字が出てくるという方式だった。そんな暗号体系を作り出したこと自体に、ユジンがコンピューターとロボットを使ってこっそりとどんなことができ、どんなことができないかを教えてくれるという効果もあった。

手紙が二往復し、暗号がアップグレードすると、二行の文章に本一冊分の情報を落とし込めるようになった。マリは今や母がどんな窮地に立たされているのか理解した。どうしてこんな方法で救助を求めたのか、どうして金星探査計画の他の関係者にこのことが知られてはならないのか理解した。

母はある意味、以前と同じようにマリに接した。自分の過ちはほぼ認めようとせず、悪びれる様子もなく助けを求めた。対象をはっきりとわかりやすく示しさえすれば、他の人は当然自分に従うだろうと信じている、傲慢で自己中心的な態度も変わらなかった。ユジンは金星探査船から自分を救い出すことを新たな産学研究プロジェクトのように描写した。そうやって伝えれば娘が興味を持つだろうと思っているのだろうか？マリは呆れてしまった。ユジンは娘が科学から遠ざかってずいぶん経つという、あまりに明白な事実をいまだに認めていないようだ。その元凶はほかでもない、自分自身だという可能性については考えてみたこともなさそうだ。

（あの女は私の人生を何だと思っているわけ？　母親に何十年も反抗するだけの人生？）

とはいっても、どうしようもなく、四〇〇〇万キロ以上離れた状態でも、マリはユジンに巻き込まれていた。マリには母の影響力を拒否することができないのだ。ある特殊な種類の引力と斥力が二人の間にだけ作用しているようだった。それも不公平に。血筋を伝いおりていく力が、逆に遡ろうとする反発力よりはるかに大きく。

その後起きたことは、マリにとってはいけないと思いつつも肉体の要求にのみこまれ突然始まった情事に似ていた。相手が気付くか気付かないかわからない暗号を考えているときからマリは興奮していた。金星の地表面の結婚式とロボットを利用した救助計画を組み立てているときなど、文字通りからだが熱く火照《ほて》った。もしかしたら、母が以前から言っていたことが正しかったのかもしれないと思い、体を震わせてその考えを振り払った。芸術ではなく、数学や工学の分野で具体的な課題を扱う方面に自分の生きる意義があったかもしれないという、恐ろしい可能性を。

＊

第七プロデューサー　ロボットは四体だけで大丈夫だそうです。パキスタン女性運動家、ムスリム女性運動家、イマームが一体のロボットを順番に操作すると言っています。しかし、十五分では結婚式があまりに短いと、もう少し時間が必要だと希望していますね。

チーフプロデューサー　そのくらいで充分だと思うがね。

第七プロデューサー　実は、新婦の二人と同席者たちがロボットを使って舞踊公演を行いたいそうなんです。原理主義者たちが寄ってたかって批判しても自分たちを止めることはできないという、愛と平和のメッセージを金星から地球へ伝えたいというのです。

スポンサー代理人　私たちは賛成です。シミュレーションにかけたところ、私たちのスポンサーの潜在的購買層では四〇パーセントがこの結婚式のスポンサー企業に好感を抱くだろうという結果が出ました。既存の顧客中、離れていくのは一〇パーセント未満だと。

チーフプロデューサー　タイアップ企業を公開入札に

するのは可能ですか？

スポンサー代理人　既存のスポンサーを優先していただけるなら構いません。

チーフプロデューサー　では、検討してみましょう。広告が高く売れるようなら、その分結婚式を長くできそうですね。

第七プロデューサー　ほかにもいくつか問題点がありまして。娘さんから地表探査ロボットの設計図面を見せてもらえないかと言われています。動力系と駆動系の。そしてチタン合金の具体的な配合を知りたいとのことです。

チーフプロデューサー　そりゃまたどうして？

第七プロデューサー　単純なお遊戯のレベルではなく、かなり精巧な振り付けを考えたい模様です。金星と地球の重力はほぼ同じではありますが、若干の差が出ますし、ロボットも人間の骨格をもとに作られていますが関節の動きは少し違いますよね。ですから、ジャンプをしたとき正確には何秒後に足が地面に着くのか、わからないのです。腕や脚が動く角度なども微妙に違います。ゴルフやパーカッション程度なら特に関係ないでしょうけど、現代舞踊というのはそんな部分も大きな違いになるというんです。

チーフプロデューサー　いや、さすがにそこまで言われるとイラッとするね。

スポンサー代理人　私たちのロボット技術のすばらしさを見せつける格好の機会だと思いますけど。修理の場面ばかり放送されると、スポンサー企業の製品に故障が多いマイナスのイメージがつくんですよ。

チーフプロデューサー　では、こうしたらどうかな。探査船にいる研究者のなかでロボットの専門家はユジンだ。それに、ロボットは金星の地表っていう極限状態に何年もいて性能の衰えている部分もあるし、探査船で部分的に何度か改造しているだろう。だから今のロボットの仕様について正確にわかっているのは探査船側だ。だろう？
第七プロデューサー　ええ。
チーフプロデューサー　だから、ロボットに関する情報はユジンから娘に直接伝えてもらおう。それを使って娘が振り付けを考えて、母親からロボットの動きについて情報を受け取る過程もショーの一部に組み入れる。まあ、こんなストーリーだ。シーズンの序盤ではユジンはお堅い原則主義者で、たとえ相手が実の娘であっても非公開の仕様については口外しようとしない。娘はそんな母親を理解できず不満を爆発させる。二人がそうやってぶつかり合いながら、それぞれのやり方で結婚式を準備するように見せる。
第七プロデューサー　よいアイデアだと思います。放送作家たちと話してみますね。あの、ロボットについての情報は実際にはどこまで伝えていいものでしょう？
チーフプロデューサー　作家と特許管理チームと話し合ってまとめてもらってくれ。娘に秘密順守誓約書を書いてもらう手もあるな。はじめのうちは関連する規則があいまいでユジンが教えようとしないんだ。後から譲歩して教える核心的な情報をいくつか作っておかないとな。重要な情報でなくてもいい、そう見せるだけでいいんだから。

＊

「人間とは安く、重量も七〇キログラムしかない非線形多目的コンピューターシステムである。それも非熟練労働者が大量生産することのできる」

アメリカ航空宇宙局が宇宙探査計画の有人化を擁護した際の主張だ。ユジンは彼らが厚かましい嘘をついたと信じていた。一九六〇年代にアメリカの出生率はすでに下降していた。〈非熟練労働者の大量生産〉などと言っている場合ではなかった。そして宇宙船に搭載するコンピューターの用途としても、人間は決して安価ではなかった。訓練と生命維持に途方もない費用がかかった。

何よりも一九六〇年代の宇宙探査反対論者たちは〈なぜ人間を乗せた宇宙船を飛ばさなければならないのか〉を問うていたのではなかった。彼らは〈有人にせよ無人にせよ、なぜ宇宙船を飛ばさなければならないのか。国民の税金をなぜ宇宙にばらまかなくてはならないのか〉と問うたのだ。正解は〈ソ連に勝つため〉だった。

懐疑論者たちは結局勝利した。ソ連は解体され、有人宇宙探査計画は動力を失った。中国航天局は航空管制と衛星運用を中心に業務を再編成し、アメリカ航空宇宙局は民営化されたのちに部門別に分離され、炭酸飲料会社と無人自動車会社に売り払われた。

宇宙探査はリアリティショー、その番組中の広告、無重力セックス体験などと結合し、ほどなくそれらの事業が各プロジェクトの核心を占めるようになった。今や宇宙探査において科学者たちはエンターテイメントの基礎的な質を保証する認証マーク程度の役割を果たしていた。

〈科学者たちが主人公となる、より真面目な宇宙探査ドキュメンタリーショー〉について提案されたとき、それも舞台は金星だとこっそり教えられたとき、すでにユジンの決心は固かった。炭酸飲料会社は詳しい条件を書いた提案書を送ってきた。具体的な条件内容を流出させただけでも莫大な賠償金を請求される契約だった。炭酸飲料会社は宇宙飛行士の訓練と生命維持費用を画期的に削減できるアイデアを提示した。呆れて何も言えないような構想だったが、その一方で合理的でもあり、考えようによっては既存の方式よりもはるかに安全でさえあった。

ユジンは長く悩みはしなかった。放送出演料はたいしたことがなかったが、金星に行けるということが重要だった。金星の大気と地表について現場で研究することができるなら私生活がさらされることや、放送作家に自分の実際のイメージを編集され歪曲されるだろうことなど何ともなかった。実際、彼女は自分の実態などたいしたものではないと考えていた。彼女が研究したい対象と比較すれば、自分は取るに足らない存在だ。

大衆の視線を気にしたことなど一度もなかった。デジタル俳優の外見など目もくれなかった。神童として、最年少入学者かつ最年少卒業生として、天才科学者として、いつだって怪物扱いされて生きてきた人間にとって、それは当然な自己防衛の機序だったかもしれない。

地球での人間関係を整理して、未知の大地で孤独と孤立を受け入れなくてはならないという事実……それはむしろ解放だった。〈他人は地獄〉という言葉を自分よりも深く理解する人間はいないだろうとユジンは確信していた。もちろん探査船には彼女ひとりというわけではないだろうが、同僚たちも博士の学位を少なくとも二つ以上持つ人たちだった。自分に釣りあう同類なのだろうと彼女は期待した。

金星探査計画において、ユジンの契約は地球時間で一年ごとに期間を延長できることになっていた。つまり、ユジンは毎年六月末になると金星探査を終えて地球に戻るのか、それとももう一年金星の軌道に残るのか選択することができた。彼女が契約延長を拒否した場合、炭酸飲料会社は彼女を即時に地球に帰還させるロケットを準備することになっていた。

ここには、巧妙と言えば巧妙な炭酸飲料会社側の思惑が一つあった。契約書には一度地球に帰還したら、炭酸飲料会社の〈志願対象科学者グループ〉名簿から名前が削除されると書いてあった。この言葉はつまり〈地球に戻れば、わが社を通じてふたたび金星に行くことは不可能〉という意味だった。金星についての最新調査資料を得ることすら難しくなるだろうことを意味していた。

金星探査船を運営する会社は、炭酸飲料会社と無人自動車会社の二つだけだった。金星について研究したければ、二つの会社のうちどちらかに雇用してもらうほかなかった。

毎年六月が来るたびにジジンは地球に戻るべき時ではないかと検討した。結論はいつも同じだった。金星での一年は地球での十年よりもずっと価値のある時間だ。それを手放すわけにはいかなかった。

そうやって彼女は金星で四年間過ごした。そしてある日、自分の判断に疑問を抱き始めた。三日間やむことのない爆風の吹き荒れる夜だった。

＊

「こんなポーズができるなんて！　いえ、人間の話ではなく、うちのロボットが、です」

第七プロデューサーが言った。彼女の前で、マリは全身タイツ姿でマットの上でポーズをとっていた。バレリーナのように腰をかがめて腕を首の後ろから空に向かって伸ばす姿勢だ。

マリの横では金星の地表探査ロボットを四分の一のサイズに模したホログラムが画面に映っていた。ロボットは腰をかがめ腕を背中のほうに伸ばすところまではマリと同じポーズだったが、肘が奇妙な角度にくねっていた。地球から操縦する人の動きをまねするようにできているロボットだが、人間としては不可能な姿勢を見せていた。

「このポーズを〈ツバサ－三〉と名付けました。肘を少し曲げた状態で腕を背中のほうにゆっくりと上げ続けると、ある瞬間からロボットはついてこられなくなります。そのとき肘を伸ばして腕を上げ続けるとこのポーズになります。腕をどの方向にどれだけ動かすのか、地表探査ロボットの関節にはまずベクトル値で伝わり、それから手足の指の先につけたセンサーが胴体との距離を測定してもう一度調整するんです。それを利用しました」マリが説明した。

「バグを新しい可能性として表現したんですね。こうして見ると私がこれまで知っていたロボットには見えません」第七プロデューサーが言った。

ほかでもなく、その簡単なポーズひとつで、ロボットはすでに人間を模倣して作った機械とは別物に見えた。そればかりかこれまでより洗練され優雅にさえ見えた。第七プロデューサーはそれまで、彼女は腰をかがめた姿勢で地面を観測し石を拾っていたロボットの姿を不格好でみっともないと考えていた。しかし今、目の前にあるロボットの形状ははじめから人間とは違った姿で生まれた、古代神話の半人半獣のように見えた。グロテスクながらも美しく、同時にとてつもなく強い力を持った姿。第七プロデューサーはマリに芸術家の才能があるのを認めるほかなかった。

「これ、バグだと思われますか？」マリが尋ねた。

「設計者たちはこんなポーズを意図していなかったでしょうからね」

「子どもにどんな可能性があるのか親にはわからないでしょうね」

「こんなポーズは金星探査の役に立たないじゃありませんか」

「あのロボットの目的を金星探査だけに規定するのなら、もちろん意味のないポーズです。でも……」マリは言葉を濁した。

（でも？　だから何？）第七プロデューサーは反感を持った。（これをバグではなくてロボットの本性や、潜在能力だと主張するつもりなの？　創造主が与えた目的以外にもロボットに別の存在理由がありえるとでも？　これが自分とユジン研究員の関係を象徴するダンスだと言いたいの？）

第七プロデューサーはそんな抽象的な考えを口にする代わりに、ピシャリと事務的な指摘をした。

「契約によれば、結婚式は私たちの会社に独占中継権と二次著作権があります。ロボット舞踊劇の振り付けも最終的にはこちらの承認が必要です。ご存じでしょう？」

「ええ、もちろん。安心してください」マリが答えた。

嘘だった。彼女と母親は炭酸飲料会社にひと泡吹かせる盛大なる計画を立てていた。

＊

〈人間とは安く、重量も七〇キログラムしかない非線形多目的コンピューターシステムである〉

そのシステムをもっと安くできる方法はないか？

炭酸飲料会社のアイデアは人間の重量を七〇キロより画期的に減らそうというものだった。彼らは人間の体から〈コンピューター〉の部分だけを金星に送ろうとしていた。

言い換えれば、首を切って頭だけを宇宙船に載せ、首より下の体は地球の施設に冷凍保管しようというのだった。

何か都合の悪いことでも？　こうすることによって、単純に宇宙飛行士一人あたり六〇キロあまりを削減できるだけではない。その人間を生存させるのに必要な水と食料の量もぐっと減らすことができる。数種の糖類、アミノ酸とミネラルでその〈食料〉を作れば、排泄物を処理する複雑な再循環設備も設置する必要がなくなる。金星まで行く間、無重力状態の狭い室内で筋肉を維持するために考案された高価な運動装置や、負傷に備えた医療器具を積み込まなくてもいい。人造血液と輸液は必要だが、既存の十分の一ほどの量があれば充分だった。

さらに、首から下を切り落としていけばその分安全ですらあった。金星で突然心臓や肺の機能が低下したとき、宇宙飛行士たちに可能な治療技術がいくつあるというのか？　突然臓器移植手術を受けなくてはならないようなことが起きたとしたら？　それよりもむしろそれらの臓器を頭とは別に地球に置いていくほうがよっぽどましではないか？

別に不便なことはなさそうだった。どのみち彼らはロボットをアバターのように利用して金星探査をする計画だった。ロボットのカメラが送る信号を視神経につなげ、マイクが拾う信号を聴覚神経に送り、触覚センサーが集めた情報を……。そうするなら彼女の頭は自分に体がないなんて実感できないだろう。

「体がないというより、むしろ体がいくつもあるように感じるはずです。一体のロボットから別のロボットにチャンネルを替えるときには瞬間移動したような気分になるでしょう。二、三人が一体のロボットにつながることもありえます。一人が操縦を担当し、他の人は感覚信号だけ伝達されるというように。危険だが重要な場所にロボットを送るときにはよい方法です」チーフプロデューサーが言った。

「金縛りにあったように感じるでしょうね。自分の意識が、他の人が操縦するロボットに乗り込むときには」ユジンは契約内容を心の中で検討しながら答えた。

「映画を見ていて鬱々としたシーンばかり続いたら、悪夢と同じだと考えて最後まで我慢しますか？　気づまりになったら接続を遮断するまでです。よい面も考えてみてください。ロボットは腹が減ったとか、肩がこるとか、膝がしくしくするなどといった信号は送ってきません。金星探査の期間は身体的な苦痛から完全に解放された時間になるでしょう」

「私の体は健康ですよ」ユジンは答えた。

「その人の体をできるだけ忠実に再現した特別あつらえのロボットを制作するつもりです。そのロボットの頭の部分に脳を搭載できる空間と、小型の冷却装置が入ります。探査船にいるときはそのロボットの中に入っていればいいのです。そのロボットから別のロボットに接続することももちろん可能ですし」

「そのロボットに乗り込んだまま金星の表面に降りるんですか？」

「小型の風船に重りをつけて降ろすことができます。二時間ほどなら金星表面にとどまれるでしょう。しかし、燃料電池がそれ以上は持たないでしょうね。熱を外に逃がすだけでも相当なエネルギーが必要ですから。ドクター・ユジンもご存じの通り、人間の脳は熱に非常に弱いタンパク質からできています。周辺の温度が摂氏四〇度を超えるとひどく変性してしまう」

「そもそもどうして、私たちが必要なのですか？」ユジンが尋ねた。

「私たちの社訓が〈欺くことなかれ〉だからです。金星に宇宙飛行士を送ると言ったのですから、送らなくてはね。それに金星は地球から四四〇〇万キロメートルも離れていて、人間が非線形で多目的なすぐれたコンピューターだからです。私たちは探査船でどんな事態が起こるか予想できません。探査船は金星の軌道上に十年以上とどまることになっていて、どう考えても地球では絶対に予想できない非常事態が何百回も起きるでしょう。人工知能はいまだにその種の予想不能な危険要素にはまともに対処できないのです。すぐれた船長の直感のようなものが足りないのですよ。だからといって地球から操縦することもできません。電波の往復だけで四分以上かかりますから。それに……」

チーフプロデューサーはしばし口を止めた。ためっているのか、それとも劇的な効果を狙っているのかはわからなかった。その後に続く言葉をユジンは黙って待っていた。

「人工知能は演技がからきしだめなのです。デジタルスタントの俳優たちは巧みに様々な表情を見せます。しかし、その表現のもとが必要です。線形のコンピューターはいまだに、その表情のもとを作り出すことができません。人間の感情のことです。私たちは金星に滞在しながらさびしがり、よろこび、欲望して決断する主体を必要としています。そんな悩みを人間の世界に合わせて人間的なやり方で解決していく俳優兼、原作の脚本家ですよ」

＊

第七プロデューサー　マリの振り付け原案ができました。全体で十一分三十秒の長さです。出会う前の二人の人生の描写がそれぞれ二分ずつ、イスラム女性が置かれている現状への批判が二分、自分たちがどのようにして出会い、その出会いにどんな意味があったのか説明する場面が二分、金星への賛美が一分三十秒、今後のビジョン二分と説明しています。

スポンサー代理人　現代舞踊とはまた……いかがなもんですかね？　チャンネルを回す音が今にも聞こえてきそうだけど。

第七プロデューサー　それが、そうでもないんですよ。門外漢の私から見ても胸に迫るような場面がいくつもありました。誰が見ても退屈だなんて言わせません。ロボット技術者たちも驚いていました。わが社のロボットにあんな動作ができるなんて思ってもみなかったと。一度見てみてください。どういう意味かわかりますから。

チーフプロデューサー　十一分三十二秒を最初から最後まで見せる必要はないだろう。ハイライトだけ編集するとか、飽きられるころに映像をオーバーラップするとかすれば何とかなるんじゃないか。放送作家の意見を聞いておいてくれ。

第七プロデューサー　それがですね、最初に振り付けを見た作家たちの反応は熱狂的でした。地球でも舞台化しようという意見まで出たのです。金星と地球で同時にパフォーマンスしようというんですね。本当に、皮肉なものですよ。もともと私たちが設定したマリのキャラクターは有名科学者の母親の影響力から抜け出そうとして、理系の適性を捨てて芸術界に身をささげたのにさほど注目もされなかった反抗的な娘というものだったじゃないですか。それなのに、その娘には本物の芸術家の資質があったというのを、このリアリティショーが証明することになるんですから。

チーフプロデューサー　才能がようやく花開いたとか、今まで不運にも見過ごされてきたとか、どうにでも説明はできるだろう。

第七プロデューサー　結婚式を準備する過程で、母親と話し合いながら芸術的な自己発見に至るという話にでもしようというのが、作家たちの考えです。

チーフプロデューサー　それはよさそうだね。だとしたら振り付けを考えている場面もかなりショーに取り入れないとな。制作過程も全部撮影しているんだろう？

第七プロデューサー　もちろんです。

チーフプロデューサー　振り付け原案の映像を送ってくれ。最初から最後まできちんと見てから、そのプロットの比重をどの程度にするか判断しないとな。

スポンサー代理人　全地球が泣いた！　ってなるように、お願いしますよ。

チーフプロデューサー　その言葉、前にも聞いたような気がするな。

第七プロデューサー　問題なのは作家たちではなく、ロボット技術者たちです。この舞踊劇について心配している人たちもいます。

チーフプロデューサー　さっきはロボットにあんな動作ができるなんて、思ってもみなかったって、みんな驚いたって言っていたじゃないか。

第七プロデューサー　ええ、まさにその点なんです。この舞踊劇ではロボットたちが日常的に探査作業では絶対にしない姿勢をとります。逆立ちや空中回転だけでも、人間が日常的に取る姿勢ではありませんよね。ところがマリはそれに加えて、人間には絶対にできない動作をいくつもロボットにさせるのです。

スポンサー代理人　私たちからすれば、技術力を誇示できるいいチャンスだと思いますが。

チーフプロデューサー　振り付けの映像を技術チームで検討すれば済むんじゃないか？　ロボットに無理な動作をやらせないように。

第七プロデューサー　そこがあいまいなんです。安全性の面から〈この点が問題だ〉と決めて指摘できるようなところはありません。ともかくシミュレーションをしてみても、すべて可能だと出るのです。駆動系を部品単位で分析してみても、特に負荷が高い部位はありません。ところが地球にいる人間の操縦者たちが特定の動作の途中で失敗をすると、問題が生じる可能性があります。例えばヨガで〈ホタルのポーズ〉と呼ぶ姿勢があります。両脚を左右に広げて座った姿勢から、両腕を脚の内側に入れて腕の力だけで体を持ち上げるものです。わが社のロボットは容易に、上手にできます。体を持ち上げたまま両脚を二〇〇度以上に広げることもできるんです。ところがそのバランスを崩して後ろにひっくり返ると、脚の間にある燃料電池の蓋が開いてしまうことがあります。

チーフプロデューサー　では、こうしよう。そんな軋轢まで全部ショーに入れる。ロボットチームは頭の固い官僚主義者として描くんだ。マリは他の人と協力するのが下手な一本気な性格に見せて。その間をユジンが仲裁するってわけだ。

第七プロデューサー　何を仲裁するんですか？

チーフプロデューサー　地球と金星、両方の舞踊劇を見て、途中で何かおかしいと思ったら即座にロボットとの接続を遮断するってことだよ。操縦権を取り上げておかしい部分を修正して、一段階戻ってまた始めさせればいいだろう。

第七プロデューサー　では、金星側の責任者はユジンにしましょうか？

チーフプロデューサー　そうするしかないだろう？

彼女が宇宙飛行士の中でいちばん優秀なロボット専門家でもあるんだし。
第七プロデューサー　しかし、ユジンは結婚式のときに現場にいる予定です。大丈夫ですかね？
チーフプロデューサー　ん？　どういうことだ、現場に同席というのは？
第七プロデューサー　金星の地表面に降りると言っています。ロボットに乗って。
チーフプロデューサー　直接？　脳を搭載したロボットを探査船から金星の地表に降ろすってことか？
第七プロデューサー　はい。
チーフプロデューサー　どうして？　アバターを送って中継を受けるのと、現場に行ってみるのと何が違うって？
第七プロデューサー　そうですねえ、象徴的なものとでも言いましょうか。作家たちもそのアイデアに好意的です。ユジンが結婚式で司祭を務める予定です。まあ、ゲームの中の結婚式でもなく、新婚夫婦も立会人も、司祭も全部ロボットが代わりに参加する礼式よりも、一人でも実体が参加するほうがよいのではありませんか？　実は広報するときにもその点を強調しようと思います。母親は結婚式場に直接やってくるというわけです。そしてわが社の社訓は〈欺くことなかれ〉じゃないですか。
チーフプロデューサー　じゃあ、こうしよう。とりあえずショーの現場をユジンと地球の管制センターどちらからでも監督できているように見せるんだ。ユジンにもそう伝えて。そして実際には探査隊の隊長にロボットの操縦権を与える。ユジンの乗ったロボットの感覚センサーは全て隊長に送って監視させる。非常事態になったら、地球よりも数分でも早く対処できるように。ちょっとしたことなら隊長がみずからの判断でロボットの操縦権を切り替えられるようにしておいてくれ。ユジンの乗ったロボットも強制的に回収して。

第七プロデューサー　ええ、わかりました。ユジン研究員に伝えなくて、本当によろしいんですか？

チーフプロデューサー　非常事態の際には宇宙飛行士の脳を載せたロボットでも探査隊長や管制センターが予告なしで操縦権を掌握すると契約書に書いてある。非常事態かそうでないかを判断するのはこっちだしな。こういうことは前にもあったよ。

スポンサー代理人　わーお、まるで誘拐犯ですね。

チーフプロデューサー　今話したことはすべて保安事項ですので、おわかりでしょうけど。

スポンサー代理人　私を誰だと思っているんですか？こんな話を外でしゃべりまわるように見えますか？金星に行っている宇宙飛行士たちが体のない生首だけだと視聴者たちが知ったら、真っ先にクビを切られるのは僕ですよ。

チーフプロデューサー　僕たちの首も身体と離れ離れにならないように、お互いがんばりましょう。ユジンは金星の地表面にどのくらいとどまれるんだ？

第七プロデューサー　どれだけの活動量で動くかによっても変わりますし、周囲の気温によっても変わります。約百五十分といったところですね。

スポンサー代理人　それだけですか？　番組では充電もなく七、八時間は動いているように見えましたが。

第七プロデューサー　そのようなロボットは基本的に高温高圧下で冷却装置なしに動けるように設計されたものです。もしもそこに人間の脳が入っていたら冷却装置をいっときも休まず稼働させなければいけません。その電力消費もかなりのものです。地面に敷き詰めた充電用のソーラーパネルを全て連結してもユジンの乗ったロボットの冷却装置を稼働させ続けることはできません。

チーフプロデューサー　その点を強調するんだよ。考えてもみろ、ユジンは命懸けで娘の結婚式に参加するわけだ。探査船に戻って来られなければ、身動きもできずに蒸し焼きになって死ぬんだぞ。
第七プロデューサー　結婚式は二十分程度ですから、それほど緊張感が生まれるわけではないと思いますが。
チーフプロデューサー　見ているほうはロボットの中身は脳だけじゃなくて一人の人間だと思っているんだぞ。だとしたら冷却装置の電力消費も違ってくるんじゃないか？　そこまで想定すると百五十分もつだけの余裕はとてもないんじゃないか。
第七プロデューサー　そうでした。うっかりしていました。計算しなおします。
チーフプロデューサー　シーズン1とシーズン2では科学者たちが実際に地表に降り立つエピソードが何話かあったな。その回を参考にしてみてくれ。僕もその時は別の担当だったから、何をどうやっていたのか正確にはわからないんだ。
スポンサー代理人　全地球が……とにかく頼みますよ。

＊

三日間やむことのない爆風の吹き荒れる夜だった。しかし爆風は対流圏の中層で激烈な戦闘をしていた。対流圏の上層を飛んでいる探査船の周りの大気は比較的安定して晴れていた。果てしなく広がる雲から天まで届く柱のように巨大な積乱雲がいくつか伸びていた。探査船はいつも雨粒をたっぷりと含んで垂直に伸びる雲の周りの渦に巻き込まれないように、注意深く場所を移していた。

頭上には星が輝いていた。黒い空に振りまいたような光の粒子の中で、いっとう明るく輝いている点が地球だった。ロボットの可視光線領域視力は人間だったら両眼とも四・〇ほどなので、望遠鏡を使わなくても半月の形になった地球がよく見えた。ユジンは〈明けの明星〉という言葉は金星よりも地球のほうが似合っていると考えた。黄色に近い金星と違って、地球は海と大気圏のために青く輝いていた。探査船はそこから四五〇〇万キロほど離れていた。

　探査船の下の雲の層では、地球に住んでいる人が生きている間には見ることのない車輪型の強力な雷が絶えず発生していた。雲の中では時に音速より速い風が吹き、それによって引き起こされたソニック・ブームと雷の音は混ざり合って凄まじい音を轟かせた。探査船はそこから九〇〇メートルほど離れていた。

　探査船は分厚い防音装置に囲まれていたが、巨大な爆風全体が叫ぶような咆哮《ほうこう》を完全に遮断することはできなかった。飛行船の底から低音が響いてくると、防空壕の中で大空襲が過ぎるのを待つのはこんな気分だろうかと考えた。ユジンはふと恐怖を感じた。彼らは太平洋のど真ん中に浮かぶ紙の船と変わらない存在だった。超大型雷のために軌道システムのコンピューターにミスが起きたらどうなるのだろう？　高速の上昇気流がにわかに湧き起こり、硫酸をたっぷり含んだ雲が探査船を包み込んだとしたら？　超強力ジェット気流の衝撃波と探査船の振動が偶然に共振現象を起こして、窒素風船の高分子シートが裂けてしまったら？

　彼女は次第にそれらの妄想を振り払うことができなくなり、息が苦しくなるのを感じた。狭い箱の中か、水がひたひたと満ちてくる密閉された部屋について考えだすと止まらない、閉所恐怖症の患者のようになってしまった。

　ユジンは体を起こし（正確に表現すると〈彼女の脳を載せたロボットの身体を起こし〉になるのだろうが、当事者にとっては何の違いもないのだった）救急薬キットのある棚に向かった。そこから精神安定剤のアンプルを取り出し、血流に注入した。自動投薬することもできたが、そうすると地球へ転送される日誌に投薬の事実が記録され、管制センターが自分のメンタルヘルスに疑問を持つ可能性があった。リアリティショーの撮影期間ではなかったので、地球との通信データのほとんどは研究員たちの探査関連の資料を送りあうことに使われていた。他の研究員たちと交わす会話は放送作家の参考のために録音されて地球に送られていたが、それ以外の感覚情報や録画映像は転送されなかった。少なくともユジンの知っている限りでは。

探査船を監獄に喩えるとしたら、一つしかない窓がガラスでできた刑務所だと言えるだろう。その窓とはつまり、地球との電波通信だった。看守はその窓を通じて外から囚人たちを二十四時間監視することができた。しかし、囚人の側はその窓にさえ気を付ければ看守の監視を受けずにどんなことでもできた。看守であれ囚人であれ、どうせ誰も自分ひとりの力では相手のいる場所に行けなかった。

薬の効果が出始めると気持ちが落ち着いたが、それでも窮屈な気分までは消えなかった。ユジンは操舵室の周りをうろうろした。

「なにか気になることでもあるのか?」探査隊長の操縦するロボットがユジンのほうに歩いてきた。そのロボットには探査隊長の脳は載っていなかった。探査隊長はリアリティショーの撮影シーズン以外は自分の脳を操舵室の中の小さな棚に保管していた。そのほうが安全だからと言って。

「なんだか落ち着かなくて。こんなにひどい嵐は初めて。そちらは平気なの?」

「平気だけど?」

「どうして平気でいられるの?」

「なんで気になるのかわからないな。あの雲の層は九〇〇メートルも下にあるんだぞ。もしもこの探査船が今すぐ墜落したとしても、雲のてっぺんに触れる前に三重の安全装置が作動するよ」

そして、探査隊長は熱のこもった口ぶりでその安全装置について説明した。ユジンは違和感を持った。普段の探査隊長はそれほど弁の立つ人でも、それほど冷徹な人間でもなかった。その瞬間、探査隊長はユジンの知っている内省的で控えめな気象学者ではなく、恐怖など全く知らない機械人間のようだった。まあ、ユジンの〈目〉の前に見えているのは表情のない人間型ロボットではあったが。

　ユジンの違和感はいくつか重なったものだった。ユジンもまた時に自分でもおかしいと思うほど、極めて冷静沈着な精神状態になってしまうことがあるのを思い出した。一方で、リアリティショーの撮影期間は熱に浮かされたような興奮状態で自分を抑えることができず、まるでドラマの登場人物のように大げさに振る舞っていた。

　なぜだろう？

　ユジンは探査隊長の脳が収められている棚を振り返った。X線から赤外線まであらゆる領域帯の光でその棚を撮影した。

　そして、炭酸飲料会社がどのように自分たちを操っているのかを理解することになった。

*

「本格的な撮影に入ると、私と話すのがだいぶ面倒くさくなると思う。かなり感情的になるんだよね」リアリティショーの撮影シーズン前にユジンは娘に警告した。「視聴者の反応も気にしてしまうし、誰かに二十四時間見られているって圧迫感も相当だから」

　この頃になるとマリも真相を理解していて、母親の話す文章のうち最初の二つは真実であり、最後の一文はほとんど真実ではないことが理解できた。

　マリにとって不測の事態は、原因がなんであれ母の感情自体は真実であるという点だった。

　ユジンは思春期の少女のように振る舞った。難しい振り付けを何度か試しては「無理！　無理だってば！」と急に泣き出したり、ぼんやりとした表情で指示が聞こえないふりを決めこんだりした。正確に表現すれば〈母の脳信号を受け取ったデジタル俳優が急に泣き出したり知らんぷりをする演技をした〉になるだろうが、マリにとっては何の違いもないのだった。

炭酸飲料会社の監視を避けようと神経質になっている上に時間も足りないというのに、母まで非協力的な態度とくれば、今度はマリの怒りが爆発した。何度かは理性を失って声をあげそうになった。肩がもげそうですって？　あなたには本物の手足もないでしょうに！　全部錯覚なんだよ！　それに手足のついている人間だってその程度で肩がもげたりしないよ！

そんな感情は全て本物だった。〈本物の感情〉の力は偉大だ。偽物の体と偽物のセリフと偽物の設定の中でも損なわれない。むしろそんな危うい嘘が重なった状態でも全体の図が不自然にならないようにぐっと立ち上がって全体を支えていた。視聴者はその感情の激流に飲み込まれたくて演劇を、映画を、またテレビを見るのだ。アリストテレスの時代から今まで、ずっと変わらずに。

マリはようやく、どうしてこの番組に本物の人間の俳優が必要なのか理解した。大自然の驚異を前にした瞬間、同時に味わう歓喜と恐怖、研究中に交互に訪れる熱中と挫折、科学者の道を考えるときの満足感と虚しさ……、なにも事件がないときに金星の宇宙飛行士が一人で感じている感情だけでもコンピューターでは到底シミュレーションできないほど多様で矛盾したものだった。ここに他の研究者との不和や管制センターとの軋轢、地球に残してきた家族や同僚の研究者たちとの緊張を重ねれば途方もなくドラマチックな材料が準備される。あとは腕利きの作家、編集者、作曲家、音響技師、美術担当者たちが実力を発揮するだけだ。

マリは母親と自分との親子喧嘩を見ながらにんまりしている制作陣の姿を想像した。しかし彼女はドラマスタッフの一人ひとりに対して個人的に反感を持っていたわけではない。彼らは母を騙し、今は母と自分が組んで彼らを騙そうとしている。ユジンとマリの脚本のほうがずっと細やかで密やかだった。そこまでして、ようやく成功するシナリオだった。

レズビアンの結婚だとか、パキスタン人の婚約者だとか、ムスリムフェミニズムだとか、イマームだとかいう設定は全てでたらめだった。母と娘にはユジンが金星の地表へ降り立つための大義名分と、ロボット四体が必要だった。そのためマリの同僚である舞踊家が婚約者の演技をし、演出助手と舞台監督がそれぞれムスリムフェミニストとイマーム役を演じた。彼らは少なくともデジタル俳優は使わなかった。

ショーの制作陣はたやすく騙された。もっともらしい話で他人を惑わす技術を長く磨き上げた人たちを惑わす簡単な方法は、彼らにもっともらしい話の材料と、その話の間に埋めるべき隙を残して同時に提供することだ。最も深くフィクションに囚われるのは、そのフィクションを描く作家自身だ。

科学探査プロジェクトを装った仮想のメロドラマ。

メロドラマを装った脱獄劇。

人間のふりをするコンピューターグラフィックで準備してきた実物のロボットの舞い。

欺瞞劇中の欺瞞劇。

「ねえ、マリ、こんなことまで絶対にしなくちゃいけないの？　ママしんどいわ。この動作だけパスしたらダメなの？」臨時に準備された探査船内の練習室で、ユジンはマリが決めたポーズを取ろうとしながら泣きそうな顔で訴えた。

全部あなたが頼んできたんでしょ！　こっちは無視してもよかったんだよ！　マリは叫びたくなる衝動をこらえた。

「この程度だったらちょっと練習すれば近所のガキンチョだってみんなできるよ。ママだって映像を見て素敵だ、やってみるって言ったでしょ。ここまできて引くわけにはいかないの。他の人も待たせているんだから。ほら、早く立って！」

立場の逆転した母と娘。

「あなた、わざとやっているんでしょ？　こんな復讐をして少しは気が済んだ？　今でも子どもの頃のこと、思い出すだけではらわたが煮えくり返るの？」

「あのさ、どうやったら何でもかんでもそうやって自己中心的に考えられるわけ？　ママの遺伝子を受け継いでいるからって、私もママと同類だと思ってるの？」

誰かを騙そうと考えている人たちを騙すためには、本当の自分自身を演じること。

＊

思い返してみればものすごい偶然だった。研究員たちの脳を包み込んでいるヘルメットで特殊コイルが作動する時間は一回あたり〇・五秒ほどにすぎない。稼働回数は多くても一日に三、四回だった。一度作動すれば、短くても二時間、長ければ六時間まで効果があったのだから。

ユジンが探査隊長の脳が収納されている棚を電磁気波スキャナーで探っているとき、ちょうどその特殊コイルが作動した。ごく短い時間だったが、強力な磁場が生じた。脳を貫くような磁気だった。

後からユジンはその場面を何度も繰り返し検討し、拡大し、ひっくり返しては探ってみた。磁気刺激は正確に探査隊長の大脳の中の扁桃体《へんとうたい》を狙っていた。強力な電磁気パンチで扁桃体を殴られた隊長は、恐れや羞恥心といった感情から解放され、冷静に思考し躊躇なく行動する人間になっていた。その瞬間、一時的にサイコパスになったも同然だ。

いや、実のところ、彼はユジンに会う数時間前からそのような状態だったのだ。そしてその扁桃体への刺激の薬効が切れてきたと判断した地球の誰かが、ふたたびコイルを作動させ、ユジンはその瞬間を目撃することになったわけだ。

ユジンは密かに調査を進めた。すべての研究員のヘルメットに特殊コイルが二つずつついていた。構造上、特殊コイルは脳の全ての領域を選択的に活性化させることができた。コイルは外部からオン・オフすることが可能だった。

彼女の専門分野は宇宙物理学と地質学、ロボット工学だった。脳科学についてはよくわからなかった。探査船に生理学者や脳科学者は誰もいなかった。それさえも炭酸飲料会社の巧妙な配置ではないかという疑いが生まれた。ユジンは経頭蓋磁気刺激と非手術的脳治療用法について論文を検索しかけて、監視者たちの目につくかと思ってあきらめた。

それでも、地球の管制センターから探査船にいる六人の宇宙飛行士の感情を自由自在に操れることがはっきりした。

今や、彼女は自分自身を信じることができなくなった。

どうしてドキュメント撮影期間になるたびに、あれほど弱くて感傷的な気分に陥っていたのかわかった気がした。

どうして探査活動契約を延長する数日前からあれほど心が強くなり、冷静に長期目標だけを見据えていたのかわかった気がした。

新しい発見をしたとき、難しい論文を仕上げたときに感じていた満たされた充足感は……あれらはどこまで自分自身のものだったのだろう？

どうすればいいのか？

彼女はいくつか対応策を考えてみた。

地球の管制センターに抗議する——却下。もともとこんな罠を仕掛けた相手だったらユジンの抗議や訴えに瞬き一つしないだろう。彼らには彼女を圧迫する手段が数限りなくあるが、彼女の側には武器が一つもない。

探査船の同僚に状況を知らせて一緒に対策を話し合

う――検討したが却下。話の内容はすべて地球に送られていた。暗号を使うといっても六人が情報を共有するまで秘密を維持できるとは言いきれなかった。六人が力を合わせたところで、地球側に訴える力があまりないことは認めざるをえなかった。はじめからこの陰謀に加担している内通者がいる可能性も排除しがたかった。疑わしい同僚もいた。

該当する回路を無力化する方法を探る――何度か試したものの失敗。脳を包み込んでいるヘルメットについては、探査船での勝手な改造や補修が許されていなかった。しかもただ無力化するだけでは充分ではなかった。コイルの効果がないことが地球側に知られてはいけなかった。ユジンは外から逆の磁場を発生させる装置、脳刺激を無効化させる装置、コイルの作動をあらかじめ感知して警告してくれる装置を構想したが、その度に決定的な部分で乗り越えがたい障害にぶつかった。

この事実を外部に知らせて保護を要請し訴訟を提起する――しかし、どうやって？　地球への通信はすべて炭酸飲料会社が統制していた。少なくとも彼女らがいる探査船ではそうだった。炭酸飲料会社の探査船を除けば、金星から地球へ電波や発射体を飛ばせる唯一の基地は無人自動車会社の探査船だった。しかし、二つの探査船は常に互いの間に五〇〇キロ以上の距離を維持していた。そのような協約が結ばれていた。

あきらめる――もっとも長く検討していた答えかもしれない。ともかく、彼女は金星に来たがっていた多くの科学者の中の一人だったし、科学者を金星に送り出すことができる会社は二つしかなかった。理性的に判断すれば、四、五年ほどぐっと我慢して金星での生活に耐えるのが正解だ。もしも彼らが丁重に要請していたら、もっとマシなドラマの登場人物になるための扁桃体刺激も大きな拒否感なく受け入れていたかもしれない。彼らとユジンの間には共同目標があって、彼らは彼女が些細な失敗もしないように助けていたとみることもできるだろう。

しかし、相手のことをどれだけ友好的に考えてみたとしても、ユジンには到底受け入れがたいことがあった。それは自分の生に対する統制力と、自分が自分であるという感覚を失う可能性だった。他の人に答えを教えてもらった正解と、自分で選択した誤答のどちらかを選べと言われたら断然後者だ。人間は誤答を選択しながら、その自分という一人の人間を積み上げていくものだ。もし〈正しい判断ができるようになる薬〉を飲んで、正しい判断をすることになっても、誰かがその薬を飲み水に溶かしてこっそり飲ませるのと、自ら服用するのとでは天と地ほどの違いがある。

ユジンは初めて、娘を理解することができた。誤答を選択するために自分から逃げ出した子。その子どもにユジンは助けを求めた。

監視者たちの目を避けて、論理的でない暗号を作って送らなければいけない。しかし、ユジンは娘だったらその暗号を解読できるだろうと確信していた。

＊

甲板の下に船倉があった。船倉の下にゲートがあり、そのゲートが下向きに開いた。その下には雲があった。

開かれたゲートに向かってキャタピラが動き始めた。キャタピラには一人乗りの飛行船が搭載されていた。一人乗り飛行船は中でも操縦できたが、探査船から無線で操縦することもでき、飛行船内の人工知能に任せることもできた。とにかく、飛行船に乗った人が地球側の許可なく遠くへ行こうとしたら、即座に操縦桿がロックされるだろう。飛行船とロボットの無線操縦装置は実に巧妙に設計されており、誰もハッキングできなかった。

一人乗り飛行船は巨大な風船の前後にプロペラがついていた。プロペラの中心軸は上下左右に向きを変え、飛行船の方向とバランスをつかんでいた。

巨大な風船の中には中くらいの大きさの風船があり、その中にはもうひとつ小さい風船があった。外壁をなす風船は雲の層を通過するときに硫酸の雨粒を防いでくれ、着地するときの衝撃を吸収する役割をした。風船の膜には形状記憶合金でできたフレームがあって、全体の形状を球形や流線形、皿形に変形させることができた。

二番目の風船の中には足場があって、その上に操縦桿と操縦席があった。ユジンの脳を載せたロボットはその足場の上に立っていた。

三番目の風船は魚の浮き袋のような役割をした。液体窒素を正確な分量だけ気化させて外側の風船に噴き出し、逆に気体状態の窒素を吸い込んで液体化させた。そうやって調節した浮力のおかげで、金星の濃い大気の中を飛行船は上昇し、下降することができた。

ユジンの脳を載せたロボットは宇宙服を着ていた。地表面に降り立った時〈補正無し〉と証明する写真を撮るためだった。〈欺くことなかれ〉が彼らの社訓だった。実のところ、彼らはたまに人を欺いた。しかし、その時でさえ嘘はつかなかった。

飛行船はキャタピラから分離され、下方に落ちていった。液体窒素がグッグッと沸き立った。プロペラは非対称的に動きながら細かくバランスを整えた。一番外側の風船ができるだけ大きく空気抵抗を受けられるように横に広がり、きのこのような形になった。硫酸雨は風船の炭素繊維に雫《しずく》状にくっつき、滑っては結局落ちていった。この硫酸の雨は決して地上に届かない。温度が高すぎるために落ちていく途中で蒸発してしまうのだ。そうしてふたたび雲に戻った。

宇宙服の中のロボットの顔は無表情だった。ロボットは無表情な顔をぐるりと動かして地面を見下ろし、空を見上げてから正面にある雲を見つめた。雲は太陽の光を反射し、そうして照り返した太陽光はヘルメットのフロントガラスに反射した。ヘルメット上に複雑な陰影が駆け抜けた。そのため、たまにロボットは深い思考に耽っているように見えることがあった。

ユジンはこうして探査船から抜け出した。今や彼女と探査船と地球を結ぶのは決してハッキングできない、か細い無線操縦装置だけだった。

地上では娘と娘の友人たちが彼女を待っていた。

＊

チーフプロデューサー　遅れちゃったかな？
第七プロデューサー　いいえ、始まったばかりです。ちょうどいいタイミングですよ。誓いの言葉だのなんだのを見にいらしたわけではないのでしょう？　舞踊を見に来たんですよね。
スポンサー代理人　私も来ましたよ。生中継を直接見ておかないと、後でCMを挟むタイミングをスポンサーと話すときに困りますからね。
チーフプロデューサー　ロボットは二体しか動いてないのか。
第七プロデューサー　一体はマリが操縦するロボットで、もう一体にはユジンが乗っています。マリが婚約者に出会うまで、どのように生きてきたのか見せる場面です。この振り付けを考えるためにマリとユジンは何度も衝突しました。マリのロボットが進もうとする方向をユジンがずっと邪魔しているのが見えるでしょう？
チーフプロデューサー　実際に放送するときにもこの舞踊劇の部分にナレーションか字幕を入れるのはどうかな？　今言っているように。
第七プロデューサー　いいアイデアだと思います。あるいはマリが直接自分の振り付けに説明する場面をオーバーラップさせて見せるのもありだと思います。
スポンサー代理人　おお、これは期待以上ですね。あの娘さんは才能があるんですねえ。

第七プロデューサー　そう言ったじゃないですか。これは始まりにすぎません。後半はこれよりずっと素敵ですよ。
チーフプロデューサー　僕も気に入ったよ。いろいろ印象的なシーンがあるね。純粋に技術的に見てもあっぱれだし、視覚的にも見るべきものがあるよ。番組のストーリーの中でもいい結末だよ。母子間の和解を象徴してもいるし。マリが自分を見つけだす話にすることもできそうだな。説明ならあれこれいくらでも加えることができるから、何バージョンか作って一話全体をこの舞踊劇で構成するやり方も検討してみないとな。
スポンサー代理人　うちの本社でもよろこびそうです。画面に金星の表面が映るたびに炭酸飲料の売り上げが伸びるんです。特に夏には、跳ね上がりますよ。
チーフプロデューサー　さっきから婚約者の過去を説明する場面じゃないのか？　それがどうして他の三体まで全部動いていているんだろう？
第七プロデューサー　そうですね。次のチャプターに移ったんでしょうか？　もともとあんな動きではなかったんですが……。
チーフプロデューサー　今、何をしてるんだ？
第七プロデューサー　無線操縦装置があんなふうに外れるなんて……。
スポンサー代理人　何がどうなっているんですか。他の三体はどうしてああやって両手で体を持ち上げて脚を開いているんですか？　脚が絡まってもう動けないように見えますが？
チーフプロデューサー　中断しろ、今すぐ。クソッ！　ロボットは今すぐ回収だ。
第七プロデューサー　間に合いません！　あれは二分前の映像です！　それにここから電波を飛ばしても金星に届くのは二分後です！

＊

無線操縦装置をハッキングするのは不可能だった。

しかし、本体からその装置を外すことは可能だった。ロボットは汎用モジュールを使っていた。溶接やねじ止めなしに、すべてのモジュールが着脱可能だった。ただし、地球のロボット技術者たちは自分たちが作ったロボットが、装備もなしに素手で着脱作業ができるという事実を知らずにいた。

ユジンはロボットの電子部品と信号体系を、マリはロボットの骨格と可動域を研究した。母と娘は奇跡的なベストパートナーだった。

マリが〈ツバサ-五〉と名付けたポーズを取ると、無線操縦装置の保安機能が解除された。その状態から首をもう少し前にかがめて背中の下のほうを軽く叩くと、無線操縦装置がぽろりと外れた。

イスラム女性たちの置かれた状況を象徴する場面でロボットはみな〈ツバサ-五〉のポーズをとった。ユジンの乗ったロボットを除いて、ほかのロボット三体は〈ホタル-二〉の動作までしていた。これは三体のロボットの脚が引っかかりあって、順番に解いていかないと動けないという意味だ。

ユジンは〈ツバサ-五〉のポーズから首をかがめて背中の下のほうを手のひらで軽く叩いた。

無線操縦装置がぽろりと外れた。これで探査船が彼女の乗ったロボットを強奪することはできない。

ユジンを監視していた探査隊長は何が起きているのか本能的に気付いた。彼はすぐさまほかの三体の操縦権を回収した。

マリと友人たちはロボットとの接続が切れた。

しかし、三体のロボットは、傍《はた》から見ればなんの変化もなかった。探査隊長は三体を立ち上がらせようとしたが、ロボットはその指示通りに動けなかった。〈ホタル-二〉のポーズのせいで、互いの脚が引っかかっていたからだ。

ユジンは素早く体を起こし、ほかのロボットの背中を順に叩いていった。三体のロボットの無線操縦装置は足枷が解けたように外れて落ちた。

ユジンは引っかかりあっているロボットたちを後ろに押した。脚の絡まったロボットたちがバランスを崩してひっくり返ると、股間にあった燃料電池の蓋はたやすく開けられた。

ユジンは三体の燃料電池を順番に取り外した。

これで、彼女は六百分近く金星の地表にいられるようになった。その六百分間は地球からも探査船からも彼女を止められなかった。

彼女は地平線に向けて走りだした。無人自動車会社の探査船がある方向だった。無人自動車会社の探査船は五〇〇キロメートル離れたところにあった。

ユジンを載せたロボットは時速六〇キロで走ることができた。ロボットなので、疲れることがない。一時間に六〇キロずつ、十時間走れば六〇〇キロメートル移動できる。幸運に恵まれれば、燃料電池が切れる前に無人自動車会社の探査船のもとにたどり着くことができるだろう。

炭酸飲料会社の探査船は彼女を追いかけてくるだろうか？　ユジンは、それはないと考えていた。風の方向が反対だった。それに小型飛行船の浮き袋に当たる小さい風船からは液体窒素をすべて抜いておいたのだ。

＊

スポンサー代理人　宇宙探査の歴史上、チャレンジャー号の爆発以来最悪のスキャンダルだそうですよ。何か、言い分でも？

チーフプロデューサー　まあ、別に。死傷者も出していないのに。

スポンサー代理人　おい、そんなこと言ってる場合かよ？

第七プロデューサー　無人自動車会社が声明を出しました。ユジンを一種の難民と考えていると。自分たちの探査船の下まで来たら、どのような方法でも救助する意向だそうです。救助の場面を生中継するそうですよ。うちの本社でも声明を出しました。ユジンの体が本社に貯蔵されているかはわからないが、確認が取れたら頭部と結合するまで責任を持って安全に保管すると。

スポンサー代理人　あのクソ娘が今あらゆるところに資料を配りまくってインタビューに応じているよ。あんたら、ここで涼しい顔してる場合かよ。何か対策を……

チーフプロデューサー　君も一枚噛まないか？

スポンサー代理人　何にだよ？

チーフプロデューサー　よく考えてみろ。これはチャンスだよ。

スポンサー代理人　は？　ハッタリだろ？

チーフプロデューサー　この番組《ショー》が始まって以来、ユジンとマリの脱走劇ほどヒリヒリするドラマチックなエピソードがあったか？　ところが、このエピソードはまだ放送されていない。みんなニュースとして知っているだけだ。それにこの映像は僕たちが全部所有している。一〇〇パーセント。契約によればユジンとマリの偽物のロボット舞踊劇も僕たちのものだ。映像だけじゃない。振り付け全体が僕たちのものだ。ロボットのデザインも。金星の写真も。全部僕たちのものだ。これを金額に換算したらいくらになるだろう？

スポンサー代理人　みんなうちの番組を見ようと思いますかね？　わが社は今では悪の化身ですよ。

チーフプロデューサー　炭酸飲料会社の番組を見ようとは思わないだろうね。でも、ほかの会社の番組だったら？

スポンサー代理人　ほかの会社？

チーフプロデューサー　炭酸飲料会社は宇宙探査部門について破産宣言をするだろう。謝罪会見と、今後は本業に専念します、とかなんとか言うだろうな。でも破産した部門がそのまま消えてなくなるわけじゃない。そこから売れるものはかき集めて、できるだけ清算しようとするんだよ。しかも優良資産の価値はどうかすると破産前の会社の価値の合計よりもずっと高くなることもある。

第七プロデューサー　私たちがその優良資産に含まれる可能性もありますし……

チーフプロデューサー　あるいは僕たちのほうからそのゲームに飛び込むこともできる。看板を掛け替えて営業を再開したときに、従業員として残っているか、共同経営陣の名簿に名前を載せるのか、それだけの違いだよ。エンジニア気質のある娘が悪の化身である会社から母親を救出するドラマを考えるんだ。その途中で娘の才能まで発見する。しかも全部実話だぞ。

スポンサー代理人　扱いやすいスポンサーにコンソーシアムを提案してみます。債権者資格をちらつかせれば有利な条件に持ち込めるのではないかと。あ、さっきは汚い言葉で失礼しました。私、時々冷静さを失うことがあるんですよ。私にも脳刺激できるヘルメットがついていたらいいんですけどね。

＊

空で車輪型の雷がいくつも同時に光った。地平線の近く、遠くで火山が爆発したようだ。爆発の煙は空いっぱいに広がったが、ユジンを阻む風はない。あまりに熱いので地面のすぐ上ではむしろ空気の密度は低く、ほとんど動かない。それもやはり計算に入れてあった。

現在、彼女を載せたロボットは炭酸飲料会社の探査船から二五〇キロメートル、無人自動車の探査船から二五〇キロメートル離れたところに来ている。ロボットは疲れを知らず、相変わらず時速六〇キロの速度で灼熱の地上を走っている。

ユジンは恐怖と興奮で胸が張り裂けそうだ。ヘルメットの特殊コイルを手動で作動させる方法を知っていたら、何度も作動させていただろう。

　探査船で、地球で、どんなことが起こっているのか知るべくもない。もっとも恐れていたことは起こりそうにない。炭酸飲料会社の探査船が別のロボットを操縦して自分を追いかけてくる事態だ。

　二番目に恐れていたことは、無人自動車会社の探査船の下まで行っても、誰も自分を助けに来ないことだ。そうなったら、彼女は自分の選択を骨身に染みるほど後悔しながら脳の変性による死を待つしかない。

　その次に心配していたシナリオも最後の場面は同じだ。自分が十時間走っている間に眠くなったり、疲れて気絶したり、道を間違えて迷っているうちに時間に間に合わなかったり、あるいは機械の故障によってその場から動けない状況になってしまうこと。

　まだ、あと五時間は走らなければならず、燃料電池の残量もぴったりだ。無線操縦装置を取り外してしまったので衛星が送ってくれるGPS信号は受け取れない。金星には磁場がほとんどないので、羅針盤も役に立たない。空は雲に覆われていて、星座で位置を把握することもできない。ただ、地形を頼りに方向を掴むしかない。

　ようやく、ユジンは孤独と孤立にも段階と深さがあるということを理解する。あるレベルまで達すると、それ以上孤独だとか寂しいとかいう問題ではなくなる。それはある瞬間、生存と自尊の問いに変わる。周囲からいかなる助けも期待できない立場になって、長い間孤軍奮闘する状況を仮定してみるがいい。特に、その助けが自分には絶対的に必要だけれども他人にはごく些細な種類になる場合を思い描いてみてほしい。結局、誰もが自分のことを徹底的に捨てられた存在と感じるしかなくなるだろう。そして自分を助けてくれる人の中で一番近くにいる人物と自分との距離を計算することになる。

　金星の地表を走りながら、ユジンは娘について考えてみる。今マリが何をしているのか、自分からどれだけ離れているのか計算する。過去の自分がマリに何をしたのか、娘からどれだけ離れていたのか思いを巡らせる。

ユジンは自分がきちんと方向を摑めているのか確認するために、近くの丘に登る。空で車輪型の雷が光る。頭上の雲が急に膨らみはじめる。遠くの火山が煙を噴き出している。彼女は丘の頂上にすっくと立ったまま、行くべき道を探す。雷と雲と煙がヘルメットのフロントガラスに反射する。そのため、ロボットは強い決意に満ちているようにも見える。

センサス・コムニス

센서스 코무니스

私が政治部記者として働いていたとき、いわゆる〈情報マン〉の集まりに参加したことが何度かあった。自分たちだけのネットワークを持つ国会議員の補佐官、国家情報院の国内情報官《IO》、最高検察庁中央捜査部捜査官、情報課の刑事、月刊誌の記者、大企業の広報担当者などが三々五々集まり、噂を伝え聞いては印刷物《チラシ》を回し読み、人物評も交わしては国を憂う、そんな席だった。

三十代半ばから四十代後半のスーツ姿の男たちが高級レストランでもなく、汝矣島《ヨイド》（漢江の中州の島で、国会議事堂や放送局のある韓国の政治の中心地）や瑞草洞《ソチョドン》（漢江の南、いわゆる江南地区の地名）あたりの安めのビアホールでスルメをつまみにビールを飲む。みなぱっと見は地下鉄で毎日何千人も見かけるようなありふれた中年男性たちだった。あえて特筆するとすれば、みな携帯電話を三つ四つ持っているせいでスーツの内ポケットが膨らんでいる点くらいだろうか。

セン企画について、最初に耳にしたのもそんな席だった。

「セン《強い》企画？　なんでそんな名前なんですかね？」と訊いてみた。

「そういう名前がいいんだって。聞くだけで強い《セン》感じがするだろ。チョン企画、ミン企画、パク企画、そんな名前すぐに忘れちまう。ここの代表はセンスがあるんだな」

その政治コンサルティング会社の名前を聞いて私が鼻で笑うと、私をその日の集まりに連れて行った高校の先輩で、与党の重鎮議員の補佐官が私に言い返してきた。

「強い《センダ》って感じもするし、センスがあるって感じもするし、全部数えた《セン》選挙の票数って感じもするし、いいと思いませんか？」その日初めて会った若い国家情報院のＩＯが言った。

（国家情報院の職員がなんでこんなにうまいこと言うんだ？）と心の中で突っ込んで、私はビールジョッキを空にした。

「そこの報告書、うちでも購読していますよ。戦略室の専務から上のたった十一人だけ。レポート一つにつき三百万ウォン（日本円で約三十万円）です」某大企業の広報・渉外担当の次長が言った。

「一カ月で三百？　何がそんなに高いんですか？」

「一カ月じゃなくて、一件につき三百です。週刊レポートにするとひと月に九百万ウォンになって、十一人いるから九千九百万ウォン、一年で十億八千九百万ウォン（日本円で約一億八百九十万円）。それに時々非定期レポートも受け取りますが、その値段はいくらかわかりません」

　印刷物《チラシ》にしては高価だが、コンサルティング費用だと考えればむしろ安いほうだった。むしろ報告書なら必要な人たちで回し読みするだろうから、一年で十億という価格を設定したのだろう。

「それって、会長も見るんですか？」その会社の正体が気になってきた私は訊いてみた。

「ご覧になっていますね。直接報告してくるものはいくつもありませんが、会長が読むものはそのうちの一つですよ」次長が言った。

「一部コピーしてもらえませんか？　どうも貴重な情報が入っているようだが」検察の捜査官が要請した。

「それが、そうもいかないんです。役員たちは報告書の印刷もしないし、おかしな暗号が仕掛けてあって決められた受信者以外は見られないそうです。うちの戦略室の職員が一人、それをこっそり見ようとしてメールを転送したらすぐにばれて、系列会社に飛ばされるところでしたよ。そんなところまで追跡可能なんでしょうね」

大企業の次長が言った。セン企画の報告書をコピーできないからという理由で、その晩の飲み代は彼が払うことにした。どのみちどんな言い訳をしてでも彼が払っていただろうが。

「俺は、あそこは選挙コンサルティングをするところだと思っていたよ。企業も顧客だったとは知らなかったな。うちのセンセイも、あそこの代表に一度会ったんだ。ちょうどこのビルの二階の日本料理店で会ったよ」私の高校の先輩も言い出した。

「先輩も一緒にいたんですか？」と僕は尋ねた。

「店まではついて行ったさ。でもセン企画の代表って人が、センセイと二人で話したいって言うんだよ。だから、俺と他の補佐官はホールでつつましく魚卵スープを一杯ずつ食って待っていた。うちのセンセイとその代表も長く一緒にいたわけじゃなかった。四十分程度いたかな？　それで先方がコンサルティング費用でございと請求してきた金額がいくらだと思う？　一千万ウォン（日本円で約百万円）だ、一千万ウォン。後であの費用を選挙管理委員にどうやって申告したらいいのか、まあ、わからんね」

「どんなコンサルティングを受けたんですか？」

「知らん。それはうちのセンセイも話してくれないんだ。与党の三選議員ともなると、力になりたいと言ってあちこちからおかしな奴らが集まってくるんだよ。会員数が何百人いる登山会の組織だとか、パ《P》ーソナル・イ《I》メージ診断をしてやるだとか。とんでもない暴露ネタがありますよ、とかさ。センセイにもそういう人たちを相手にする要領があるからな。だけどセン企画と会ったときにはうちのセンセイのほうが迫力に押されている雰囲気だったよ。あの代表って人は俺が名刺を差し出しても受け取っただけで、自分の名刺は出そうともしなかったな。若いヤツの礼儀ってのはスペシャルだなと思ってさ」

「代議士をその代表に紹介したのは先輩じゃなかったんですね」私は尋ねた。

「ああ。別の議員から紹介してもらったみたいだな」

「新世代易学者みたいなものじゃないですか？　ご立派な神様でもついているヤツ」

「いや、俺はムーダン（韓国の巫女、シャーマン。祈禱も行い、占いもする）にもたくさん会ってきたけど、こいつの印象はちょっと違ったよ。理系の大学生みたいな雰囲気っていうか」

「あの代表はＫＡＩＳＴ（韓国先端科学研究所の略。世界の大学ランキングで常に高い評価を受ける工学エリート大学）出身だって聞いたけどね。だからうちではあの企画社は何かビッグデータを分析する機関だと思っていましたよ」と、大企業の次長。

「ビッグデータが何とかなどと言い出すヤツらの中に使えるヤツがいるものですか。生まれたばっかの仔牛どもですよ」補佐官がつぶやいた。

　その日、セン企画の話はそれでおしまいだった。私たちは青瓦台《チョンワデ》（韓国の大統領公館。ここでは大統領府の意）がちょっとした改革を準備しているだとか、どこかの大企業の会長が赦免後初めて本社に顔を出したとかいう話題で、スルメをかじってぬるいビールを飲んだ。

　それからしばらくして、セン企画に関連したちょっとしたエピソードがあった。ある初当選議員の部屋でお茶を飲みつつ何か記事になるネタはないかと探っているときだった。その議員は大学教授上がりの比例代表で、ちょうど地元に事務所を開いたばかりだった。彼にとっては市場の商売人の組織や再開発推進委員会のような地域の利権団体の人間たちに揉まれることも、何か文句をつけるネタはないかとやってくる政治ゴロたちに対応するのも初めてだった。

「私も大学の総長選挙に出て海千山千、経験してきたと思ったけどね、まったく象牙の塔の外は別世界だったよ。開所式をしたとたんに何かの団体長たちが訪ねてきてはこちらの足元を見ながら駆け引きをしてきてね、この世界はこういうとこなんだなあって本当に驚いたよ。本物の地べたの民心がどんなものかと思って、選挙コンサルティングと世論調査の業者にいくつか会ってみたんだよ。ところがちょっと大変なところもあってね」初当選の議員は愚痴り始めた。

「もしかして、セン企画って聞いたことありませんか？」急に情報マンたちの酒の席で聞いた名前を思い出して、そう尋ねてみた。すると私の目の前に座っていた国会議員の表情がぱっと変わった。

「チャンさん、あそこを知っているのかね？　私を紹介してもらえんかね？」

相手があまりに切羽詰まった様子で尋ねてきたので、むしろ言い出した私のほうがぽかんとしてしまった。セン企画ってそんなに名前が知られているところなのか。いくら初当選だといっても、国会議員が頼み込んで会いに行くほどなのか？

＊

その後セン企画の名前を聞いたのは数年経ってからだった。その間、私はドラマチックに人生が変わっていた。ある日カッとなって勤めていた新聞社に辞表を出し、小説家になるなどと言ってしまい、家にこもってぐずぐずと苦しんでいた。そうこうしているうちに運も味方につけ時流にもうまいこと乗って文学賞をいくつか取ると、突然ある瞬間には〈韓国小説界の有望株〉くらいの位置に上っていた。今も二〇一三年から二〇一五年の間の出来事を振り返ってみれば、現実なのか夢なのかわからないほどだ。

三つ目の文学賞を取ったころから、また汝矣島からの電話が来るようになった。はじめから用件を言ってくれる人もいたし、「元気でやっているか、本おもしろかったよ。酒でも一杯やろう」と呼びだして、さんざんどうでもいい話をして、二軒目に行ってようやく本題に入る人もいた。

どれも似たような提案だった。一緒に対談集を出そうとか、自分に質問を投げかけるインタビュアーになってほしいというものだった。

龍の夢を見て天下をとろうとする人たちは、大統領選の予備レースのしょっぱなに自分を紹介する本を出す。大統領選挙のある年に開かれる出版記念パーティーは、非公式出馬宣言式かつ領収書なしに献金を受け取れる募金イベントになる。しかしゴーストライターを雇って自叙伝を出すのはすでに汝矣島では一昔前のスタイルだと思われていた。あまりに古臭い感じがして、これといった反響を呼ぶこともない。最新のスタイルは政治畑の外にいる人間と対談集を組むとか、専門の著者に自分のインタビューをしてもらうとかいうものだった。

言ってみれば『アン・チョルスの考え』（実業家のアン・チョルス〔安哲秀〕が二〇一二年の大統領選立候補に先立って発表した本）のような本だ。この本は世《セ》明《ミョン》大ジャーナリズム大学院のチェ・ジョンイム教授が投げかける質問にアン・チョルス氏が答えるという構成だ。本が出た当時にはそのような形式も注目を集めていた。法務部長官を務めたチョン・ジョンベ（二〇一五年から二〇二〇年まで国会議員。本の出版は二〇〇七年）氏が弁護士のチャ・ビョンジク氏と共著を出したのも、反応は悪くなかった。

私は政治部の記者という経歴の上に若い有権者にとって遠い存在ではなく、それなりに知識人の範疇に入るので、本の対談者やインタビュアーに適任だと思われたようだ。『韓国が嫌いで』（二〇二〇年、ころから出版社より拙訳。原著が発表された二〇一五年ごろ〝ヘル朝鮮〟という流行語があった）というタイトルの小説を出したのも一役買っているだろうし。「ヘル朝鮮現象の原因は何だと思われますか？」などといった質問を投げつけるのにぴったりではないか。

国会議員のK氏もそうやって連絡してきた政治家の一人だった。K議員からは直接会って話そうと夕食の約束を持ちかけられたのだが、他の人の依頼とは違って簡単に断るわけにはいかなかった。大きな記事で助けられた借りが二度あった上に、私が内心彼のことを好きだったせいもある。

かつて詩人になることを夢見ていたというK議員は（こんな世の中でもこんな人物がいるんだなあ！）と思わせるような善良な人物だった。八〇年代の大学の総学生会長出身だが、とびきり温和な性格で、常に対話と妥協で問題を解決しようとする。そのせいで彼が政治家としてある一線以上は成功できないだろうと私は考えていた。大統領制の国家では鋭い言葉で角を立てて支持層を結集させなければ、大統領選挙の候補者の列に名前を並べることすら難しい。それからも本選に至るには、殺伐とした権力欲を胸に修羅の道を突破しなければならない。歴代大統領たちを見てほしい。皆そろって毒気と執着が並外れた人間たちだ。

……というのが、昨年までの私の考えだった。

ここで、恥ずかしい告白をひとつするとすれば、私の政治的な見通しは十のうち九は当たらないのだが、K議員についてもそうなった。ご存じの通りK議員は今や水中に潜んだ龍（「次に天下を取る人物」の意）とも目されている。年初は存在感のない八六世代（八〇年代に学生運動に参加した六〇年代生まれ）の一人にすぎなかったが、上半期の間中、絶妙な処世術と呆れるほどタイミングのよい発言で話題の中心に立ったかと思うと、ついには驚くべき突風を起こして院内代表（各政党の代表者で、議会内で交渉と交渉を担当する議員を指す）の座まで勝ち取った。人は文章力を伸ばすことはできても政治感覚を磨くことはできないというのが私の持論だったので、K議員の変身ぶりに少し驚きながらも私は彼を応援していた。財力もない知識人が院内代表選挙をどうやって勝ち残ったのかなどと心配しながらも。

K議員と夕食を共にすることになった背景には、そんなうれしさと好奇心も作用していた。マスコミは彼がこの一年間に大胆な勝負師に変身したかのように報じていたが、いざ再会してみるとK議員は前と変わらず温和な紳士だった。彼は恥ずかしそうに本題を打ち明けてきたが、内容は予想通りだった。

「先輩、本当に申し訳ないのですが、私はこのところ時間もないし、それに政治と関わりたくないんですよ。今後もずっと大衆を相手に商売をしていくんですから、どこか特定の政党を支持している印象を読者に持たれたくないんです」と私は返した。

K議員もたやすくは引っ込まなかった。私を「チャン記者」と呼んだり「チョン先生」と呼んだりしたと思えば「ガンミョン」と下の名前まで呼んで、今回だけ助けてくれというのだった。

「おまえ、昔俺のおかげで二度も特ダネを書けたじゃないか。あの時は親しげにしていたくせに、今になって知らんぷりか」

これが私の弱みだった。骨の髄までエゴイストなので、自分の心のうちが見透かされるのはひどくはばかられた。一方で夕食の招待に応じた時点で、ある程度すでに決まっていたことでもあった。これだから公務員は利害関係のある民間人と一食でも共にするのを怖がるわけだ。

「先輩、では条件があります。対談の質問は全面的に私に決めさせてください。先輩を持ち上げているという感じがしないように。どうかすると先輩の気に障るような質問もするかもしれませんが、それもさせてください。対談するなら支持者ではなく、記者として臨みたいんです。もちろん、答えるときには先輩が心を込めて答えればいいでしょうし」私は言った。

「もちろん、そうでなくちゃ。大丈夫ですよね？」

ところが、K議員の〈大丈夫ですよね〉は私に向けられた言葉ではなかった。隣に座っていた中年の男性に向けた言葉だった。最初にレストランに来たときからその正体が気になっていた男だった。年齢は私とだいたい同じくらいだったが、態度が補佐官のようには見えなかったし、だからといってスポンサーのような感じでもなかった。何というか、理系の大学生のような雰囲気が漂っていた。

第一野党の院内代表が「大丈夫ですよね？」と尋ねると、男は頑固そうに口を開いた。

「質問は作家さんが好きに投げかけたとしても、対談の後で原稿をまとめるときにその質問と返答を含めるかどうかはこちらで判断させてください」

おっ？　私と駆け引きしようというのか？

その後十五分程度、協議が行われた。人のよいK議員は私たちを見守るばかりだった。男と私は最後まで本のタイトルをどちらが最終的に承認するかという点で合意に至らなかった。男はK議員の本なのだから当然K議員が付けるべきだと主張し、私は『Kとチャン・ガンミョンの世界を変える美しい論争』などとタイトルをつけられることになるなら、なかったことにしたほうがましだと言い返した。彼はそんなことは決してありませんからと強調し、私はそんなことがどうして言い切れるのかと詰め寄った。

その日は国会で本会議がある日だったので、K議員は少しだけ本会議場に顔を出すと言って席を立った。市民団体が出席チェックをするので、本会議の再開時と終了時は席にいないといけないという説明だった。そのせいで私は男と二人レストランに残された。

「ところであなた、何をされている方ですか？　出版のほうは、少しはご存じなんですか？」

酒も少し入っていただろう、私は男に突っかかるように尋ねた。私の言葉に、男は財布から名刺を一枚取り出し、手渡してくれた。てかてかとした材質の黒い名刺にはメールとメッセンジャーのアドレス、男の名前、そして〈センサス・コムニス代表〉という肩書だけ書かれていた。

「世論調査をされているんですか？」私は尋ねた。センサスは〈人口センサス〉のセンサスだと思った。同時にK議員に対してやや失望した感もあった。選挙人名簿をこっそり手に入れて世論調査を口実に電話をかけ、巧妙に選挙運動を行う民間世論調査機関にあの人もとうとう手を付けたんだな、と思った。

「そうです」男があまりにあっさりと認めたおかげで、逆に私が言うべき言葉がなくなってしまった。私は携帯電話をいじりながら話をはぐらかした。

するとセンサス・コムニスの代表が口を開いた。

「チャン先生が書かれた小説『コメント部隊』面白く読みました。本当にあの小説に出てくる通りにすれば、インターネット世論を操作できそうですよね」

「ああ、はい」

「でもあの方法では費用もかさむし、時間も長くかかります。コメントを書くアルバイトをどれだけ動員したとしても、インターネットコミュニティやSNSの世論は数十分の間に即座に変わるものではありませんから。オンラインの世論がオフラインの世論に及ぼす影響も限定的ですし」

「そうですか?」

なんだ、こいつは?

「大衆がどんな考えなのか、どんなイシューについてどんな世論が形成されているのかをはじめから正確に把握すれば、はるかに素早く簡単に人々の気持ちを摑むことができます」

「世論調査をしている人からそんな話を聞かされると、妙な気分ですね。世論調査こそここ数年の間に立場が見る影もなく失墜したのではないですか? 選挙結果の予測も当たったためしがないじゃないですか。これは構造的な問題ではありませんか? こんなに忙しい時代にどこの誰ともわからない団体からかかってくる電話世論調査に最後まで応じる人自体が、ちょっとおかしいんですよ。ギャロップの会長も世論調査部門からはもう手を引くって言ってませんでしたか?」

私は少し前に読んだ記事を思い出しながら、とどめを刺した。

「あれはギャロップの会長の考えが足りないんですよ。世論調査は未来のすべての産業の核心になるものです」

あーあ、そうですか？　どうぞご自由に。私はもう返事をするのも面倒で、携帯電話の画面ばかりのぞき込んでいた。ところがセンサス・コムニスの代表がまた話しかけてきた。

「『コメント部隊』の元のタイトルは『二世代コメント部隊』だったそうですね。文学賞を取った時にはその名前だったのに、出版の過程で変えられたそうですね」

本当に、他の人間の神経を逆なですることにかけてはとびきりの才能がある男だった。そのタイトルのせいで出版社と何回協議をしたかわからない。しかも私は、今になっても変更したタイトルに確信が持てなかった。タイトルをつけることに関して、私はまったく無能だった。

「うまく変えましたね。ここに来る前にサーベイしてみたんです。回答者の六〇パーセント以上が『二世代コメント部隊』より『コメント部隊』のほうがいいと評価しています。かなり高い数値です」

もちろん私は相手の言葉を信じなかった。世論調査を一度行うのにいくらかかるというのか……。〈専門家パネル〉とか言って二十人前後のカカオトーク（韓国のメッセンジャーアプリ）のグループをひとつ作って意見を募ったんだろう程度に考えていた。

その日K議員は結局、会食に戻って来なかった。本会議中に党の委員の一人が急に暴言を吐いたため、怒号の飛び交う事態になってしまい席を立つことができなくなったと、ショートメールが来た。

帰宅途中の地下鉄で私は携帯電話で〈センサス・コムニス〉を検索してみた。しかし、あの不快な代表の会社について教えてくれる結果は出てこなかった。ただ、〈センサス・コムニス〉のセンサスは〈census〉

ではないという事実を知った。センサス・コムニス（sensus communis）は常識（common sense）の語源となったラテン語で、〈社会的感覚〉または〈共同精神〉を意味する言葉だった。

＊

K議員と私は六回にわたり会って対談をした。会うたびに三時間ずつ、合計で十八時間分のインタビュー音源ができて、K議員と契約した出版社がその音源を分厚い原稿の束に整理した。その間にK議員はうなぎ登りに出世を重ね、ファンクラブがふたつもできた。二期後ではなく今度の大統領選候補として彼を取りあげるマスコミ記事も出た。彼に六度目に会ったときには、私までなんだか自然と頭を下げそうになった。

問題は本だった。ゲラを受け取って読んでいるうちに脳卒中を起こしたかと思った。私の言葉はめちゃくちゃに切り刻まれ、流行ってもいないインターネットの流行語で文章にみっともなく手を入れられた上に、はなから質問の意図を反対にされたケースまであった。

血圧の上がった私は出版社に問いつめ、このすべての改悪の背後にセンサス・コムニス代表がいることを知った。私は引き出しにしまい込んでいた名刺を見つけ、罵詈雑言に近いメッセージを送った。私も時にはカッとなって行動する人間だ（辞表もそうして書くことになった）。こんなふうに原稿に手を付けるなら、対談プロジェクトを取り消すと警告した。

すると五分も経たずにセンサス・コムニス代表から電話がかかってきた。私を訪ねて来るという。来るなら来ればいい！　私は大口をたたき、彼は運転手つきのメルセデスベンツSクラスに乗ってわが家の前まで来た。私はうっかりジャージにサンダル姿で高級セダンに乗って漢江《ハンガン》を気分よく見下ろせるIFCタワー（汝矣島にある高層ビルのひとつ）の五十一階事務所に行くことになった。

汝矣島に行くまでの間ずっと（こいつの正体は一体

なんだ?)と考えていて、ついにIFCタワーのエレベーターでだしぬけに尋ねた。

「センサス・コムニスの昔の名前ってセン企画ですよね?」

政治部と社会部の記者として何年か働いてみれば、そうやって何の根拠もなくいきなり質問を投げつけることにも慣れる。相手が慌てているのか、慌てたように見せているのか探るだけでも結構な情報になる。

私の質問に、男は慌てることも慌てたように見せることもなかった。

「今でもその名前を使います。もともとセンサス・コムニスと名付けていましたが、サーベイしたところ〈セン企画〉という名前を好む人のほうがはるかに多かったんですよ。会社のフルネームはこれからも長く付き合いたい方にだけ伝えています」

薄っぺらな小細工するんじゃないぞ、こいつ! しかしすでに私の血圧は正常値に戻っていた。私は単純な人間だ。しかもベンツとか汝矣島の高層階の事務所とかラグジュアリーなインテリアなどに少し気後れしていた。

「私の祖父はJグループ会長の○○です」センサス・コムニス、またはセン企画の代表が言った。私はびっくりした。Jグループは財界では十五位程度になる大企業だった。その会長の孫が世論調査会社を運営して野党の院内代表を助けているだと? セン企画の代表は続けた。

「父は私がアメリカで経営学を学ぶことを望んでいました。しかし私は世の中を変えたかった。経営学で世の中を変えることはできないでしょう? 先生、今後十年の間で世の中を変えられる学問は何だと思われますか?」

「そ、そうですねえ。政治学ですか……?」私はつっかえながら問い返した。

「私は分子生物学、あるいは脳工学だと考えました。

専攻を悩んで脳工学に決めました。選択は間違っていませんでした。すでに脳工学は世の中を変えつつあります。ニューロマーケティングという言葉を聞いたことはありますか？ 脳波で人間の無意識の反応を読み取って商品開発とマーケティングに活用する技術です。すでに商用化されています。衣料品ブランドの〈GAP〉がロゴを変更しようとしたとき、ニューロマーケティングを通じてみんなが既存のロゴのほうを気に入っているとわかり、計画を白紙化したというエピソードが有名ですね。私は〈ニューロポリティクス〉という新しい分野を開拓しようと決心しました。脳工学と現実の政治をつなげるのです。構想がある程度、具体的になったときに博士課程をやめて韓国に戻ってきました。論文として発表するような内容ではなかったんですよ」

「電話アンケートの代わりに脳波を測定するんですか？」

「理解がお早い。脳波を利用した世論調査はふたつ、大きな長所があります。ひとつはとてつもなく多くのことを尋ねられることです。何かを見たり聞いたりすると三百ミリ秒遅れてようやく言語化された思考が始まります。しかし結論はすでにその〇・三秒の間に出ています。後からついてくる思考はすでに下された決定を合理化するために使われるのです。提示された単語に被験者が好感を持つか不快に感じるか分析するのには、一秒あれば充分です。理論的には十分で六百種類の設問について答えを得ることができますね。私たちは千人規模の標本集団を作り、装置のついたヘッドバンドを使って一週間に二回ずつ、モニターに表示される単語を一時間見てもらいます。その対価として時給一万ウォン（日本円で約千円）支払います。集中して読む必要はありません。集中してもしなくても無意識の反応ですからね。たった一時間あれば、その人の考えについて数千ページのアンケート用紙を受け取るよりも、ずっと詳しく知ることができます」

「お金をもらってアンケートに答える人の答えは信頼できません。調査方法論の基礎ではありませんか？　報酬があると知った瞬間から人は答えを修正しはじめます」私は言い返した。

「アンケートに参加する人の答えはいつだって修正されていますよ」センサス・コムニスの代表は、待ってましたとばかりに続けた。「お金をもらわなくても、ね。人間は基本的に本音をさらけ出すのをはばかって、恥ずかしさのあまり嘘をついて答えます。時には自らを騙すこともあります。ですから、常に世論調査には誤差が発生します。しかし脳波を騙せる人はいません。私たちはある人間の考えを、その人よりももっと正確に知るのです。その人がレジや投票所の前で最終的にどんな選択を下すのかは、当事者よりも私たちのほうが自信をもって言えます」

「その力でK議員を押し上げているのですか？　K議員を大統領に仕立てようと？」

「K議員を大統領にするのは、些末なことにすぎません。私の目標はこの大地に本物の民主主義を実現させることです」

「本物の民主主義？」私は茫然として、バカみたいにその単語を繰り返した。

「一般意志という概念はご存じですか、先生？　ジャン・ジャック・ルソーが主張したものです。公共選を望む国民の個々人の意志をひとところに集めてその中で重なる部分を推し進めれば、それが一般意志になります。民主主義というのは一般意志を実現する過程ですよ。しかし選挙と多数決制度はその手段として適切ではありません。選挙は何度も行うことはできないし、質問項目も極端で単純な客観式に編成するしかありません。だとしたら選挙のたびにくっついたり離れたり選挙連合を作って意図してもいない折衷案を多数派の意見に作り上げて、その結果、国民の意志とは関係のない政治屋たちが権力を握ることになります。これが、ニューロポリティクスが登場する前の近代政治でした。しかし為政者たちが毎日、いや一日に数回も国民の意志を尋ねることができたら、どうなるでしょうか？　すべての政府・政策、すべての人事が国民投票の対象になったとしたら？　不誠実な客観式の質問ではなく、直接的で即時的な意志表明で国民の声を聞くことになったら？」

「そんなことが可能ですか？」私はなんだか自分が書いた小説の中に入ってしまったような気分になった。『コメント部隊』にもどこかの狂った野心家が一幕の演説を述べる場面があったのだが。

「測定装置をどれだけ小さく作れるかにかかっているんですよ。私たちはすでに携帯電話の中に入る大きさのプロトタイプの作製に成功しています。カメラとマイクならすでに携帯電話の中に入っていますね。特定の単語を聞いたとき、特定の画像を見たとき、国民の脳はどのように反応するのか、間もなくわかるようになります。SNSで飛び交うトレンドワード集計などすでに死んだ技術ではありませんか。生きてぴちぴちと弾む意志の総合です。ルソーが『社会契約論』を発表してから二百五十年余りかかって、ようやく私たちはその意志に直接会うことができるようになったのです」

ああ、私はアニメなどで見たことのあるマッドサイエンティストというやつに初めてお目にかかったというわけだ。マッドサイエンティストはあごひげを長く伸ばしているわけでも、陰惨な笑い声を響かせることもなかった。ただキラキラとした目で（この人はどうして自分の言葉に同意しないんだろう？）という表情を浮かべているだけだった。

「先生をK議員の対談相手に決めたのもサーベイの結果でした。K議員と何人かの小説家、コラムニスト、教授、記者たちが対談するイメージを千人に見てもらいました。その結果、あなたとの組み合わせに対する肯定的な反応が一番高く出ました。信頼レベルは九五パーセント、標本誤差はプラスマイナス三・一ポイントです。対談集の初稿も千人で検討しました。千人の読者が読んでみて共通して引っかかるテーマを拾いあげて、適当な別の単語に置き換えています」

「いや、そんなこと、正気だとは……」

「はっきりと申し上げますね。これから、あなたが書く小説にも同じ作業をしてさしあげることができます。タイトルに悩む必要もありません。読者から見て一番目立って好感のあるタイトルを私たちが探してさしあげます。今後十年間です。その代わり、対談集は私たちの意向で出版させてください。三日ほど悩む時間をさしあげればいいでしょうか？ 私はすでに先生が何と答えるかわかっています。先ほどあなたの脳波を読みましたから。脳波検査の装置はソファーに埋め込まれています。しかしあなた自身で考えを整理する、いわばすでに下された結論を言語で読み下す時間が必要でしょうから」センサス・コムニス代表が、テーブルの上のタブレットPCをちらりと見ながら言った。

ルソーだの一般意志だの標本誤差だのという聞き慣れない単語が出てきたせいで、私はまっとうに反撃もできなかった。ただ「政治を馬鹿にしないでください。外から見るのとは違います」と、もごもご言っただけだった。落ち着かない気持ちで家に帰り本棚の中を探っているうちに、自分が何と言い返すべきだったのかに気付いた。金薫《キムフン》（小説家、ジャーナリスト、エッセイスト。〔一九四八〜〕）のエッセイに私が言うべき言葉が書かれていた。

〈世論につられて状況を認識し、判断し、世論につられて善悪を察することが民主主義なら、私は民主主義者ではない〉

＊

その後、二日間は不眠の日々だった。理性で下した

結論ははっきりしていた。〈センサス・コムニスの提案を受け入れてはいけない〉

しかし十年間、推敲とタイトル決定に科学的なアドバイスを受けられるという誘惑は、頭の中にへばりついて離れなかった。一方で私は韓国の政治に反吐が出そうにうんざりしていて、国民の意志を把握して実践する指導者の登場を切実に願ってもいた。衆愚政治のままだったらどうだろうか、国民のほとんどがストレスを減らせないのではないかと思い始めてもいた。討論と熟議を排除するニューロポリティクスは、もちろん最善の政治ではないだろう。しかしそんな原理が今も作動しているのだろうか。しかも私がセンサス・コムニスについて話したとして、誰がそんな荒唐無稽な話を信じてくれるだろうかという憂慮もあった。しかしながら私は、自分が何度も弁明を生み出しているのではないかと自責の念に駆られた。

悩みは実に奇異な形で解決した。

三日目の朝、出版社から電話がかかってきた。「センサス・コムニス代表と連絡がつかないのだが、もしかしてどこにいるか知らないか」という内容だった。私が知っているはずないだろうと答えつつも、変な気分になってポータルサイトに接続してみると、前日の午後にJグループ本社を奇襲するかたちで強制捜査が入ったという記事が飛び出してきた。ちょうど国税庁もJグループについて税務調査をしていて、国税庁は、これはただの定期税務調査で、検察の捜査とは関連がないと弁解していた。その日の夕方にはK議員から電話が来て、センサス・コムニス代表の行方を訊かれた。補佐官をIFCタワーの事務室にやったところ、爆弾を受けたかのように部屋中がめちゃくちゃだったそうだ。電子機器は何一つ残っておらず、革張りのソファーもずたずたに切り裂かれていたという。私も、出版社も、K議員もその後一度もセンサス・コムニス代表に会えていない。

センサス・コムニス代表が行方をくらまして十日後、私は情報マンの集まりに出かけた。その十日の間にK議員は失言を二度も重ねて、イメージが大幅に崩れていた。

国税庁のある局長が辞表を出したとか、ある大企業の会長が娘のためにアメリカのキッチン用品の会社を買収したとかいう話題で、スルメをかじってぬるいビールを飲んでいるとき、とうとうJグループの話が出た。

「何のせいだかわからないけど、かなりにらまれているみたいだぞ。民情首席秘書室からダイレクトに検察と国税庁にオーダーが出たって」大企業の次長が言った。

「あそこまできつくやらなくてもいいのに、おかしいよな。実際、財閥のトップ一家を捜査するのは簡単なんだよ。大事にされてきた育ちのよろしい人たちだし、結論が出せずに捜査をぐずぐず長引かせるだけでも、会社は元通りにならないしダメージも大きい。あなたが受け継いだ会社を、私たちは台無しにすることもできるって脅せばすぐに降伏してしまうよ」検察の捜査官が言った。

〈政治を馬鹿にしないでください。外から見るのとは違います〉と言った私のアドバイスが、こんなふうに現実になるとは。

私の推測はこうだ。権力の中枢にいた誰かがK議員の恐ろしいほどの急上昇を怪しく思い、その周辺を嗅ぎまわった。そしてセンサス・コムニスの存在を知り、センサス・コムニスとJグループの関係に気付き、Jグループに圧力をかけセンサス・コムニス代表を手に入れたのだ。権力をその近くで長いこと見てきた人にとっては、そんなことはビリヤードチャンピオンがスリークッションをやるよりも簡単だ。

今、この文章は情報マンの集まりからひと月後に書いている。そのひと月の間に大統領の政策への支持率が十五ポイントも上がった。今朝の新聞で〈ガラッと変わった青瓦台、レイムダック（任期満了前の政治指導者の空白期間）はなし？〉という見出しの記事を読んだ。

不吉な予感を振り払えずに長いこと悩みつつも、この文章を書いている。私が見て聞いて経験したことをとりあえず小説の形に、政治家たちが一番読みそうもない本に発表する。いくつかの固有名詞と事実関係は修正したが、神経科学系の人物で私が隠した部分まで見破る人がいるのではないかと期待する。センサス・コムニスあるいはセン企画、またニューロポリティクスについて情報をお持ちの方は●●●@gmail.com へ連絡いただけるよう願う。

アスタチン

아스타틴

								He
			B	C	N	O	F	Ne
			Al	Si	P	S	Cl	Ar
Ni	Cu	Zn	Ga	Ge	As	Se	ブロミン	Kr
Pd	Ag	Cd	In	Sn	Sb	Te	アイオディン	Xe
Pt	Au	Hg	Tl	Pb	Bi	Po	アスタチン	Rn
Ds	Rg	Cn	Nh	Fl	Mc	Lv	Ts	Og
ユウロピウム	ガドリニウム	テルビウム	ジスプロシウム	ホルミウム	エルビウム	ツリウム	イッテルビウム	ルテチウム
Am	Cm	Bk	Cf	Es	Fm	Md	No	Lr

H								
Li	Be							
Na	Mg							
K	Ca	Sc	Ti	V	Cr	Mn	Fe	Co
Rb	Sr	Y	Zr	Nb	Mo	Tc	Ru	Rh
Cs	Ba	*	Hf	Ta	W	Re	Os	Ir
Fr	Ra	**	Rf	Db	Sg	Bh	Hs	Mt
		(*)	ランタノム	セリウム	プラセオジウム	ネオジウム	プロメテウム	サマリウム
		(**)	Ac	Th	Pa	U	Np	Pu

1. カリスト

もしも闘うべきならば
それを知らせる者がなくともわかったであろう。

——オセロー（韓国語原文より日本語訳）

カリストは木星で二番目に大きい衛星だ。ここには挫折した夢と同じほどたくさんの噴火口があった。多くの建物はその噴火口の内側に建てられていた。水と光を集めるのに有利だったためだ。そのため噴火口の中心部に行くほど都心となっていた。噴火口の底に当たる一番平らな地面は通常、広場として使われた。

　復活式が開かれる場所もそのような広場のうちの一つだった。僕、サマリウムは今回の復活式の対象ではなかった。しかし木星・土星圏を指導する総統〈アスタチン〉になる可能性のある人物として、復活式のステージ上に席が用意されていた。

　復活を待っている人たちはだいたい家族連れで復活式に参加した。肉体の再生を終え復活の承認を待つだけの対象者たちは、餌の器を前にしたペットの犬のように興奮した表情だった。配偶者や子どもたちよりも見るからに若くて違和感があるほどの人たちもいた。復活以降の肉体年齢をそろえるために夫婦そろって自殺したケースもあるそうだ。二人とも問題なく承認を受けられる自信がある場合、そのような決断を下すこともあるのだ。アスタチン政府にとって輝かしい業績を残して並外れた忠誠心を見せたとか、ずば抜けた技術を持った人材だったとか。そしてそんな二人が必ず互いを選択すると決意していたらの話だ。

何人かの復活対象者の家族が僕に気付いて写真を撮った。大胆かつ無礼な親たちは子どもを連れてステージに上がってきて、僕にサインを求めた。僕は兄弟たちの間では人気が最底辺だったが、それでもともかくアスタチンになる可能性のある人物だった。とあるテレビ番組で僕たち兄弟をオリンポスの神に喩えたことがあり、僕はそこではヘーパイストスの座を占めていた。ゼウスとヘラの息子だが、人気も認知度も低い神。

広場の前に建てられたデジタル掲示板に僕の顔が映った。デジタル掲示板を見た人たちが僕のところにますます押し寄せてきた。僕はサインを求める人たちに笑顔で「復活おめでとう」「新しい命、お幸せに」などの挨拶をかけたが、心の中では別のことを考えていた。

（アスタチンになりさえすれば、こんな行事に出てこなくてもいいのに）

（アスタチンは決しておまえらなど相手にしない）

木星と土星の五つの衛星で復活式が始まった。五つの天体で挙行される復活式場の様子がデジタル掲示板で中継された。

僕と同時に生まれた兄弟たちの姿が一緒に映し出された。

ランタノム、セリウム、プラセオジウム、ネオジウム、プロメテウム、ユウロピウム、ガドリニウム、テルビウム、ジスプロシウム、ホルミウム、エルビウム、ツリウム、イッテルビウム、ルテチウム。

本当の名前をもらえずに、元素名で仮に呼ばれている仮の人間たち。

遺伝子と最後の死の前の記憶を共有している兄弟。復活を待ちながら八年目に入った僕の競争者たち。

この中で誰が新たなアスタチンになるのか、誰もわからなかった。テレビ局は僕たちの機嫌を損ねないようにできる限り僕たち兄弟をまんべんなく映そうと努めたようだ。にもかかわらず、ガドリニウムとルテチウムの姿がより多くカメラに捕らえられるのはどうしようもなかった。僕、サマリウムが人気のない鍛冶の神なら、ガドリニウムは太陽神アポロン、ルテチウムは戦争の神アレスに当たる。太陽神が一番人気で、その次は戦争の神だった。

復活式が開かれる場所は木星の衛星であるガニメデとカリスト、エウロパ、そして土星の衛星であるタイタンとエンケラドゥスだった。僕たちは十五つ子だった。

アスタチンの写本たちは三人ずつのグループになって復活式の開かれる衛星を訪れた。カリストには僕とユウロピウム、プラセオジウムが来ていた。

ユウロピウムは復活式がちょうど始まるタイミングに合わせてステージに上がり、僕の隣の席に座った。彼の顔は奇妙な色彩でてかてかしていたが、油っぽいというより金属っぽい感じがした。おそらく僕の知らない皮膚の施術を受けたようだ。美容のためか、ほかの実用的な目的があるのか気になった。僕たちは挨拶の代わりに互いにこくりと頭を下げた。

復活式の開幕公演が始まるまでプラセオジウムの席は空いていた。ギリギリまでもったいをつけては最後の瞬間に姿を現して注目度を高めようという浅はかな手を使うのだろう。

復活式はアスタチン理事会で対象者たちの復活を承認する瞬間がクライマックスになるよう、式次第が定められていた。今日のアスタチン理事会で復活の承認は三番目の案件だった。

「俺たちの上に誰かいるな」

ユウロピウムが空を指さして言った。彼が話しかけてきたこと自体が驚きで、僕は眉を吊り上げた。

空には軽飛行機が一機飛んでいた。軽飛行機はアクロバットをしながらカリストの黒い空の上にキラキラ光る文字を華麗に描き出した。

〈永遠の若さ〉

大気中に排出されると長い間、光度を維持し光を放つ閃光粒子を使っている様子だった。あまりに盛り上がりすぎて、どんなことでも歓迎する準備のできている何人かの復活対象者たちは、席から立ち上がって拍手をした。飛行機はさらに派手な妙技を見せ、より長い文句が空に現れた。

〈ともに楽しみましょう。プラセオジウム〉

背後から拍手の音が聞こえてきて、僕は静かに鼻で笑った。ユウロピウムはけっきり聞こえるほどにため息をついて、同感の意を伝えてきた。

アスタチン理事会が開会した。理事会会場は静かであるべきだが、木星と土星の衛星にある復活式場では騒々しく爆竹がはじけていた。理事会議長席に誰が(あるいは何が)座っているのかが気になった。今現在、アスタチンは公式には死んだ状態だった。アスタチンの記憶と意識を保存している人工知能、アスタチンマシンが議長の職務代行を任されていた。議長席にはアスタチンマシンの端末機でも置かれているのだろうか?

「馬鹿にできないな。あの飛行技術はかなりのレベルだよ。あの軽飛行機はジェットエンジンを必要最小限しか使わないグライダーだ。カリストの重力は弱いが、大気も希薄だろ。だから浮力を得るのは簡単じゃない」

ユウロピウムがまたしゃべりかけてきた。僕がプラセオジウムのことを考えていると思っているみたいだった。話を交わすつもりがなかったので「なるほど」とだけ答えたが、隣に座った僕の同胞はおしゃべりだった。そのせいで僕は理事会の案件報告の前半をまともに聞けなかった。

だいたい聞き取れたところでは、第一の案件はある殺人容疑者に対する判決だった。木星・土星圏では十七年ぶりに起きた殺人事件で死刑が求刑されており、特別に理事会で判決を下すことになっているようだった。

二番目の案件は木星の輪に何千発も隠してあるという惑星間誘導ミサイル制御プログラムをアップグレードする問題だった。それらのミサイルは木星の輪をなす宇宙塵の間に浮かんでいて、維持費がずいぶんかかった。もともと地球からの攻撃に備えるための物だった。仮に地球からの核攻撃によって木星と土星の衛星が壊滅し、それでここのすべての住民が死んだとしても、必ず報復してやるという意志表明だった。

ところが、そんな心配は今になってみれば少しいきすぎではないかというのが数名の理事の考えだった。地球の経済状況や技術力はどんなに高く見積もっても木星や土星まで核ミサイルを数百発撃ちこめるレベルではなかった。そこで、ごく初期の恐怖心を捨てて、ミサイルの反応時間を少し長めに考え、その分維持費を低く抑えるという方式で運営体系を変えようというのが今日の案件だった。

僕はアスタチンマシンが提案を受け入れるだろうと予想した。提案内容は充分に合理的なものだった。そしてアスタチンマシンは自分がアスタチンの記憶にすぎず、アスタチンそのものではないということをよく理解していた。アスタチンマシンが人間の理事たちに対立して少しでも角を立てることなど、これまでなかった。

しかし、僕はアスタチンマシンがこれらの案件についてどんな意見を出したのか聞き逃した。プラセオジウムが乗った軽飛行機が騒々しい音を立てて式場に急降下してきたためだ。ステージにぶつからんばかりの勢いだった。恐れおののいた人たちが悲鳴を上げた。飛行機のエンジン音が近づいてきていた。

「何をやってるんだ？　あいつ」

ユウロピウムがつぶやいた。僕ははじめのうちプラセオジウムが何か致命的な操縦ミスを犯したと考えた。復活承認案件が議論されるときに合わせてかっこつけてアクロバットでステージに着陸しようとして、失敗したのだと。

数秒後、その判断は間違っていたと気付いた。これは操縦ミスではなかった。軽飛行機はステージを、正確にはステージの後方にあるユウロピウムと僕の席を狙っていた。カミカゼ攻撃だった。誇大妄想症の患者、とてつもない野心家、自己顕示欲と権力欲の化身である僕の兄弟が、馬鹿みたいな計画を仕立てあげたのだった。

あまりに馬鹿馬鹿しくて誰も備えられない計画を。

僕のほうがユウロピウムより少し早かった。僕はステージの後方の鉄骨構造物に飛びのいた。軽飛行機がステージに覆いかぶさり轟音を立てた。金属の破片がひとつ頬をかすめていった。僕は鉄骨の上でバランスを取ると、衝撃波が起こる前にふたたび飛びのいた。

強化された運動神経と人工筋肉がなければ、想像すらできないほどの高さと速さだった。

土埃が視野を遮った。あちこちで悲鳴が上がった。復活式は修羅場と化した。しかし、突き詰めれば復活対象者や彼らの家族にとって、この事故はまったく致命的ではなかった。復活式場に集まった対象者たちは復活の承認がすでに〈確定した〉状態だった。仮にこの事故で命を落としたとしても、次の復活審査の対象となる資格が得られる。復活の瞬間が少し遅くなるだけの話だ。この事故はもっぱら僕たち兄弟にとってのみ危険なことだった。僕たちは確信を持って復活できるとは言えない存在だったから。

土埃は簡単には収まらなかった。人工重力の原理はアスタチン以外には誰も正確に理解できなかったが、ともかく人工重力は埃のように小さな粒子にはうまく作動しなかった。塵煙の中からおしゃべりなユウロピウムの声が聞こえた。

「サマリウム！　そこにいるのか？　クソッ、俺は負傷した！　片足が……」

赤く光る半円と緑に光る半円がひとつに絡み合い、ぐるぐると回りながら声のする方向へ飛んでいった。

何かが砕ける鈍い音。短く力のないうめき声。

赤と緑に光る飛行物体は反動で跳ね上がったが、バランスをとると目標物に二度目の打撃を加えた。骨と肉の砕ける音は今回も聞こえたが、うめき声はしなかった。飛行物体はしばらくの間空中に浮かんでいたが、自分が飛んできた方向に戻っていった。

ブーメラン・トマホーク。誘導装置の付いた製品だった。プラセオジウムの野郎がその機械で僕たちを獲物に狩りをしていた。プラセオジウムは飛行機が地面に墜落する前に飛び降りたようだ。彼も他の兄弟たちと同じく運動神経がずば抜けていて筋肉が強化されていたから。

ブーメラン・トマホークは赤と緑に光っていたところから見て軍事用のものではなかった。スポーツ用品だった。その事実に気付いたとたんに疑問が浮かび、次の瞬間には答えを悟った。

まず浮かんだ疑問はこうだ。

〈あの機械に付いている誘導装置は市民を狙わないようになっているはずなのに。急に何かあっても安全装置が働いて市民や登録愛玩動物が近づけば減速されるはずだが〉

答えはこうだ。

〈僕たちは市民ではない。いまだ復活できていないから〉

＊

アスタチンの記憶の中で、僕に入っているのは六八パーセント程度だった。

僕は自分がすでにアスタチンで、今はただ僕が僕であることを知らない人に向かって僕が誰なのかを見せてやる過程だと信じている。しかし〈完全なアスタチンである僕〉と〈アスタチンかつサマリウムとしての僕〉が実は同じ存在であるということを、ほかの人たちに説明するのが難しいという事実はわかる。三位一体を説明しがたいのと同じだ。そのためしばらく第三者の視点からアスタチンを説明してみよう。

アスタチンをひとつの単語で説明しろというならば、ヘーゲルがナポレオン・ボナパルトを指して言った言葉を引用することができるだろう。〈絶対精神(absoluter Geist)〉。

ヘーゲルによれば、絶対精神が自由に向かって進む過程こそが世界史だった。

アスタチンは超知能を得た最初の人間で、唯一の人間だった。彼は超知能を得た後、自分に関係するすべての技術を消し去り、関連者を弾圧したり排除したりして、自分以外は誰も超知能に到達できないようにした。

アスタチンは復活を繰り返す方式で、死から抜け出した最初の人間でもあった。ただし〈唯一の〉人間ではなかった。彼は人びとに無料で関連の施術を提供して木星・土星圏の市民の大部分が死から逃れられるようにした。

法的にはアスタチンは三世紀以上生きており、現在は死んだ状態だ。アスタチン理事会の公式見解によれば、アスタチンは現在二度目の死と二度目の復活の間にいる。

アスタチンは二十一世紀の初期に地球のシンガポールで生まれた。生まれたときは男性だった。以後、彼は性別を何度も変えて、無性になったこともあり、両性具有として過ごした期間も地球基準で数年分になった。

両親が付けた名前はブロミン(日本名は臭素)で、元素番号が三十五番の元素と同じ名前だった。そこで彼はその後、自分が次の段階に到達したと考えるたびに周期

表十七族の元素の名前をとって改名した。

ブロミンは生まれたときからすでに天才だった。彼は十四歳で大学に行き脳科学を専攻した。二十三歳になると自分の体を対象に不法な人体実験を行った。おそらくナノマシンを直接体に注入して脳神経を再組織化する方法で超知能を得たのだろう。ナノマシンアレルギーが知られていない時代であり、幸運なことに彼はナノマシンに対する拒絶反応のない特異体質だった。

ブロミンは超知能を得た後に名前を五十三番のアイオディン（日本名はヨウ素）へと変えた。そして研究テーマをコンピューター科学へと転じ、当時としては革新的な超人工知能だったアイオディンマシンを設計した。アイオディンマシンが普及していくうちに、地球の各地で人間型ボットが人びとの仕事を代替しはじめた。

アイオディンはやがて分子生物学へと関心を向けた。彼は人間複製技術と人間記憶をデジタル信号に変換する研究において革命的な成果を上げた。しかし、彼はこの研究結果の大部分を秘匿した。これは徹底して自分自身のためだけの研究だった。

次に彼は宇宙物理学の分野に飛び込んだ。彼はアスタチンドライブの前身であるアイオディンドライブを開発した。アイオディンドライブは機械装置なしに電磁気力をそのまま推進力に変換した。地球の物理学者たちはアイオディンドライブの原理が理解できず、〈理論的に不可能なエンジン〉だと批判した。しかしこのドライブを利用した有人宇宙船が半月で土星に到達すると、そんな非難はさっと消えてなくなった。宇宙船にはもちろん、アイオディン本人が乗っていた。

土星への着陸過程はテレビで生中継された。地球の中南米国家のいくつかは議会を放棄し、並列アイオディンマシンに主な政策決定を任せるようになったのもこの頃だった。

土星から帰ってきたアイオディンは、自身が並列アイオディンマシン六百台と意識を統合してアスタチンという新たな人格体に生まれ変わったと宣言した。アスタチンは並列アイオディンマシン三万台に相当する機能を持つアスタチンマシンを開発し、以後アスタチンマシンと意識を再統合した。

この頃地球ではすでにアスタチンを非難する世論が起きていた。批判者たちはアスタチンが（あるいはブロミンが）人間が越えてはならない領域をむやみに引っかき回していると、批判の声を上げた。彼らは新聞に社説を書き、批判決議案を採択し、アスタチンタワーの前でデモをした。もちろんアスタチンは眉ひとつ動かさなかった。

それでも、ここまではアスタチンに友好的な人たちが多数だった。アスタチンのファンクラブもあったし、アスタチンに関する本もたくさん出ていた。

アスタチングループが木星の複数の衛星についてテラフォーミング計画を発表したとき、とうとう大衆も爆発した。

「木星の衛星は誰か一人の所有物ではない！　ある天体の運命を変えることは必ず全人類の合意を経るべきだ！　誰か一人が単独で決定していいことではない！　たとえそいつが歴史上初めて登場した超人だとしても！」

人びとは叫んだ。

アスタチンは答えなかった。

僕の記憶の中には、当時のアスタチンが抱いていた考えは次のように残っている。

（だいたい私が木星の衛星を人間が住みやすくなるように変えようが、爆破させようが、それが残った人類とどんな関係があるんだ？　今までこれらの衛星から少しでも利益や損失を出したヤツが一人でもいたか？　木星の衛星が人類全体のものだって？　だったら来てテラフォーミングを邪魔するなりしたらどうだ？　今は来られないとしても、人類の子孫たちが来られるようになるって？　その子孫たちは木星の衛星を暮らしやすく変えてくれた私に感謝こそすると思うがな？）

国際連合がアスタチンに対する糾弾声明書を採択した。複数の環境団体も通りでアスタチンの顔に×印を描いたポスターを掲げてデモを繰り広げた。しかし、その中に木星へ宇宙船を送る能力のある人は誰もいなかった。実際、国際連合でも糾弾声明書を採択することは容易ではなかった。多くの国家がアスタチングループとの貿易が絶えることを憂慮していたためだ。そのころ、アスタチングループは地球の強大国四カ国を合わせたより経済規模が大きかった。

＊

僕は素早く推測した。ブーメラン・トマホークは許可された狩猟場か闘技場で、遺伝子操作によって作られた怪物のハンティングをしたり、痛覚のない無脳人間たちを相手に旧式の戦闘を繰り広げたりするのに使う道具だった。安全装置はおそらく視覚と聴覚を利用するのだろう。もしかしたら赤外線も利用しているかもしれないが、サーモカメラは解像度があまり高くないので無視してもよさそうだ。つまり、僕が音を立てずにほかの市民たちと区別のつかない姿をしていれば、あのトマホークが僕を狙ってこない確率は高いというわけだった。

あくまでプラセオジウムが機械を不法改造していなければの話だが。

僕は地面に体を転がし、顔を土埃まみれにした。

「兄弟よ！　そこにいるんだろう？　話でもしようじゃないか！」

プラセオジウムが叫んだ。先ほど自分が片付けたのがユウロピウムか僕かわかっていないのがはっきりした。

「俺がおかしくなったとでも思っているのか？」

プラセオジウムは叫び続けていた。声が聞こえてくる方向を探ろうと頑張ってみたが、容易ではなかった。

顔に塗った埃のせいで咳が出そうだった。地面には倒れた鉄筋の資材が散らばっていた。鉄ではなく炭素繊維材質だが、それでも鉄筋と呼ばれていた。僕は投げ槍として使えそうな長さのパイプをいくつか音を立てずに拾い上げた。

救急車のサイレンの音。

ヘリコプターが飛んでくる音。

いくつか残った柱で支えていたステージがとうとう完全に崩れ落ちる音。

舞い上がる埃は相変わらず収まっていなかった。これは少しひどすぎる。人工重力場発生器にも問題が起きたのだろうか？

相変わらず前は見えず、四方から騒々しい音が聞こえてきた。こんな時、ブーメラン・トマホークの各種センサーは人間の感覚器官に比べてどれほど精巧に目標を探し出すだろうか？　警察ボットが来てプラセオジウムを制圧するまで、ただ息をひそめたまま待っているほうがいいだろうか？

ブーメラン・トマホークのことを考えた。宇宙ハンティングゲームや宇宙戦闘ゲームでそんな武器を使って遺伝子組み換え生物を虐殺していた同好会のハンターたちの姿を思い浮かべた。木星と土星の住民だったら誰でも一度見たこと、聞いたことはすべてアスタチン記憶貯蔵所に貯蔵されていた。そのおかげで脳が完全になくなるような事故に遭ったとしても、記憶貯蔵所にあるデジタル記憶たちを利用してなんとか復活できた。脳の中にある神経チップを利用して無線接続をすれば、時間はかかるものの生き生きとした記憶がいつでも再生された。

「サマリウム！　そこにいるのはサマリウムだろ？　まさか顔に土を塗っているのか？　俺が怖いからか？　俺の攻撃を避けるつもりか？　アスタチンになろうともいう人間が恐れをなしてそのザマか？」プラセオジウムが叫んだ。

僕はプラセオジウムがあてずっぽうでほらを吹いているのだろうと推測した。本当に僕が見えるならそんなことを言う理由がなかった。すぐにトマホークを投げつけていただろうし。

アスタチン記憶貯蔵所から宇宙ハンティングゲームに関する短い映像を検索した。頭の中でクリップを再生させた。

ブーメラン・トマホークは精巧で滑らかに動いていた。視覚と聴覚センサーだけではなさそうだった。明らかに動作認識センサーもあるだろう。同じような距離で同じような体格の目標が同時に動くときには、動きの速い物体を追跡するようにプログラムされているように見えた。

だとしたら……

僕は腰をかがめてさっきまでトマホークが浮かんでいたところへ歩いていった。片手には切断面が鋭く尖った炭素繊維鉄筋を持って。

地面に散らばった血痕を見てユウロピウムの死体を探した。僕の死んだ兄弟は、幸い前面が比較的まともだった。後頭部はつぶれていた。僕は左手で死体の首をつかみ持ち上げた。右手で鉄筋を握った。

「何がしたいんだ？　兄弟」

死体を持ち上げたまま僕はプラセオジウムに向かって叫んだ。反応があった。赤と青の半円がすぐに僕に向かって飛んできた。僕は強化された筋肉がしびれるほどのありったけの力で、ユウロピウムの死体を空に投げ上げた。ブーメラン・トマホークの軌跡がカーブを描きながら死体を追いかけて飛び上がった。

トマホークが飛んできた方向に向けて鉄筋を槍のように投げた。三本連続で投げ、一本を護身用に手につかんだまま前に突進した。

運がよかった。炭素繊維鉄筋三本中の一本がプラセオジウムの肩に命中していた。ブーメラン・トマホークはユウロピウムの死体を空中でふたたび攻撃して戻ってきていた。僕はホームランバッターのように握っていた鉄筋でブーメラン・トマホークを打ち返した。そしてその鉄筋もプラセオジウムに向かって投げつけた。今回は標的が見えているだけあって、さっきよりはるかに正確に投げられた。

標的はプラセオジウムの右胸だった。ヤツの心臓を貫きたくはなかった。片方の肺を壊す程度で充分だろう。法的な処分が怖いからではない。ヤツが死んでしまえば尋問できないからだ。

プラセオジウムに近づいて行ったとき、ブーメラン・トマホークがふたたび飛んできた。僕はプラセオジウムの胸から鉄筋を抜くとそれでトマホークをぶった切った。

「なんでこんなことを?」僕は訊いた。

プラセオジウムは地面に倒れて笑うばかりだった。彼が笑うたびに肺に開いた穴から血の滴と空気が漏れ出てきた。その音が気に障った。だから炭素繊維の鉄筋をその中に突っ込んで、ぐるりと一周回してからもう一度訊いた。

「なんでこんなことを?」

遠くから警察ボットが肩につけたパトライトを光らせて飛んでくるのが見えた。

「俺だって、三十分前までは、自分が、こんなことを、しでかすなんて、思わなかった」

プロセオジウムが息を切らせながら言った。彼は故障した噴霧器のように口から血を噴き出しながらも、笑うのをやめなかった。

これが、計画的な行動ではなかったということか?一体、三十分前と今この瞬間の間に何が?

ある考えが頭をさっとかすめていった。アスタチン理事会の案件。プラセオジウムは空中で理事会の中継放送を聞いている途中にステージに突進してきた。復活承認の件に先立ち議題に上がった最初の、あるいは二番目の案件について理事会が下した決定が決定的な動機だったろう。突然プラセオジウムの気がふれたのでなかったとすれば。

アスタチン記憶貯蔵所から三十分前の記憶をダウンロードして検討してみた。二番目の案件、木星の輪に隠した惑星間誘導ミサイルを制御するプログラムのアップグレードとプラセオジウムの暴走の間には特に関連性が思い浮かばなかった。最初の案件、木星で十七年ぶりの殺人をしでかした男の案件……

その事件は思ったよりもかなり複雑だった。そして理事会はいくつかの理由をあげて起訴を受け付けなかった。男は無罪判決を受け解放された。

この決定が意味するところは……

プラセオジウムの暴走は暴走ではなかった。それは危険を伴う賭けではあるが、やってみるだけの価値が充分あった。僕だって同じように行動しただろう。僕たち兄弟間の競争は今や完全に新しい局面に入っていたことになる。

この検討にかかった時間は二秒ほどだった。僕の表情の変化を見て取ったプラセオジウムは一層大きな声で笑った。彼の胸から鉄筋を抜くと、ふたたび肺から風の音がした。その鉄筋を今度はプラセオジウムの左胸に突き刺した。心臓を貫くほど充分に深く。

鉄筋を前後に強く揺すってあばら骨を砕き、心臓を完全に壊してやった。その後で、警察ボットの反対方向へ逃げた。

＊

アスタチンは傲慢な科学者だった。彼にとって、人文学は科学者になれない人たちが代わりにしがみつく辺境の学問の類似品にすぎなかった。歴史、宗教、哲学、文学、美学、法学についてアスタチンは大学院生レベルの知識すら学ぼうとしなかった。

だから地球の哲学者たちが初めて意味ある一撃を加えて、そこに法学者たちが加勢したとき、アスタチンはなすべがなかった。

　哲学者たちは復活装置を使って復活したアスタチンは以前と同じ人でありうるかという質問を投げかけた。ある人がまさにその人であると規定するものは何か？　アイデンティティとは、ただ遺伝子情報と記憶だけで構成されるものか？　復活装置が組み立てた新しい肉体の所有者は復活装置に入って解体された老人と果たして同一人物か？

　哲学者たちが作った亀裂に法学者たちもしがみついた。法学者たちは心神喪失と多重人格、多生児、複製人間に関する判例を研究した。

　ここには大金がかかっていた。〈木星にいる自称アスタチンはアスタチンではない〉と地球の裁判所が判断するなら、その男は地球ではアスタチンとして法的権利を行使することができなくなるのだ。そうなれば、地球にあるアスタチンの遺産は主人のいない資産として各国家が所有できる。アスタチンの持つ各種の知的財産もただになった。アスタチンには子孫がいなかったからだ。

　ここでアスタチンには不利となる科学的ないくつかの証拠が発見された。人間の記憶の一部はデジタル化する過程で必然的に損失や劣化を免れないことが明らかになった。DNA複製でも細胞百億個当たりひとつの割合で突然変異細胞が発生するという事実が明かされた。

　性格や体質が腸内細菌の分布に影響を受けるという事実も明らかになった。たとえ復活装置でDNAを完璧に複製したとしても腸内細菌の分布まで全く同じに作ることはできなかった。免疫記憶は脳やDNAではない免疫系に蓄えられ、復活装置で複製できなかった。他人に好感を与えるフェロモンの一部は人間の遺伝子と何の関係もなく、腋《わき》の毛穴の微生物が分泌するものだという研究結果も出た。

　ついに地球法廷の一審でアスタチンは死んでおり、

新たにアスタチンを名乗る者はアスタチンに外見の似た別人だという判決が出た。

アスタチングループは危機に陥った。〈アスタチンであると認められない二代目アスタチン〉はすぐさま控訴した。アスタチングループは全世界の大腸がん患者と重症の認知症患者たちに無料手術を提供した。大腸がん患者には幹細胞を利用して培養した大腸を移植してやった。このようにすれば、DNAはまったく同じだが腸内細菌の分布は以前と完全に違う大腸の持ち主になるというわけだ。重度の認知症患者たちには記憶の一部または全部をデジタルに変換してから脳に挿入する手術を提供した。そうしたのちにアスタチングループはこの人たちがすべて過去とは別の人だとしたら、以前のその人たちは全て法的に死亡していると主張する訴訟を起こした。

アスタチン対国際連合の訴訟は一世紀続いた。この訴訟は結局国際連合が訴訟を取り下げる形で終わった。

この訴訟の結果として〈世界人間アイデンティティ協会〉が出帆した。地球の哲学者、法学者、心理学者、臨床医、脳科学者、生化学者、コンピューター工学者たちが集まって作ったこの学会は四、五年に一回『人間アイデンティティ診断および統計便覧』を刊行した。

人間のアイデンティティという概念は実に奥深く、複数分野の学者たちは統一した定義を打ち立てることができなかった。結局はっきりとした規定の代わりに、ある程度合意された情報と現象、基準などとひとつずつ読み解いて使うことで満足するほかなかった。それが『人間アイデンティティ診断および統計便覧』だった。

この冊子は人間のアイデンティティは大きく四つの側面から合わさって出来上がると主張していた。脳記憶、肉体記憶、他人との関係、そして意志がそれだった。脳記憶は復活装置でほぼ完璧に再生させることができた。肉体記憶はそれよりは少し微妙だが、ある程度似た外見に復旧が可能だった。しかし、他人との関係と意志はそうではなかった。

＊

僕はカリスト空港へ行った。ここは木星圏にあるほかの衛星行きの宇宙船が主に利用するところだった。警察ボットの追跡をまくため、僕は顔の周りに変装用ホログラムをまとった。この変装はばれる可能性がほぼないはずだ。

テレビの画面にガドリニウムがエルビウムを殺す場面がファンクラブ編集版で流れていた。再放送だった。最近はどこに行ってもいくつかのテレビ画面のひとつはガドリニウム対エルビウムの決闘ハイライトシーンを放送していた。

アスタチン理事会が開かれた日、兄弟たちを襲撃したのはプラセオジウムだけではなかった。僕とユウロピウムはぼんくらだった。ユウロピウムは運もなかったし、兄弟たちは全員その日から他の兄弟を殺す作業に着手し、全員そろって警察ボットに追われる身になった。考えようによっては当然だった。僕たちの血管の中には同じ血が流れていた。激情、短気、冒険心、独立心は〈アスタチンらしさ〉の重要な本性だった。

ガドリニウムはテレビカメラを視神経に取りつけてエルビウムのアジトに攻めこんだ。自分の襲撃を生中継しようとしたのだ。エルビウムは警備ボットを何体か雇用していたが、ガドリニウムはマイクロレールガンでボットをすべて粉々にした。彼はレールガンを両手に持って派手に撃ちまくった。空に飛びあがり腕で円を描きながら両手の拳銃を発砲する彼の姿はまるでダンスをしているようだった。

ボットをすべて処理したガドリニウムは二丁の拳銃を地面に捨てた。そして魂の抜けたようなエルビウムに一本の短剣を握らせてやった。ガドリニウムは自分も腰のあたりからまったく同じに見える短剣を取り出した。

「どうだ、ひとつ競ってみないか？　アスタチンになる資格があるのはどちらかって」

ガドリニウムはエルビウムの肩を叩きながら言った。

二人は十五分ほど短剣で戦った。ある程度時間が過ぎると、ガドリニウムの剣闘の実力がエルビウムを圧倒していることがはっきりしてきた。しかしアジトの構造をよくわかっているエルビウムは柱をなぎ倒し、棚に置いてある資材をぶちまけながら粘り強く抵抗した。

機械の部品が頭上に落ちてきたときガドリニウムはピンチに陥った。ガドリニウムの両足が使えなくなったことに気付いたエルビウムは、短剣をぐるぐる回しながら敵に向かって歩いていった。

「兄弟よ、どうやってこのアジトを探し当てたのか吐けば、苦痛なしに息の根を止めてやるよ。保安装置をどうやって破ったんだ？」

演技指導もまともに受けていない浮かれた新米俳優のように、エルビウムは目いっぱい陶酔した口ぶりで陳腐な台詞を口にした。

エルビウムが四、五歩ほど前に来た時にガドリニウムは持っていた短剣を投げた。短剣はエルビウムの首に正確に刺さった。エルビウムはひと言も発せずに即死した。あいた口がふさがらないほどの短剣投げの実力だった。

僕が見たところ、その戦い全体がガドリニウムによってうまく演出されたショーだった。ガドリニウムは最初から銃でエルビウムを殺すこともできたのに短剣で戦い、その戦いが真に迫るように自分の腕前を最初から発揮することなく、いつだって短剣を投げつければ相手を殺すことができるのに最後の瞬間まで我慢した。視聴者掲示板にも僕と同じ意見をあげている人たちがいた。

しかし大部分の人はただただ、ガドリニウムに熱狂していた。

「あの大胆さだよ！　負けず嫌い！　自己顕示欲！　ガドリニウムこそアスタチンだ！」

　人びとは叫んだ。

　アスタチン理事会が十七年ぶりの殺人事件を〈犯人のいない殺人〉と規定してから、僕たち兄弟間には戦争が起こった。その戦いを『イーリアス』や『マハーバーラタ』に喩える人もいたり、ブルジョア一家の流血劇だと当てこする人もいた。そうなのか？　僕が見るに、これはテレビのバラエティ番組のルールのないサバイバルショーに近いものだった。

　アスタチン理事会の議題に上った殺人事件の概要はこうだ。小惑星帯で稀少鉱物を採掘していたエンジニアが二人ガス漏れ事故で死んだ。彼らが滞在していた宇宙船には復活機械があったので二人の肉体はすぐさま再生され、彼らは宇宙船の中で復活承認がなされるまですることもなくひたすら待っていた。

　そうしている間に宇宙船が隕石と衝突する事故が起き、二人のうち一人がもう一度死んだ。今回は復活機械まで一緒に壊れてしまったため、二度目に死んだ人の復活は遅れ、生存者は先に復活承認を得てふたたび市民となった。ところが、その生存者が宇宙船と共に木星圏に戻ってきたとき、警察はおかしな点を発見した。隕石衝突事故は偽装で、実は復活対象者間に諍《いさか》いが起き、一人がもう一人を殺したというのが、事件の真相だった。

　証拠は間違いがなく、犯人も犯行を認めた。弁護人はこんな法理を持ち出した。

「アスタチン政府は木星と土星の〈市民〉たちを保護しています。またすべての市民は市民としての行動に責任を負っています。犯人は、今は市民ですが犯行当時には市民ではありませんでした。復活承認を得る前でしたから、法的には市民になる可能性のある復活対象者にすぎません。被害者は、犯行当時にも市民ではなく、依然として市民ではありません。市民ではない被害者の権利を保護するために、市民である犯人を処罰するのは正しくありませんし、市民となった人が市民でなかった時の行動によって処罰を受けることも法的には不合理です」

人々の予想に反して、アスタチン理事会は弁護人の主張を受け入れた。人間理事たちはそのような主張は自分たちの道徳的な直感から外れていると考えたが、アスタチンマシンの意見にあえて反対することはできなかった。

この判決が意味するものは？

復活対象者である僕たちは、復活対象者である兄弟を殺しても構わないという意味だった。復活を承認されるときまで警察に捕まりさえしなければいい。そして復活を承認されるなら、それでアスタチンとして認められるのなら、市民になる前に犯したことについても免責されるはずだった。

アスタチンになれるのは僕たち兄弟の中のだれかだけだ。また、僕たち兄弟の中の一人は必ずアスタチンにならねばならなかった。つまり、もしも兄弟の誰かが他の兄弟をすべて殺すとしたら、そしてその作業が終わるまで検挙されないとしたら、そうしたらその人は確実にアスタチンになれるのだ。

プラセオジウムは軽飛行機に乗って飛んでいるときにその意味を悟った。彼はやってみる価値のある賭けだと考えたのだろう。だからそのままユウロピウムと僕がいるステージへ突進し、衝突の直前に飛行機から飛び降りてちょうど持っていた武器、ブーメラン・トマホークで僕たちを襲った。

僕はアスタチンマシンがこのようなことを見越していただろうと考えた。超知能を備えたアスタチンマシンがこのような結果を予想できなかったはずがない。いや、僕はアスタチンマシンがこのような骨肉相食《は》む状況を誘導したのだろうと考えた。

しかし、何のために？

超知能が考えるだろうところを予想するというのは無意味なことではあった。しかし、どう考えても糸口すら思い浮かばなかった。後継者選定作業があまりに長引いて退屈になった結果ではないだろうか。ふとそんな考えが浮かんだ。意外と道理にかなっているかもしれない。アスタチンマシンもまたアスタチンの性格をいくらか持ち合わせているのではないだろうか。激情と短気、冒険心、独立心……。

考えに浸っていたせいで、ボットが僕に接近していることに一呼吸遅れて気が付いた。

一体の警察ボットが僕に向かって銃を撃った。使用が禁止されている二十一世紀型旧式火薬銃だった。ホログラム変装をどうやって見破ったのか、いぶかしむ暇もなかった。警察ボットたちは僕を検挙しようというわけではなかった。

僕を殺そうとしていた。

＊

細胞再生術が老化と死をかなり食い止めてはくれるが、そこには限界があった。雑巾と箒でどれだけこまめに掃除をしていても、家は次第に汚くなるばかりだ。家の隅々を新築状態にしたいなら、新築物件に引っ越すしかない。

そうして引っ越したのに、ほかの人たちが新しい家を僕の家だと認めてくれなかったとしたら？　人からは〈そこはあなたの家ではない〉と主張され、行政書類に新しい住所を記載することもなく、いかなる郵便物も新しい家に送ってもらえないとしたら？　友人を新しい家に招いても彼らが新しい家に来てくれず、とっくに出てきた古い家にばかり行くとしたら？　家族さえも僕に従わず、古い家に居続けたとしたら？

アスタチンが復活装置で新しい肉体と脳組織を得たときに直面した危機とは、このようなものだった。彼は自分のアイデンティティを改めて認めてもらわなければならなかった。

その方法としてアスタチンが考案したものがまさに〈社会的承認〉だった。形而上学的質問について形而下学が提示できる最高の解決策だった。

アスタチンはまず地球から移民者たちを受け入れた。どちらにしてもテラフォーミングを終えた複数の衛星に住民を受け入れなければならない時期だった。移民者たちは厳格な審査を受けた。もちろん反発はひどかった。優生学の復活だとか、エリート選抜政策だとかいう批判が沸き起こった。しかし同時に、地球の若い人材の多くが希望を抱けるようになったというのも事実だった。地球の絶望的な状況を抜け出して、新天地である木星と土星の衛星で最先端の科学技術を享受しながら新たな人生を開拓できるという夢を。

何よりも大きなインセンティブは、まさに復活装置による永遠の若さだった。木星・土星圏の市民となれば自動的に復活の権利を得た。不死の呪いのようなものはなかった。これ以上復活したくないとなったら、復活装置を拒否すればよいのだから。

しかし、すべての人が復活するわけではなかった。アスタチン理事会は市民たちの前世を評価し、復活装置を稼働させる資格があるか審査した。また、体が以前の姿通りに再生されても、生まれてきたその肉体が過去と同じ精神を持ち合わせていると承認された場合のみ復活を認めた。復活を認められない肉体は廃棄された。承認は周囲の人たちの証言と理事会の判断を経て実施された。

アスタチン本人の場合には地球圏からあれこれ牽制されるのに備えて、最初から復活装置を十五回稼働させた。

まずアスタチンという超知能統合体から人間的な部分を切り離した。そして人間的な部分のみ復活装置で十五の個体を作りだした。その次にその十五人を当分の間、各自生きていくように放っておいた。腸内細菌の分布などが自然と出来上がるように。アスタチンマシンはその程度なら、彼らのうちで少なくとも一個体は九八パーセント以上の確率でアスタチンの気質と腸内細菌の分布などを再現できるだろうと計算した。だとすれば、その時になってその個体を選べばよいのだった。自然人のアスタチンが見せてくれた、天才性、想像力、勇気、意志の強さ、そして決断力を最も近く発揮できる個体を。以前のアスタチンのように激情、短気、冒険心、独立心、大胆さ、負けず嫌い、自己顕示欲をあらわにする肉体を。地球の誰にも文句のつけようのない身体を。

そうして選択された人に、アスタチンマシンが封印したアスタチンの残りの記憶を戻してやり、最終的にはその人がアスタチンマシンとふたたび意識を統合することにした。これによってアスタチンの復活が完了する予定だった。

その結果作られたのが、まさに復活を約束されない復活対象者かつアスタチン候補である僕たち兄弟だった。僕たち兄弟にはランタノイド系元素の名前が付けられた。兄弟の頭数とランタノイド系の元素数が同じだったためだ。

木星・土星圏の市民たちは、このアイデアを熱烈に支持した。彼らの復活問題がここにかかっていたからだ。科学的、哲学的、神話的次元でアスタチンの復活と彼らの復活は同じ問題だった。どちらか一方を支持して、他方に反対することはできなかった。

復活はどんな宗教やイデオロギーよりも強力な支配道具でもあった。地球の法が何と言おうが木星・土星圏の住民たちにとって復活ははっきりとした現実だった。彼らは聖トーマスのように復活を見て触れて信じていた。

復活は復活装置という機械と理事会の承認という儀式を含む巨大な社会システムだった。そのシステムは人間が直面している最後の絶望の中で新たなチャンスと希望を約束した。前世で自分の能力を発揮して共同体に献身した者たち、そしてアスタチンに忠誠を誓った者たちだけが復活の資格を得ることができた。公正ではないと批判を提起する人は誰もいなかった。どうせ人生はもともと一度しか生きられないものではなかったか。

僕を含め、僕たち兄弟もやはりこんな条件に不平を述べなかった。僕の場合を例に挙げれば、僕は自分がすでに唯一無二のアスタチンだと感じていた。〈サマリウム〉というアイデンティティはある特定の期間だけしばらく使用すべきコードネームのようなものだった。今は僕が僕であることを証明して自分に戻る試験の過程にすぎなかった。

僕たちは三人ずつ木星と土星の五つの衛星にばらばらになった。一人ひとりがアスタチングループの事業を一部門ずつ任されて運営していた。そうやって企業経営をしながらアスタチンらしい能力と個性を見せていれば、アスタチンマシンが大衆の世論を見ながら適任者を選ぶだろうと考えていた。

それはとんだ思い違いだった。アスタチンマシンは僕たちが互いに殺し合うのを望んだ。その殺戮《さつりく》こそがまさにアスタチンを証明する過程だった。激情、短気、冒険心、独立心、大胆さ、負けず嫌い、自己顕示欲、そして躊躇なき攻撃意志。それこそが、アスタチンの本質だった。

*

まっさきに僕に銃を撃った警察ボットが群衆の中に姿を隠した。タンパク質皮膚を被った人間型ボットだった。僕は逃げながらターミナルの隅々まで見回した。警察ボットは五体、いや六体だった。一体は待合室の二階にいた。

変装用のホログラムを消して素早く駆け上がり、二階にいた警察ボットをまず片づけた。ボットの首を捻じ曲げてから、ヤツが持っていた銃を奪った。僕の顔を見て何が起こっているのか気付いた群衆が、歓声を上げて自撮りや個人放送を始めた。

五体のボットが二階へ飛んで上がってきた。僕はロビーへ飛び降り、そのうちの一体を膝で押さえつけ床でつぶした。残ったボット四体は作戦を変えた。やつらは僕を包囲して遠くへ移動できないように動線を遮断した。

二階に二体。

一階に二体。

包囲網がこれ以上狭まる前に無謀な突撃をするしかない。販売ブース側にいるボットに向かって体ごとぶつかっていった。ボットと僕が格闘したので販売ブースは粉々になった。別のボットが僕たちに向けて拳を発射した。運が良いことに中間に飛んできたテレビ局のカメラに拳がぶつかった。僕は販売ブースの支柱を抜くと、前にいるボットの胸に突き刺した。そして、片方の拳のないボットのところに駆け寄り、足蹴りを食らわした。

さっきまでガドリニウムとエルビウムの格闘を流していた複数のテレビ画面はすべて僕の姿で一杯だった。長いこと待ちわびた瞬間だが、どうやったらもっと見栄えよく映るかなんて悩む暇もなかった。

二階にいたボット二体の腕と脚がおかしな方向に曲げられた。ボットは互いに背中を合わせて立った。一体のボットの腕がもう一体のボットの腕にくっついた。ボットはすぐに体が分厚く頭が二つある怪物になった。腕は三本。そのうち一本は普通の人の二倍の長さだった。接近戦用の腕が二本、遠距離格闘用の腕が一本というわけだ。脚は四本。二本は移動用、もう二本は戦闘用のようだ。

これは決して警察ボットにできることではなかった。兄弟姉妹の中の誰かが警察の保安網を破りボットを操縦しているのだろう。

僕はさっき自分が腰を折ったボットの胴体から腕と脚を片方ずつもぎ取った。古代インドの神と同じ形状になった怪物ボットが二階からロビーへと飛び降りてきたとき、僕は持っていたボットの脚をフルスイングで振り回した。

怪物ボットの姿勢が少しぐらついたとき、僕は全速力で駆けだした。ボットの移動用の脚の片方を掴んで、そのまま航空会社のカウンターへ突進した。ボットと一緒にカウンターの壁をぶち破り、荷物投入口の下に落ちた。高速ベルトコンベアがとてつもない速さで荷物を運搬していた。ベルトコンベアのトレイの間に掴んでいたボットの脚を挟みこむ。

ベルトコンベアに脚を挟まれた怪物ボットはあっという間に視野から遠ざかった。ヤツは長いほうの腕で僕を道連れにしようとしたが、僕の首を少し引っかいただけだった。

激しく荒い息をついている僕の前に、個人用ホログラム通信画面が開いた。

「ご立派だねえ？　テレビ局のカメラがここまでついてこられなくて残念だけど。結末が本当によかったのに」

僕に似ているが、もう少し面長で髪の長い女性が画面の中で拍手をしながら言った。XとYの長所だけを集めたというZ性染色体を選択した僕の兄弟、いや女きょうだいと言うべきか？

「ジスプロシウム？　あんたが警察ボットをハッキングしたのか？」僕は尋ねた。

「正直驚いた。あなたが勝つとは思っていなかったの。だからあなたにチャンスをあげようと思うんだけど……」ジスプロシウムがにっこりと笑った。

僕はロビーへ上がる通路を探した。何歩か歩き出すとふたたび目の前にホログラム画面がついた。

「サマリウム、最後までよく聞いて。私がどうやってあの警察の保安網を破って警察ボットをハッキングしたのか、知りたくない？　ガドリニウムがどうやってエルビウムのアジトを探し出したのか、どこであんなに剣闘の腕を上げたのか、おかしいと思ったことはない？」

僕はハシゴに手をかけ、ホログラムを眺めた。実のところかなり気になる問題だった。

「どうやったの？」

「分業の力だよ」

「分業？」

「そう、私たちの。私たちはすでに連帯を始めている。ガドリニウムと私は仲間なの。それにもう何人かいる。名前は〈統合連帯〉としておくね」

「連帯するって？　でもそうなったら……」

「何が言いたいのかわかってる。でもね、あなた。よく考えてみてよ。先代のアスタチンがアスタチンマシンと統合したときの記憶、あなたにはある？」

「統合当時の状況を僕が覚えているわけないだろ。記憶があるとしたって超知能の経験は僕たちからしたら理解できないし」

「統合以降の話じゃなくて。統合直前のこと。記憶をもっと探ってみて。初代アスタチンがアイオディンマシンやアスタチンマシンを開発したときの記憶がある？　超知能体っていうものを構想して開発したときの記憶がある？」

ぼんやりと思い浮かぶイメージの片鱗をつなぎ合わせてみようとしたが、最後までうまくいかなかった。ジスプロシウムはにっこりと笑った。

「その記憶は消されているの。意識統合に関連したすべての記憶が消されている。私はこう考えてる。人間とコンピューターが意識を統合できるなら、人間と人間の意識も互いに統合できてしかるべきではないかしら？　アスタチンは人間の精神をコンピューターが理解できるコードに変換しておいた。切ったり貼ったり編集したりできるコードってこと。アイオディンマシンは数百台を並列して連結できた。アスタチンがアスタチンマシンを一台だけ作ったのは、超知能を独占するためであって、そのマシンを何台も作るとか何台かを連結することが技術的に不可能だからではなかった」

　一理ある話だった。

「人間の精神はアイオディンマシンと統合できて、そんなアイオディンマシンを数百数千台連結することが可能だとしたら……」

「そう、人間の精神を統合することも可能。私たち同士でわざわざ闘う必要はない。ただ見ている人たちが納得できるように十人くらい適当に殺してから残った人同士で意識を統合してアスタチンマシンのところに行けばいいってこと」

「拒否したら？」

「そうしたらあなたは私たち統合連帯全体を敵に回すことになる。それにあなた一人では決して私たちにかなわない。エルビウムがあれほど工夫して隠したアジトがどうやってばれたと思う？　統合連帯の中の一人がヤツのアジトを見つけだすことに全ての時間を注ぎ込んだからだよ。その間にガドリニウムは剣闘だけを必死に練習して、私は警察の保安網に穴を開けた。今、私たちはあなたのために最後の切符を一枚発券することにしたの。どう？　受け入れる気はある？」

　僕の目をまっすぐに見ながら、ジスプロシウムが尋ねた。

2. イオ

賢明な男性なら誰であれ
女が自分をどんな怪物に仕立ててしまうかを
よく知っているからである。

——ハムレット

イオは木星から最も近い衛星だ。ガリレオ衛星と呼ばれる木星の四大衛星の中でテラフォーミングが完了していない唯一の衛星でもある。

アスタチンはここに遺伝子組み換え微生物とナノマシンを大量に散布して、呼吸ができるように大気を変えておいた。惑星の表面を人工重力網で覆った。しかし、なにしろ地質活動が活発なので火山はいつでも爆発して、ともすれば溶岩がその網を破った。火山活動と木星の強力な磁場のために通信機もまともに作動し
なかった。

僕が空港で盗んだ二人乗りの宇宙船に乗って向かっている間にも、中型火山が爆発した。たっぷり力を込めた筋肉のように地面は盛り上がり、血液のようなマグマが噴出した。人工重力が一時的に無効になると、溶岩が天に向かって数百キロメートル噴き上がった。血液の噴水の後ろに巨大な木星が見えた。

イオから見上げる木星はあまりに圧倒的で、その実在が逆に疑わしいほどだった。夜空の半分を覆っているみたいだった。その大きさに押しつぶされないように踏ん張りながら、僕はおかしな考えに陥っていた。

僕が今、無意識の中で地球の月と木星を比べているという考えだ。そのうえ地球の月を地球から見上げた様子を記憶していた。しかし、それは言うなれば前世の記憶で、僕は今の目でもって地球の月を見たことは一度もなかった。実際に、僕が地球で月を見たときにはまだアスタチンではなかった……。

溶岩が冷えて固まった火山岩が一斉に降ってきた。天井が崩れるような感じとでも言おうか。僕は雨あられと降ってくる溶岩石の間を、手際よく宇宙船を飛ばした。

宇宙船のテレビ画面が歪んだ。さっきの火山爆発のため電波障害がひどくなったようだ。結局テレビは自動的にただ貯めこんである映像を流し始めた。僕たち兄弟の最近の戦いのハイライトシーン集だった。

二丁拳銃と短剣でエルビウムを華麗に倒したガドリニウムは、ホルミウムも片付けた。二人はカリストの成層圏の外側で太陽風ボードに乗って長いエレクトリック槍《ランス》で対決した。西洋の中世騎士たちが行っていた馬上競技に似たものだ。離れては近づき、また離れては近づきながら相手を攻撃。三度目に互いにすれ違ったとき一瞬ガドリニウムがホルミウムの槍に刺されたように見えたが、それは錯覚だった。ガドリニウムは西洋の中世騎士が貴婦人をエスコートするときのように左の掌を腰に当て、胸と肘の間でホルミウムの槍を受け止めた。

ホルミウムの最期は血の気が引くほど強烈だった。今回もガドリニウムは短剣で片をつけた。ガドリニウムはホルミウムの槍と太陽風ボードを奪い、宇宙服の推進装置を壊してから動けなくなった相手の背中をほんの指一本分ほど剣で引っかいた。決して致命傷になるような傷ではなかった。大気圏内だったなら。

ホルミウムの宇宙服に開いた隙間から血の滴と空気が漏れだした。ガドリニウムが体を軽く離すと、ホルミウムは血と空気を噴き出す使い捨てのロケットになって宇宙空間に消えていった。

イッテルビウムはランタノムをハンマーで殴り殺した。その二人は木星の衛星、ガニメデの地下鉄の屋根の上で決闘を繰り広げた。ランタノムが死ぬとき自爆用の爆弾を破裂させたせいで地下鉄は脱線し、百名ほどの乗客が死んだ。しかし当のイッテルビウムはちょうど反対方向から来た地下鉄に飛び移って命拾いをした。

　プロメテウムはエウロパへ行った。エウロパの水中都市にいたネオジウムを捕まえるためだった。二人はそれぞれ潜水艦を一艇ずつ奪い取って深海で水中戦となったが、結局プロメテウムが勝った。しかし、評価はよくなかった。潜水艦操縦能力も水中戦の戦術も、どちらもネオジウムのほうが優れていた。勢いに押されたプロメテウムはガニメデから持って行った核ミサイルを潜水艦から発射した。核爆弾は潜水艦には当たらず隣にあった開拓都市を吹き飛ばした。ネオジウムの潜水艦はその爆発に巻き込まれて沈んだ。開拓都市の三千人もネオジウムと共に死亡した。

　はじめのころは人々に知られていなかったが、イッテルビウムとプロメテウムはどちらも〈統合連帯〉に所属していた。十五人中六人が死んだ。今、生存者は次の通り。

　統合連帯所属——ジスプロシウム（統合連帯指導者）、ガドリニウム（エルビウムとホルミウムを殺す）、イッテルビウム（ランタノムを殺す）、プロメテウム（ネオジウムを殺す）、サマリウム（僕、プラセオジウムを殺す）。

　その他——セリウム、テルビウム、ツリウム、ルテチウム。

　僕は今、ツリウムを殺しに向かっているところだ。

＊

　統合連帯に加わらないかというジスプロシウムの提案を、僕は受け入れた。統合意識の一部になる考えはなかった。しかし他の競争者たちと連帯して多数派になってから、少数派を排除しようというアイデア自体は気に入った。統合の直前に連帯を裏切ればそれで済むではないか。

「統合されたら今の記憶は全部消えるのか？　僕がサ

マリウムとして経験したいろんなことが」

「いいえ。全部残っていく。ジスプロシウムである私の記憶も残り、サマリウムであるあなたの記憶も残り、ほかの人たちの記憶もすべて残っていくの。後でアスタチンになってこの時期のことを思い出そうとしたら体がいろんな所に同時にあったような気分になるでしょうね。それは事実でもあるし」

統合後、僕たちのアイデンティティがどのようになるかという僕の質問にジスプロシウムはこのように説明した。僕は「そういう条件なら受け入れよう」と言った。ジスプロシウムは僕の言葉を信じているようだった。

（そんな条件だったら絶対に受け入れられない）というのが、僕の正直な気持ちだった。僕はすでにアスタチンだった。このアイデンティティには排他性が前提とされていた。僕がアスタチンだったら、僕以外の誰もアスタチンになることはできない。僕がふたたびアスタチンとしての地位を享受するとき、僕の記憶にジスプロシウムをはじめとする他人の記憶が混ざっていることなど許せない。

セリウム、テルビウム、ツリウム、ルテチウムもそのように考えた。ネオジウムが殺された次の日、ルテチウムが〈独立連盟〉を発表した。同時に彼は統合連帯の存在を暴露した。

「ジスプロシウムが主軸となり統合連帯という組織を作った。この連帯に加入したのはガドリニウム、イッテルビウム、プロメテウム、そしてサマリウムだ。これらはアスタチンが追求した独立精神を真っ向から否定している」

ルテチウムによれば、アスタチンはいつだって超越を夢見る単独者であって、彼の思想もまた独立して判断し行動する個人を基盤としている。アスタチンの天賦の才、想像力、勇気、意志の強さ、決断力、激情、短気、冒険心、独立心、大胆さ、負けず嫌い、自己顕示欲はまるごと一人の人間が持っていたからこそ偉大であり、数名で分けあう瞬間に偉大さが消える。

その反対もまた同じである、とルテチウムは主張した。天賦の才、想像力、勇気、意志の強さ、決断力、激情、短気、冒険心、独立心、大胆さ、負けず嫌い、自己顕示欲を何人かで寄せ集めたところでアスタチンに到達することはできないということだった。

「どっちつかずの妥協主義者たちの手足を切ってつなぎ合わせたところで英雄が作られることはない。われわれは、見た目はきれいでも可能性が限られた工場生産品になりたくない。すべての徳性とともに卑劣な劣情、醜悪な欲望、そして偏屈な習性を持った一人の超人になろうとしているのだ！」

ルテチウムは意識統合技術を使用した者はアスタチンの候補から除外することをアスタチン理事会に要求した。僕たちの中の誰かが意識統合をしたとすれば、それは以前とは別の人格体になるので、アスタチンになる資格がある最初の十五人の中の一人ではないという論拠だった。

「当然、アスタチン理事会はこの要求を受け入れるだろうと信じている。三歳児の目で見ても自明な話だ。しかし、実は理事会がどう判断しようともゲームの勝負が変わることはない。われわれがどうやってこのすべての事実を見つけだしたのか？　統合連帯には裏切り者が一人いる。間もなくその人物が統合連帯を根本から揺さぶるだろう」

ルテチウムは独立連盟についても説明した。独立連盟は統合連帯とは違って一時的な協力関係だという。統合連帯の会員たちが全員倒れるまでは自分たち同士で攻撃しあうことは後回しにし、統合連帯が消えてなくなったらふたたび戦いを始めるという話だった。

微妙な主張だった。すでに生存者は九人だった。そのうち五人が統合連帯の所属だった。しかし、この中の一人が裏切り者で実際には独立連盟の味方であれば、多数派は独立連盟だった。スパイが何もしないとしても、数的には独立連盟が優勢に立っているということになる。

「でまかせでしょう、もちろん」ジスプロシウムが鼻で笑った。

「しかし、彼らはどうやって統合連帯の存在を見破ったんだろう?」僕は訊いた。

「ホログラム通信がハッキングされた可能性もあるし、ただあてずっぽうを言っているだけかもしれない。こちらの五人は一糸乱れぬ動き方をしていたよね。私はどこかの時点に達すれば連帯の存在がばれるだろうと思っていた。そのときに敵がこうやって私たちに揺さぶりをかけてくるだろうって思っていたし」

「ジスプロシウム、現実を直視しないと。もう、連帯の長所は消えた。一旦、スパイの話はかまをかけただけだと考えておこう。それでもいつだって裏切り者が出ることはある。僕たちが任された役割や動線をすべて把握している誰かが独立連盟にその情報を売ることだってできる。僕たち連帯を担保してくれるだけの補償や法則が何かある? 何もないじゃないか。僕の考えではすでにそんな裏切り者が出ている可能性もフィフティ・フィフティだ」僕は言い返した。

「そんな誘惑を感じているってこと? サマリウム」

「いや、まだ。今のところ僕は統合連帯についているよ。可能なら信義を守りたいね。でも必要以上に他人を信じるのはやめておくよ。自分の役割は受け入れるけど、動線や具体的な実行計画の話し合いはしないつもりだ」

「こういうのはどうだろう? 俺たちはこの先、互いの視覚記憶を共有するんだ。内心思っていることまではしかたがないとしても、少なくとも目の前にあるものを隠さないようにしようってことだよ」

ジスプロシウムと僕の会話を聞いていたガドリニウムが提案した。ジスプロシウムも僕も何も言わなかった。

「俺はいいけど」とイッテルビウム。

「俺も賛成」とプロメテウム。

「悪くないアイデアね」とジスプロシウム。

（クソだな）僕は心の中で思った。

＊

　それが、僕がイオに来た理由でもあった。

　表向きはツリウムを殺すという名分をあげておいた。それもまったくの嘘ではなかった。

　ツリウムは生存者の中でただ一人、位置が把握できない人物だった。彼の位置追跡装置はイオで信号が途絶えた。イオがひどい通信障害なのを狙ってわざと隠れているのか、それともほかの目的でイオに来て途中で通信が途絶えたのか知るすべもなかった。

　僕の場合、半分は通信障害を狙ってイオに来たのだった。二十四時間、自分の目が見るものを他人と共有しなくてはならないという状況は耐えがたかった。息が詰まる。トイレで下を拭う姿まで見せなきゃいけないというのか？　僕もやつらが下を拭う光景を見守らなくてはいけないと？

　ほかの競争者たちがこの状況に甘んじているという事実は、驚きでしかなかった。アスタチンだったら癇癪を起こして爆発すべき状況だけど？

　もしかしたら、僕たちの性格はすでに微妙に変わってしまっているのかもしれない。それまで飲み食いしたものによって腸内細菌の分布が変わってしまったこともあるだろうし、木星の放射線の影響で僕の頭の中で突然変異細胞が生まれたかもしれない。だから僕の忍耐がアスタチンに及ばないのかも。

　僕がイオへ行くと言い出したとき、統合連帯のほかのメンバーはためらいを見せた。僕が遠回しながら自分たちの監視網から抜け出そうとしていることに、みなすぐに気が付いた。にもかかわらず、結局彼らは僕のイオ行きを認めた。

　誰かが動かねばならなかったからだ。独立連盟が出帆してから、アスタチンゲームは深刻な膠着状態に陥った。統合連帯と独立連盟は相手チームがどこにいるのか、何をしているのか、互いに周到に綿密に観察した。

　統合連帯所属のメンバーの一人が動けば、独立連盟から誰かがそれに対応する位置に即時に移動した。独立連盟メンバーの一人が新しい技術や武器を習得すれば、統合連帯ではその突破法を身につけるなり影響を無効化できる防御武器を買い入れる者が現れた。のちにはゲーム全体が囲碁やチェスのような地政学的な有利・不利を争う一種のボードゲームになっていった。両陣営とも少しでも相手側に包囲される場所を避け、単独行動を控えるようになった。

　そのような中で、僕が一人でイオに行くと名乗りを上げたわけだ。

「私たちは手助けできない。あそこに何があるのかもわからないし」ジスプロシウムが言った。

「ただでさえ独立連盟のなかでツリウムのヤツだけが何をしているのか把握できなくて、すっきりしないところがあるが……」ガドリニウムが言った。

「おまえが見たものを俺たちも一緒に見ると約束したのは今でも有効だよ。通信障害のせいでリアルタイム共有が難しいとはいえ、後で戻ってきてから映像を見せてもらいたいな。イオからも録画映像の入ったボットを随時大気圏の外に発射してくれると助かるよ。回収はこちらでうまくやるから」プロメテウムが要求した。

　僕はうなずいたけど、そんな気持ちは当然全くなかった。ごまかす言い訳はたくさんあった。

*

極地方へ向かう途中で外部通信は完全に断たれた。

アスタチン放送を通じて最後に接した知らせは、エウロパの水中都市に暮らしていた死亡者たちに対する復活審査が始まったというニュースだった。プロメテウムが放った核ミサイルのせいで丸ごと吹き飛ばされたあの水中都市だった。

火山がひとつ、また爆発した。溶岩の上の部分がイオの重力を抜け出して宇宙空間に広がった。オーロラが青から紫へと華々しく広がった。持っていたことも知らずにいた記憶が浮かび上がった。イオのテラフォーミングに関する情報は、完全ではなかった。

イオの火山活動は、木星とほかの複数の衛星が作り出した潮汐力による。ちょうど地球の海で満ち潮と引き潮を起こす、あの力のことだ。太陽と月が地球の両側から引っ張るときに地球の海は横に広がって盛り上がる。太陽は地球から遠く離れているし、月は地球に比べると質量が大きくはないけれども、この程度の影響はある。

木星にほぼくっついているほどの距離で、周辺にガニメデとカリストのように自分よりもずっと図体のでかい天体があるイオでは、海ではなく大地が数十メートルずつ盛り上がる。みかんを手に握って力をこめるのに似ている。みかんの皮が破れて果汁が指の間を流れだすのと同じだ。

アスタチンは、そんなイオの地表面をある程度安定させた。みかんの皮の造成成分を変え、果汁をより粘っこくした。土地が足りないわけでもないのに、どうしてそんな大工事を行ったのか疑問に思うほど大規模な工事だった。アスタチンはイオの大気を分厚くして木星の放射線を防ぐのにも成功した。しかし木星の巨大な磁気嵐を防ぐ方法がなかった。イオは依然として通信できない衛星のままで、アスタチンはこの天体から手を引いた。

記憶と推論から再構成した内容はここまでだった。

おそらく先代のアスタチンはこの時期を恥辱と思って

いたようだ。後継者にならないクローンたちにまで引き継ぐ必要はないと判断したようだ。

その後、イオは火山爆発にも負けず巨大で絢爛なオーロラを作る衛星になった。テラフォーミングの副作用だった。

南極を調べてから北極へ向かった。ツリウムの痕跡は見えなかった。以前も統合連帯が無人探査船を何機か送ったが、ツリウムを見つけられなかった。ナノマシンの雲を数千個作り、イオの表面をあちこち探索したが、徒労に終わった。宇宙船と一緒に硫化物の川に溺れて完全に溶けてしまったとでもいうのだろうか？

北極のオーロラが僕の関心を引いた。アスタチンがイオの大気に手を付けてからこの衛星のオーロラが少しおかしくなったことは知っていた。イオは今や、太陽系でオーロラが一番多く発生する天体だった。イオの北極と南極では数十のオーロラが絶え間なく同時にできては消えてを繰り返していた。

しかし、そんな点を考慮しても北極のオーロラは南極のオーロラとは少し違っていた。もう少し人間的な感じを与えるとでも言おうか？　南極のオーロラはカーテンやクラゲの舞いを連想させたが、北極のオーロラはそれとは異なっていた。まるで……誰かの夢をのぞき込んでいるようだった。光の柱が何かの形状を描こうとしている感じがした。

北極の上空を二度目に回っているときにオーロラに人の顔が現れて、僕はびっくりした。光で描いた絵が空中に現れたのは一秒にも満たない刹那だったが、絵の形はくっきりしていた。それは僕の顔だった。しかも、その顔は僕が一度も見せたことのない神聖で幸せな表情を浮かべていて……宗教的な雰囲気さえする崇高さがそこに込められていた。その上その顔はまるで僕を見分けたように、僕が乗った宇宙船に向かって少し驚いたような表情を見せては消えたように見えた。

驚いた僕は成層圏を越えてオーロラが現れた高度ま

で宇宙船に乗って飛んでいった。しかし、そこにはすでに何もなかった。空に現れた顔があんなにくっきりとしていなかったら、自分はほんのつかの間、何かを見間違えたのだと考えただろう。

しばらくしてから、色も形もばらばらな混乱したような感じのオーロラが宇宙船の周りに現れた。不思議なことにそれらのオーロラの一部は細い光の糸となって地表面まで伸びて降りていった。

僕はふたたび下降した。オーロラが消えたすぐ近くに火山の噴火口が口を開いていた。僕は注意を払いながら宇宙船を操縦して噴火口のすぐ上まで行った。噴火口の近くに行くと硫黄を含んだ黄色の煙が宇宙船を包み込んだ。火山が爆発すれば、逃げるとか逃げないとか迷う暇もなくおしまいというところだ。

宇宙船のエンジンが起こす風で煙を押し出した。ぐらぐらと沸き立つ溶岩湖の表面が見えた。操縦席前の計器盤に出た数値が奇妙で、僕はしばらくためらった。ついに宇宙船をその場に停止させて席から立ち上がり甲板のハッチを開いた。もわっとした空気が皮膚に触れた。硫黄特有の腐った卵のような臭いが鼻をついた。溶岩の深いところで雷の音がしたかと思うと、巨大な気泡が浮かんではじけた。恐れをなしてあわててハッチを閉め、宇宙船を安全な高さまで上昇させた。火山がふたたび硫黄の煙で隠され見えなくなった。

同じことを二、三回くりかえした。噴火口の中へレーザー砲を撃ち、小さなものを落としてもみた。本能と理性が衝突した。

本物のアスタチンだったら、この状況でどのように行動すべきだろうか？　僕は悩んだ。

僕は宇宙船に乗ったまま、噴火口の中へ突進した。

＊

溶岩湖の表面を通過すると迎撃ミサイルが数十発飛んできた。噴火口に見えていたのは地下トンネルの入り口で、火山は精巧なホログラムだった。

ミサイルのスピードはそれほど速くなかったがしつこかった。人工知能の回避軌道だけではすべて避けきれなかった。操縦モードを手動に切り替え、船酔いするほど宇宙船を上下左右にひどく動かした。結局、一応はすべて片づけた。しかし、ミサイルをかわしているうちに片翼が地下トンネルの壁に強くぶつかった。

宇宙船から出ると今度は蜘蛛の形の戦車ボットが飛びかかってきた。ヤツの装甲は光子銃ではびくともしなかった。僕はプラズマ鞭をひとつだけ手にしてこの怪物ボットと肉弾戦を繰り広げた。結局装甲を砕けなかったが、ヤツの脚の関節をプラズマ鞭ですべてへし折ることには成功した。

次は昆虫が現れた。ボットではなく生きている本物の昆虫たちだった。イオの環境に合わせて遺伝子組み換えをしたようだ。スズメバチのようなものも、カマキリのようなものもいた。これは最大の脅威だった。僕は昆虫が怖かった。それまで一度も生きている昆虫を直接見たことがなかったので、その事実に気付かずにいた。

しかもこの改良昆虫たちは図体がものすごい。スズメバチは人の拳ほどの大きさで、カマキリもまっすぐに立ち上がればその頭部が僕の膝に届くほどだった。クワガタやムカデは幼児と変わらない大きさだった。

必死になってプラズマ鞭で襲い来る虫たちを叩き落として、何とか宇宙船の中に戻る道を開いた。翼が欠けてガタガタする宇宙船に乗って昆虫たちの上を飛び、トンネルの反対側に行った。

昆虫モンスターから離れるとようやく、バクバクしていた心臓が落ち着き冷静になった。片手で汗をぬぐって状況を確認した。山ひとつを丸ごとホログラムで偽装しようとすれば、途方もないエネルギーがかかるはずだ。こんな地下トンネルもツリウムひとりで容易に作れるものではなかった。独立連盟全体が力を合わせても簡単ではないことだった。

誰が、いったい何のためにこんな施設を作ったのだろう？　ツリウムであれ、独立連盟であれ、僕の兄弟たちの目標は他の競争者を排除することだった。電波が届かない衛星の地下に途方もなく金のかかる隠れ家を作っておくことで、このサバイバルゲームに何か有利な点があるだろうか？　もしやこれは一種の罠か？　ほかの参加者たちが互いに殺し殺され、一人だけ残ったとき、その一人がここに来て落とし穴にはまるのを狙っているのか？

何よりも、一体あのオーロラは何だったのか？

地下トンネルの終わりは行き止まりの壁になっていて、その下に人が通れるゲートがひとつあった。壁に向かってレーザー砲を撃ってみたが、壁はびくともしなかった。X線で壁の向こうを透視しようとしてみたが、すぐに無駄なことだとわかった。僕はため息をついて、個人装備だけ身につけて宇宙船を降りた。

＊

ゲートを開けるととんでもない光景が広がっていた。スルタンの宮殿のような空間だった。作り物の日光がほのかに差し込む巨大なドームの下に、白い石柱とアーチ型の屋根を頂いたいくつかの建物が見えた。ところどころに噴水があり、それらの噴水は互いに水路で連結されていた。水路には澄んだ水が流れていた。壁と柱には優雅で洗練されたアラベスク紋様が刻まれていた。その紋様を繰り返すようにキラキラ光る白い光線が特異なパターンを描いて過ぎていった。

欠けた大理石の柱には蔓が絡みつき、花崗岩のタイルの間からは雑草が顔を出していた。廃墟だろうか、それとも遺跡の雰囲気が出るように意図的に作られた庭園だろうか？　空気は爽快だった。硫黄の臭いは少しもしなかった。捨てられた場所というにはあまりに快適で、人が住むところにしては静かすぎた。

柱の後ろから戦闘ボットが二体飛び出してきた。僕はプラズマ鞭を振り回しそのボットを破砕した。それが合図にでもなったかのようにボットがさらに数体飛び出してきた。天井からは二体が奇妙な角度で落ちてきて、花壇と大理石の壁の後ろからもボットたちがほぼ二体ずつ飛び出した。

戦闘はそれほど長くかからなかった。このボットは以前ガニメデで戦った警察ボットよりもはるかに旧式だった。そしてガドリニウムが短剣の名手になったように、僕もプラズマ鞭のマエストロになっていた。統合連帯が後ろについていてくれている間、僕は修練を重ねた。

ボットたちをすべて片付けると、この〈宮殿〉の反対側から紫の光のカーテンがひらひらと舞い上がった。光の筋は天井を突き抜けその上に消えていくように見えた。地面まで続いていると思ったオーロラの終わりがまさにこれだった。イオのオーロラの一部は大気の中で自然に生じるのではなく、この奇妙な地下遺跡で作られたものだった。

近くに行くと芝生の庭園には屋根がなく、不規則に立っている石柱が見えた。オーロラが石柱の上から煙のように立ち上っていた。石柱に刻まれたアラベスクは極めて繊細で複雑だった。石柱は全部で二十本あり、厚みや形、長さはばらばらだった。地面に固定されていない石柱もあった。僕が近づいたからか、それともオーロラを作るのに必要なことなのか、石柱は芝生に何の痕跡も残さず滑らかに動いた。

一本の柱が、僕の前に近づいてきて止まった。柱に刻まれたアラベスク紋様の中に人間の掌の形をしたものがあった。僕は手を当ててみた。その周囲の紋様がしばし明るくなり、また元に戻った。

石柱たちは道を譲るように両側に退いた。その空間をたどって庭園に降りて行こうとしたとき、後ろから誰かが叫んだ。

「動くな！」

遠くにひげを長く伸ばしたツリウムが立っていた。彼は光線剣を立ち上げると僕に狙いを定めた。僕もプラズマ鞭の電源を入れた。

「こんなところに隠れていたんだな。あの石柱は何だ、超人工知能を開発しようとしていたのか？」

ツリウムに近づきながら言った。石柱の紋様は人間のニューロンの真似をした陽電子回路のパターンだとすでに見破っていた。言うなればあの庭園全体が巨大なコンピューターというわけだ。

賢いな。人が接近できない廃墟にひとりで研究所を建てて初歩レベルの超知能を製作しようとするとは。とりあえず巨大な構造物の形態でごちゃごちゃに作っておいて、意識を統合した後でその超知能に次の段階を開発させようという戦略を立てていたようだ。

「このまま帰ってくれ。あえて戦いたくはない。俺はアスタチンになる気はないよ」ツリウムが言った。

ツリウムが光線剣を使い、僕がプラズマ鞭を使うなら勝算は僕にあった。プラズマ鞭は出力を下げれば、よくしなる光線剣と変わらない。刀の利点と鞭の利点を兼ね備えているというわけだ。テレビ中継のカメラをここまで持ってこられなかったのが恨めしいばかりだ。

「そっちがとんでもない武器を持っているのはわかっているが、このまま放ってどこかに行けというのか？　アスタチンマシンほどでなくてもアイオディンマシン数千台を合わせたものよりはましなコンピューターのようだけど」

「おまえが考えているようなものじゃない。行ってくれ。頼む」

ツリウムの話が終わるそばから僕は鞭を振り回した。いかした攻撃だったが、ツリウムはうまく避けた。気付いただけでも称賛に値した。

ツリウムは僕に負けない勝負を見せた。光線剣という不利な武器を使っていても。

彼は特に殺意を見せもせず、卑怯な攻撃もほぼしかけてこなかった。僕と違って。

「俺が本気を出してないことはわかるだろう。しかし、そろそろ限界だ。帰ってくれ。丁重に警告するよ」ツリウムが言った。

僕は、オーロラが描いた顔は僕ではなく彼のものだったと気付いた。どこか神聖で、少し悲しげな顔。僕は決してそんな表情をしたことはない。

「とんだ変態だな。自分の顔を空に描いて、よろこんでいたのか？」

ツリウムは返事の代わりにとんでもないスピードで僕に向かって走ってきた。僕は何とか光線剣をかわしたが、胸に真正面から足蹴りを食らった。次に続いた鋭いひと突きをかわしたのはまったくの運だった。

初めて（こうやって死ぬこともあるんだな）と思った。それとともにアスタチンの重要な本性のひとつが、僕の中で目を覚ました。危機に瀕したときに頭がより澄み渡り、自分を極限まで追い詰めるという本性だ。

僕はツリウムが自分の位置によって僕の攻撃への対応を変えていることに気が付いた。振り下ろした鞭を簡単にかわせば済む状況でも、わざわざ光線剣でそれを打ち返すときがあった。動く石柱のある庭園を背にしている時だった。頑張って開発したシステムがプラズマ鞭の洗礼を受けるのではと恐れているようだった。

その推測は正しかった。プラズマ鞭の出力を最大に上げて庭園の石柱を攻撃すると、ツリウムは不利な位置を甘んじて受け入れ、その攻撃を防ごうとした。今やツリウムとの戦いは高所から平地を攻撃するのと変わりなかった。僕が鞭で何度か石柱を打つとツリウムは自制力を失った。

とうとうツリウムは負けた。僕の鞭打ちを防ごうと無理に剣を振り回し、僕の鞭が彼の剣を巻き上げた。

彼の手から血が噴き出した。彼がもう一方の手で腰のあたりから短剣を取ろうとしたとき、僕はその手首までぶった斬った。

「超知能を一人で開発していたのか？ おまえは独立連盟の所属じゃなかったのか？ 裏切り者は誰だ？」僕はプラズマ鞭を地面に引きずって近づくと、問いただした。

「裏切り者？ 何の話をしているんだ？」ツリウムはあっけにとられた表情だった。

僕は彼の首をぶった斬った。動脈血がマグマのように噴き上がった。燃え上がるように鮮明な赤い血だった。木星圏の住民たちは地球人よりも血の色がはるかに明るくて活動的だった。酸素代謝をより効率的にして運動能力を強化し、薄い大気でも問題なく息ができるようにと改造してあるおかげだ。

僕はツリウムの頭を持ち上げてしばし観察した。同じ遺伝子を受け継いだのに、どうして彼の顔にだけ気品があるのだろう？

斬った首を投げ捨ててから、庭園に入って行った。一部が崩れてはいたが、石柱は相変わらずうまく作動しているようだった。僕は当然ツリウムの作業を受け継いで超知能まで完成させ意識を統合しなくては、と思った。

石柱たちの配置を変えるとそれまで隠れていた石の祭壇が見えた。その祭壇には僕が予想もできなかった、理解もできないものが置かれていた。

白いローブを着た若い女性が石の祭壇にまっすぐに横たわり眠っていた。僕は何かに取り憑かれたように祭壇に近づいた。

完璧だった。

かわいいとかきれいだとか魅力的だとか清純だとか妖艶だとか、そういう意味ではなかった。完璧だった。

イオの空に浮かぶ木星のように、見る者を圧倒した。

眠っていた女性が寝返りを打とうと少し体を動かし

ただけで、胸が壊れそうだった。女性の頭からひと筋の光が噴きだし、ドームの天井へと消えていった。オーロラは彼女が見ている夢だった。

少しすると女性は目を覚ました。

ターコイズの瞳。

「どうしてひげをそったの？」

女性が体を起こしながら僕に訊いてきた。僕がぐずぐずしている間に、彼女は僕の手にこびりついた血を見ていぶかしそうな表情を見せた。彼女は視線を動かし庭園の向こうを見た。ツリウムの斬られた首がある方向だった。

女性は悲鳴を上げた。

＊

女性の名前はエオスだった。

僕は庭園の形をしたコンピューターをハッキングして彼女の名前を探し出した。彼女が自分の口からは名前を教えようとしなかったからだ。

アスタチンが彼女を作った。そしてイオに閉じ込めた。

彼女の名前をエオスとつけたのはアスタチンの意地の悪いユーモアなのか、それとも彼女の運命が、名前のもとになったギリシアの女神に引きずられたのかはわからない。その部分の記憶は僕が壊してしまった石柱に保存されていた。石柱は耐えられないほどのろのろと自らを復旧しているところだった。

庭園と石柱はアイオディンマシンとアスタチンマシンの中間程度の超人工知能で、エオスの一部でもあった。エオスは〈庭園コンピューター〉に意識と身体を強制的に結び付けられていた。

ガニメデとカリストに地球によく似た生態系を造成したアスタチンは、木星圏に地球よりもはるかに効率的で整った社会を建設しようと決心した。そこで、地球から有能な移住者を選んで受け入れた。そこまでは知っている内容だった。

　僕が知らなかったのは、いや、ほかの兄弟姉妹たちも誰も知らなかったのは、アスタチンが結婚を計画していたという事実だった。

　彼は自分に見合った最高の配偶者を設計しようとした。創造主とアダムの役割を同時に引き受けるつもりだった。彼は秘密裏にイォに研究所を準備し、〈イブ〉を製造する作業に入った。自分自身の遺伝子情報をもとに人間をひとつ作ってから、その人間の性別、外見、性格、知性を丁寧に変え、整え、調律した。ツリウムと僕がエオスを見て一目ぼれしたのも当然だった。彼女はアスタチンが現実世界で形を与えた理想形で、僕たちはアスタチンの幼体だったから。

　アスタチン本人も自分が作ったエオスを見て恋に落ちた。彼女は美しく高潔で知的だった。アスタチンが崇拝していたすべての徳性が彼女の精神と肉体に宿っていた。問題は彼女がアスタチンへ愛情を感じられなかったということだ。死ぬまでアスタチンに忠誠を誓う生体回路が脳に組みこまれていたというのに。

　彼女の徳性が生体回路に勝ったのか、回路にエラーがあったのか、それとも最初から何か量子力学的な限界のためにそんなプログラムを作動させることが不可能だったのか、わからない。その部分に関するデータはアスタチンが消してしまった。

「作ってくれてありがとう。でもあなたを愛することはありません。これからもあなたを愛することはないでしょう。申し訳ないけど、それが真実です」

　エオスから初めてこんな告白を聞いたときアスタチンは激しい怒りに襲われたが、それでも理性を失いはしなかった。〈壊れた機械は修理すればいい〉というのが彼の考えだった。

　生きている人間の意識を手術することは、アスタチンをもってしても容易ではなかった。エオスの思考をもう少しはっきり見て、もう少し精巧に構成するために彼は周囲の材料で急いで庭園コンピューターを作り、これをエオスの意識と統合した。エオスが超知能を得たというわけではなかった。エオスの意識と庭園コンピューターの間の情報の流れは一方向だった。庭園コンピューターは拡大鏡でありメスに当たる道具だった。手術用固定台であり監獄でもあった。これによってエオスはアスタチンに永遠に嘘をつけなくなった。アスタチンは石柱の紋様を通して彼女の考えを直接読み取ることができた。

最初の手術をしているときにエオスの息が止まった。アスタチンは復活装置を使って彼女を生き返らせた。

「本当に愛しているなら放っておいてくれませんか？　むしろ殺してもらえませんか？」生き返ったエオスは哀願した。彼女が自殺をするかと心配になったアスタチンは復活装置を庭園コンピューターの奥深くに挿入した。アスタチン以外には誰も手を付けられないように、そこに生体情報暗号をかけておいた。エオスが自分自身の肉体と意識をいかようにも傷つけることがないようにする防御コードもともに入れた。

庭園コンピューターはイオの地熱からエネルギーを得ていた。いまや一体となったエオスと庭園コンピューターと復活装置は理論上、死ぬことができなくなった。エオスは地下宮殿の外に出ることもできなかった。その輪廻《りんね》と監禁状態を解くことができるのはアスタチン以外にいなかった。

数百回にわたる脳――コンピューター手術にも、エオスの心は変わらなかった。彼女は今や泣きながら次の手術を待つだけだった。彼女は愛しているふりも偽りの演技もできなかった。自分の脳の中をアスタチンがのぞき込んでいるのだから。アスタチンは彼女が自分を憎んでいるという事実を知った。

繰り返される失敗と恥辱感に嫌気がさしたアスタチンは、結局エオスとイオをすべて放棄した。彼はある日、研究所の外に駆け出した。衝動的にイオの地表まで飛びあがった超人はエオスに関連した記憶を自ら削除した。そうして彼はイオを忘れてしまい、ガニメデに戻った。

研究所の自己管理プログラムは、それ以降も静かに任務を継続した。戦車ボットが研究所の入り口を守り、戦闘ボットたちは侵入者がいないか見回った。エオスは冬眠に入った。ツリウムが来て彼女を目覚めさせるまで。

エオスの脳神経の一部はホログラム発生装置に連結されていた。彼女が眠っている間にも夢がオーロラとなって舞い上がった。研究所にいた当時のアスタチンは、一瞬気がふれたかサディズムにはまったのではないか。それ以外に、エオスの脳神経をホログラム発生装置に連結すべき理由が何なのか、見当もつかなかったからだ。

暁の女神エオスをローマでは〈アウロラ〉と呼んだ。オーロラの語源だ。彼女は誰かを愛するたびに最後には不幸になってしまう呪いをかけられていた。思い通りにならない女性に対し、頭まで血の上ったアスタチンは残忍ないたずらをしたのではないか？　アスタチンは自分の失敗作が愛について考えるたびに、その考えが巨大な形状で宇宙に広がっていくようにした。遠くからも誰かがそれを鑑賞できるように。たとえアスタチン本人はエオスを記憶できなかったとしてもだ。

＊

「アスタチンとまったく同じ思い違いをしているのですね。あなたを愛することはありません」食事の手を止めてエオスが静かに言った。

「しかし、ツリウムはあなたの心を開きましたね」僕は言い返した。

「ツリウムはあなたとは別の人でした。彼はアスタチンとも別の人でした」

彼女の目がうるんでいた。僕はテーブルを叩いた。

「僕たちはまったく同じ人間です。まったく同じ肉体に、まったく同じ記憶、まったく同じ性向を持っているんです！」

異性の好みも。

「あなたも、それは違うとわかっているのではないですか？」エオスが涙を拭きながら笑った。「だからほかの兄弟たちはアスタチンではない、自分だけがアスタチンだと主張していたのではないのですか？」

「僕はアスタチンです」僕は譲らなかった。

「だとしたら、もう謎は解けたということですね。あなたの〈アスタチンらしさ〉のせいで、私はあなたを好きになれないのでしょう。〈アスタチンらしさ〉にかけては、ツリウムはあなたに遠く及びませんでしたから、私は好きになったんです」

その話を口にしている間、エオスの頬は赤く火照った。白い首に血管が浮き、胸がふっくらと盛り上がった。僕は視線をそちらに向けないように必死に抵抗した。

僕はとうとう席から立ち上がり庭園の外に出た。戦闘ボットだと思っていた召使ボットが、僕が放り投げた食器を床から拾った。僕は速足で歩いているうちに駆け出した。自慰をしているうちに途中で見つかった思春期の少年のように羞恥心に囚われ、宮殿の入り口に向かって走った。地下トンネルに出るとホログラムを突き抜けてイオの地表まで飛び出した。

硫黄の臭気が鼻を突いた。爆風が起こっていた。火山が爆発した。木星から放射線粒子が降り注いだ。むしろこのほうがました。僕は走った。前をふさぐ岩石を拳で砕いた。プラズマ鞭の出力を最大にして峡谷を崩した。

足ががくがくしてもう走れなくなったとき、ようやく僕はこのクソちっぽけな衛星の大地に倒れるように横たわった。木星が空のど真ん中を占めて他の星はほとんど見えなかった。僕が寝転んでいる間に大赤斑が木星の表面をぐるりと一周した。木星の自転周期は九時間五十五分だ。

〈アスタチンとまったく同じ思い違いをしているのですね。あなたを愛することはありません〉

最初の一週間は彼女の言葉を信じなかった。次の一週間はその言葉を信じまいと努めた。何とかして道を探してみようとした。ツリウムの真似をしてひげまで伸ばした。それに対するエオスの反応は純粋な軽蔑だった。今では僕も石柱の紋様をある程度読み取ることができた。

〈ツリウムはあなたとは別の人間でした。彼はアスタチンとも別の人間でした〉

しかしツリウムもまたイオに初めて到着したときには、僕とさほど変わらない人間だっただろう。エオスとの出会いが彼を変えてしまったのだ。首を斬られてくたばっても、彼は幸運な男だった。私は心の底から彼に嫉妬し、彼を呪った。僕が彼よりも先にイオに来ていたら、エオスの愛は僕のものになっていただろうに。僕もツリウムのように変わることができただろうに。僕も内面の平和から湧き出す穏やかな表情を浮かべ、ほかの人のためによろこんで首を差し出す人間になれただろうに。アスタチンになることになど関心はないと言っていた彼の言葉を、今では信じることができた。

〈僕はアスタチンです〉

僕は、今では自分がアスタチンであるという自信がなかった。先代アスタチンと同じ人間になりたいという気持ちもなくなった。先代アスタチンがエオスに対してやったことを思い浮かべると反吐が出そうだった。〈アスタチンらしさ〉について初めて嫌悪感を覚えたのはツリウムを殺して間もないころだった。まだ彼の死体が腐敗する前。エオスは庭園コンピューターの奥深くにある復活装置を使ってツリウムを生き返らせてほしいと僕に哀願した。自分は庭園コンピューターのコードに手を付けることはできないが、僕なら可能だろうという話だった。

「私に何をしたっていいです。永遠にあなたのそばにいます。あの人さえ生き返らせてくれるなら」

僕は烈火のごとく怒り、プラズマ鞭でツリウムの死体をばらばらに裂いてから、ひとかけらの肉も残さず燃やしてしまった。どうせツリウムの記憶はどこにも保存されていないので、きちんと復活させられるはずもなかったが。

しかし、僕があれほど腹を立てたのはエオスがいまだにツリウムを忘れられずにいたからではなかった。僕はおそらく自分自身に腹を立てていたのだと思う。エオスがあんな提案を投げかけてきたとき、僕の中のアスタチンがささやいた。提案を受け入れろ。女を思い通りにしたらいい。そして庭園コンピューターの構造が複雑すぎてツリウムをなかなか復活させられないのだと嘘をつけばよいと。そんな欺瞞劇を死ぬまで続けることもできると。アスタチンだったら、間違いなくそうしただろうと。それこそがアスタチンらしさだと。

僕はそうなりたくなかった。

僕はアスタチンよりもましな人間になりたかった。

北極の空の上にオーロラが立ち上った。灰青、薄青、薄紫の三本の筋になったオーロラだった。僕の目にはそれがエオスの流している涙のように見えた。

彼女を諦めなくては。それが彼女のための道だった。それが、よりましな人間になる道だった。頭ではそう考えながらも僕は何ら行動を起こさなかった。体中の力が萎えて動けなかったので。胸を裂いて心臓を摑みだし、両手で力いっぱい握りつぶしたかった。

大赤斑は木星の表面から完全に見えなくなった。

＊

「ツリウムがほとんどやっておいたことです。あとは仕上げ作業だけです」僕が彼女と庭園コンピューターの意識統合を切り離すことができそうだと言ったとき、エオスは目を見開いた。

「そうすれば、あなたはこの宮殿を抜け出すことができますよ」

　その説明も充分ではなかった。彼女の眼には依然として危惧の念が隠しきれていなかった。

「長距離旅行できる宇宙船が格納庫に何機かあります。操縦法は難しくありません。イオを出てどこでも好きなところに行きなさい。僕は追いかけません」

　エオスは胸に手を当てた。しかしこれといった言葉は出てこなかった。僕の言葉が何かの罠ではないか検討しているのだろうか？　僕は意に介さなかった。彼女に向き合うこと、彼女と意味のない話を交わすことすらすでに充分に苦痛だった。僕は顔を逸らして作業に取り掛かった。

　庭園コンピューターに手を付けて数日してから、初めて彼女に話しかけた。

「でも、ひとつ問題があります」

　エオスは青い目で僕を見つめた。顔には何の表情も読み取れなかった。僕は続けた。

「庭園コンピューターとあなたは分離できそうです。しかし分離作業中に復活装置をいじることになります。復活装置を除去すれば、けがや病気の時にそれを自動で復旧する能力も消えてしまいます。あなたは二度と生き返ることができなくなります。あなたの体は遺伝子レベルでとても繊細に組み換えられているので、ガニメデにある復活装置でも同じく生き返らせることができません」

「それこそ私が求めていることです！」彼女が切羽詰まった様子で言った。僕はうなずいた。

　最終段階の意識分離手術には六時間ほどかかった。

「大丈夫ですか？」

「わかりません。少しふらふらします」

手術台から下りるエオスが言った。彼女は僕が差し出した手につかまらなかった。彼女の頭の上からはもうオーロラがわいていなかった。

「すぐに慣れるでしょう。これまでコンピューターが耳の前庭器官の一部の代わりをしていました。小脳が新たな情報を受け入れるのに少し驚いているのですよ」

彼女は石柱のアラベスク紋様が消えたのを見て、目に見えて安堵していた。素っ裸でいたところに、ようやく服を羽織った気分だろう。今や誰も、少なくとも石柱を通しては彼女の考えを読み取ることはできなかった。

「一つお願いがあるのですが……可能でしょうか？」

彼女が訊いてきた。

「話してください」

僕は答えながら、ひどい緊張感が消えた彼女の顔を見るだけでも、自分の望みが叶ったと思った。

「私の体の自動復旧機能は消えたと言いましたね？　では髪の色や目の色を変えることもできるでしょうか？」

「可能です。ナノマシンを利用すれば数時間もかからないと思います」

僕は彼女から切り離された庭園コンピューターを今や助手のように活用していた。整形手術が可能だとわかったエオスは頬骨を高くして唇を少し薄くし、胸のサイズも小さくする施術を受けたいという。

「平凡な女になりたいです」彼女はちやほやされるのに飽きた王子のように言った。

手術が終わると、エオスは黒髪に黒い瞳、そして浅黒い肌を持った女性になっていた。背は少し低く、よく響く声はハスキーになっていた。

「あなたの兄弟が私を追いかけることももうないでしょうね。私はもうあなたたちの理想形ではないから」

エオスが独り言のようにつぶやいた。

その言葉は事実ではなかった。彼女は相変わらず完璧に美しかった。その理由は説明がつかなかった。僕はもともと灰青の髪にターコイズの瞳、白い皮膚、優しい声、程よいボリュームの胸、小さな尻などが好きな男だった。そんな好みはアスタチンらしさの一部だった。

しかし、ある瞬間から僕は髪や瞳の色ではない、〈エオスらしさ〉を愛するようになった。〈エオスらしさ〉は黒髪に黒い瞳、浅黒い肌の中にもそのまま残って、どうしようもなく僕を誘惑し苦痛を与えた。

僕たちは言葉もなく格納庫まで歩いていった。宮殿の境界を通り過ぎるときエオスはしばしためらったが勇敢にも境界線を越えた。僕は野外格納庫のゲートを開けた。

「見送りはここまででいいです」宇宙船搭乗口の前で彼女が言った。

僕はうつむいた。笑えることに、彼女が僕に別れのキスでもしてくれないかとドキドキして期待していた。彼女はしなかった。ただ宇宙船に上がっていく途中で少しだけ振り返って小さな声で言っただけだった。

「ありがとう」

瞳には何か、僕に言いたい言葉が残っているような雰囲気があった。僕は彼女に走り寄って言いたいことを吐き出していけと問い詰めたい衝動に駆られた。

エオスは宇宙船から下りてきたエスカレーターに乗った。

宇宙船は残忍なほど滑らかに飛び立った。僕は銅像みたいに微動だにせずに突っ立って、空の点になっていく宇宙船を見上げた。宇宙船に乗る直前に見た彼女の瞳について考えた。僕の一部が、永遠にこの瞬間に囚われ続けるだろうと予感していた。

その時、点になったエオスの宇宙船の横にもう一つ別の点が飛んできた。

しばらくの間、僕はそれが何かわからなかった。そうしているうちに……

僕は狂ったように駆けだした。息を切らせ、エオスの宇宙船と交信を試みた。その瞬間、木星からとてつもない放射線粒子の爆風が降ってきた。立ち向かえない運命のように、通信はつながらなかった。

エオスの宇宙船に近づいていく小さな点は、惑星間誘導ミサイルだった。アスタチンが地球圏からの攻撃に備えて木星の輪に何千発も隠しておいたというあの物体だ。それがどうして急に作動したのか、誰が発射を命令できたのかは謎だった。あの物体はアスタチンの後継者である僕たちにも接近が禁止されていた。アスタチンマシンと統合してからようやく位置や使い方を身につけるべきものだった。

しかしこの瞬間、そんな謎解きなどはくそくらえだった。

僕はエオスの宇宙船に向かって駆けだした。絶望に陥って言葉にならない言葉を怒鳴った。エオスが超人的な飛行技術で、あるいは誘導ミサイルに内蔵されたコンピューターの突然の故障で、それともエイリアンの急襲でもいい、あの二つの点が重ならないように願った。生まれて初めて祈った。泣き崩れた。きつく食いしばりすぎた唇から血が流れた。

しかし、二つの点は確実に近寄っていった。

とうとう、エオスの宇宙船とミサイルの点は重なって爆発した。暁の女神は、そうして虚しく死んだ。二度と生き返ることのできない肉体を持ったとたんに。

「ダメだー!」

僕は喉が張り裂けんばかりに悲鳴を上げた。

近くでイオの火山が爆発した。足元の地面が急に数百メートル盛り上がったせいで僕は空中に投げ出された。火のついた石の塊を頭に受けて意識が霞んだ。

ようやく、闇が下りてきた。

3．タイタン

互いに殺伐とした敵意を狙う通りでは
その者が生きている一分一分が
私の急所を突きまくるようだ。

——マクベス

タイタンは土星最大の衛星だ。僕はタイタン空港でガドリニウムが到着するのを待っていた。

アスタチンはタイタンに、スピードは速いが代わりに衛星固有の特性を完全に除去できない、第四世代のテラフォーミング技術を適応した。それでタイタンの大気は地球と完全に同じにはならなかった。空はぞっとするほど赤かった。夜になると気温は氷点下五〇度まで下がった。アスタチンはテラフォーミングにさらなる資源を投入するよりは、住民たちの身体だけをタイタンの気象条件に合わせて改造するほうを選んだ。

太陽は遠くにとても小さく見えた。その隣には何倍も大きく見える土星と、土星の輪があった。

タイタン空港はそれほど大きくなかった。土星圏航路用ターミナルが五本、木星圏航路用ターミナルが四本の規模だった。そのターミナルの中の一つに人波がぎっしりと押し寄せていた。ガドリニウムのファンたちだった。ガドリニウムファンたちの手作りホログラムが床から天井までターミナルをびっしり埋めていた。

〈木星の皇太子、ガドリ！〉

〈タイタンはあなたのもの！　土星圏ファンクラブが応援します！〉

〈短剣の達人こそ真正アスタチンの道を行く者なら ん！〉

今やアスタチンゲームの公式生存者は、全部で四人だった。ガドリニウム、セリウム、テルビウム、ルテチウム。

その中でガドリニウムが一番人気だった。統合連帯を華麗に解散させたのも彼だった。

ガドリニウムが裏切り者だったのだ。彼が息巻くジスプロシウムを前に「わからなかったのか？　裏切り者は俺だ」と言って、剣で相手の胸を刺したとき、刺されたジスプロシウムだけでなく数千万人の視聴者たちがともに驚愕した。〈どんなスリラー映画のどんでん返しよりも優雅で鳥肌ものだった〉というのが視聴者たちの主な評価だった。

裏切り者だと明らかになっても、彼の人気は衰えるどころか跳ね上がった。政治評論家たちは〈ジスプロシウムが主張した意識統合について、視聴者の相当数が心の中では詭弁ではないかとすっきりしない思いを抱いていた〉と分析した。

仲間の裏をかいたという視線を意識してか、ガドリニウムはその後プロメテウムとイッテルビウムを殺すときには正攻法を選んだ。プロメテウムとイッテルビウムが裏切り者の征伐を宣言すると、ガドリニウムはいつまでにプロメテウムを殺し、またいつまでにイッテルビウムを殺すつもりだと予告した。

ガドリニウムとプロメテウムの戦いはガニメデでの市街戦となった。超高硬度ダイヤモンド強化服を着た二人の後継者が戦闘を行っている間、周辺の建物は数棟破壊された。プロメテウムは都心の中央にあるアメフト場にガドリニウムを誘導した。そこではプロメテウムがあらかじめ隠しておいた変身ボットたちがいた。しかしガドリニウムは火力において圧倒的に劣っていたにもかかわらず、神技に近い技術でそれらの変身ボットをみな撃破した。信じがたいことだった。

驚いている敵のグローブをむしり取って、ガドリニウムはプロメテウムに短剣をひとつ投げた。剣闘は今や彼の象徴となっていた。数百台の中継カメラとあわてて集まってきたファンたちの前で、彼らは剣で戦った。今回もガドリニウムは余裕綽々《しゃくしゃく》だった。プロメテウムは両足のアキレス腱を切断されて競技場の芝の上を這っているときに首を斬られた。

　プロメテウムを片付けたガドリニウムは警察ボットを避けて隠れまわっていたが、自分が予告した期間の最終日にイッテルビウムのもとを訪れた。二人は宇宙戦闘機に乗って木星の周辺を飛び回りながら空中戦を繰り広げた。しかし飛行機の操縦術もガドリニウムが上手《うわて》だった。最後にイッテルビウムは一か八《ばち》かで木星に突進した。彼らは木星の大気の水蒸気層とメタンガス層を行き来しながら熾烈に戦った。イッテルビウムはアンモニアの雲の中で急旋回してガドリニウムの虚を突く作戦を駆使した。しかし、そのせいで燃料の消耗がひどかった。とうとうイッテルビウムの戦闘機は撃墜され、液体水素の海に墜落した。

　統合連帯が内紛に襲われている間、独立連盟所属の三人は土星圏に身を寄せていた。セリウムとテルビウムはタイタンに落ち着き、ルテチウムはエンケラドゥスに居場所を構えた。

　僕は、公式には死んだことになっていた。火山岩の破片が僕の頭に穴をあけて突き刺さり、右の眼を焼いて出て行った。それとともにアスタチン記憶貯蔵所と連結された脳神経チップも焼けてしまった。僕は顔に火傷を負いぼろぼろになったまま、二日間イオの地表に倒れていた。

　統合連帯と独立連盟の捜索宇宙船が何機かイオに来たが、僕を見つけることはできなかった。人類が宇宙観測を始めて以来最大規模のオーロラがイオで発生し、そのオーロラが僕を隠してくれた。オーロラによってイオの北極はほとんど見えなかったし、宇宙船の電子装備もまともに作動しなかった。宇宙船がイオに着陸できたのは数日後だった。

　彼らは北極で廃墟になったアスタチンの昔の研究所を発見し、僕が注意深く作り上げた偽物の戦闘の痕跡と偽物の爆発の痕跡にころりと騙された。彼らは僕とツリウムが闘っているさなかに爆発事故が起き、二人とも死んだという結論を下した。

＊

「もうすぐガドリニウムが提案したデスマッチが始まるぞ！」

群衆は歓声を上げた。ルテチウムを示す赤い点がさっきエンケラドゥスから出発した。進路から見てタイタンに来るのは明らかだ。

ガドリニウムは自分が今日の夕方タイタン空港を使ってタイタンに到着する予定だと予告した。そう言って、セリウム、テルビウム、ルテチウムにタイタンで決着をつけようと提案した。セリウムは公開の場でその提案を受け入れた。彼はタイタン空港で自分がガドリニウムを迎えるつもりだと、ガドリニウムがタイタンの大地を踏んだ瞬間、即時に攻撃してやると宣言した。

ルテチウムとテルビウムは提案に応えなかった。テルビウムを示す赤い点は相変わらずタイタンの別の大陸にいることを表していた。空港には〈臆病者テルビウム〉というホログラムもいくつかかかっていた。

僕は数時間前にタイタン空港に到着した。僕を見て気付く人はいなかった。ひどい火傷の顔に驚いて避ける通行人が何人かいただけだった。

アスタチンになることなど、もうどうでもよかった。僕の目標はガドリニウムだった。木星の輪からイオへ惑星間誘導ミサイルを発射したのはガドリニウムだと僕は確信していた。僕はガドリニウムにその事実を確認して、それから殺すつもりだった。

＊

注意力を失うと周りの物が緑と紫の火焔《かえん》に包まれているように見えた。そのたびに僕は頭を振ってその蛍光色の焔を視界から消した。

ガドリニウムを殺したからといって、エオスは戻って来ない。それに生き返ったとしても、彼女が僕を愛することはないだろう。

ガドリニウムはエオスを故意に殺したのではなかった。ガドリニウムはツリウムか僕を殺そうとして木星の輪にあるミサイル発射プログラムをハッキングしたのだった。イオから出発する宇宙船はすべて攻撃するように。エオスという女性については存在さえ知らなかっただろう。有能な弁護士をつければ、裁判で軽い刑に終わる可能性もあることだった。

しかし、僕が彼に下した判決は死刑だった。僕は彼を殺すしかなかった。エオスについて考えれば考えるほど身もだえしてしまう無力感から抜け出したかった。同じ無力感といっても爆発しながら飛んでいく宇宙船を見て感じる徹底した無力感よりも、僕から離れていく彼女の目を見ながら感じていた物寂しい感情を求めていた。ガドリニウムを殺せば自分自身をある程度許して、過去に向いていた目を未来に向けられるだろうと信じた。

これはアスタチンらしくない態度だ。アスタチンはいつだって合理的で自己中心的で自信満々だった。今の僕を引っ張っている暗く不条理なコンプレックスは、おそらく〈サマリウムらしさ〉だと呼べるだろう。僕は今や自分の兄弟たちとは完全に別人になった。アスタチンになろうとしてもなれない存在だった。

僕はその事実を意に介さなかった。

周りの物が紫と黄色の焔《ほのお》に包まれて、僕は頭を振った。

群衆はまた歓声を上げた。空港に設置してある超大型テレビにガドリニウムの姿が現れた。彼は土星圏に来る宇宙船に乗るためにガニメデ空港に向かっているところだった。警察ボットが空港の前で彼を検挙しようとしたが、ガドリニウムは先手を打った。警察ボットたちは電磁気砲を食らって作動停止状態に陥った。

僕は注意深くガドリニウムの表情を観察した。彼がすでに超知能を得たのではないかと疑っていたからだ。

僕は……僕はある程度、超知能を得た。火山の爆発が収まったのち意識を取り戻した僕は、血を流しながら地下宮殿に戻った。そこで庭園コンピューターと統合した。もとはエオスと結合していたあの紋様のことだ。その過程がどのように進行したのか、僕もよく覚えていない。頭の四分の一くらいを吹き飛ばされた僕が庭園までたどり着いて倒れこむと、庭園コンピューターが僕を治療した。そして僕の意識の中に入りこんだ。おそらく僕のことを昔の主人であるアスタチンと考えたのだろう。あるいはエオスと分離してからはほかの人間の体が必要だったのかもしれない。

意識が戻った時には世界中が黄色、緑、紫のオーロラに覆われているように見えた。それが超知能の見る世界だった。全てのものは固有の色と模様の蛍光色のオーロラを噴き出し、その形を見ればすぐに僕は直感で相手が持っている数十、数百種類の特性を把握することができた。

僕は考えるだけでいくつかのオーロラを操ることもできた。そのオーロラを利用して現実世界の一部を変えることもできた。頑張って照準を合わせなくても銃弾や短剣を目標に正確に的中させ、息を吐いて手を何回か振るだけで風を起こし、安全装置なしに摩天楼から飛び降りても体の各部分に加わる荷重を正確に計算して統制し、怪我なく着地することができるようになった。

そうして僕は、他の兄弟たちに比べはるかに有利な位置に立つことになった。僕はその後体に残った火傷を治療して、庭園コンピューターのハードウェアをピコ単位に圧縮し、脳に移植できるチップの形に改造した。チップは小さな石柱の形だった。

庭園コンピューターはエオスが宮殿を抜け出すことを許さなかったが、僕を邪魔することはなかった。僕は小さな石柱二十本を頭に差し込んでイオを後にした。その傷痕は今顎と頬の火傷はわざとそのままにした。
や〈サマリウムらしさ〉の一部だった。

イオを後にする前に地下宮殿をすべて破壊した。僕が乗った宇宙船が飛び立ったとたんに木星の輪から惑星間誘導ミサイルが飛んできた。以前と同じだ。予想していたことで、ミサイルを捕らえて発射台を追跡した。発射台は隕石の形に偽装してあったが、僕の宇宙船が近づいていくと途方もない数のミサイルを同時に撃ちまくってきた。発射台を壊さずに機能だけを停止させたかったので、こちらからは攻撃せずにそれらのミサイルからあちこち逃げ回らなければならずなかなか大変だった。

とうとう発射台のミサイルが尽きたとき、僕は宇宙船のハッチを開けて出て行った。電子鑿《のみ》とガス切断器で誘導ミサイルの発射台を直接解体して、その場で惑星間誘導ミサイル制御プログラムコードが収められたディスクを取り出した。宇宙船でそのディスクを分析した。

そのコードを操作した腕前はまさに芸術的と言わねばならないほどだった。半ば超知能を得た僕でさえ、ある部分ではついていくのも手に余った。このコードをいじった者は明らかに超知能体だろうと確信した。そしてそれはガドリニウムだというのが僕の推測だった。

僕はガドリニウムがプロメテウム、イッテルビウムと戦ったときの映像を繰り返し見た。ガドリニウムが超知能を得たと仮定しないと納得のいかない部分が多かった。彼はアメフト場で変身ボットさえ逃げ切れなかった破片をすべて避けた。木星ではアンモニアの雲に入ったり出たりするイッテルビウムの軌道を、まるであらかじめわかっていたかのように戦っていた。

しかし、どうやって？　どうやってガドリニウムは超知能を得ることができたのだろう？

アスタチンがイオの地下宮殿のような秘密研究所を、また別の場所にも隠しておいたのだろうか？　それをガドリニウムが発見したのだろうか？

　確認しなくてはいけなかった。

＊

　群衆の中にセリウムを発見した。ぱっと見にはゴス服を着た二十代後半の長身の女性に見えた。整形手術もして、ホログラム変装も使っているようだった。僕は後ろから素早く彼に麻酔針を刺して気絶させた。そして支えるふりをして地下の機械室に引きずって行った。

　機械室のドアに鍵をかけ、解毒剤を振りかけて相手を起こした。正気に戻ったセリウムはホログラム変装が消されたことを知って、気まずそうに頭をかいた。そのまま髪の間から単分子糸鋸《いとのこ》を取り出して飛びかかってきた。僕は彼の手を打って、その細い糸鋸の刃を床に落とした。

　セリウムは次に体をひねって蹴りつけようとした。僕がその攻撃を軽々と避けると、彼の足がゴムのように伸びてU字に曲がり、二度目の攻撃をしてきた。体のあちこちを無様に改造しているようだった。プラズマ鞭を出して弱い出力で胴体を何度か叩くとようやくおとなしくなった。

「おまえ、何者だ？」

　セリウムが訊いてきた。電気ショックで顔面痙攣を起こし、不自然な発音だった。

「サマリウムだ」

「サマリウム！　死んだと思っていたが……。おまえ、アスタチン記憶貯蔵所との連結が途絶えたって聞いたぞ。あの連結がなければ……」

「記憶が貯蔵されていないからといってアスタチンになる資格が消えたわけではないだろ。でも、どっちにしろそんなことには興味ないから安心しろ」と言い返した。

「顔は、わざとそうしたのか？　そのほうがむしろ目立つと思うが……」

「いや、僕はこの顔が気に入っている。ルテチウムが到着するまで十五分くらいしかないな。こんな無駄口をたたいている暇はない」訊かれたことだけ答えろ。おまえたちはどんな魂胆で動いているんだ？」

「どうせ殺されるのに、どうして俺が教えてやらなきゃならないんだ？」

僕はプラズマ鞭の強度を少し上げて彼を一発打ちつけた。

「もがき苦しんで死なせてやってもいいんだぞ。でも、このまま解放することだってできる。僕がアスタチンになることに今も執着していたら、この場に中継カメラを呼んでいたよ。でも、そんなことはしない」

セリウムは相変わらず黙り込んで答えない。いらだちがこみあげてきて、鞭の強度をさらに上げて彼を三、四回打ちつけた。

「まだわからないのか？　ガドリニウムはおまえと同じ存在じゃない。あいつは超知能を手に入れた。それもすごく強力な超知能を。おまえがこれ以上飛びかかっても意味はないよ」

「だったらおまえは？　俺たちと何が違う？」セリウムは訊いてきた。

「僕も超知能を手に入れた。完璧なものではないけど」

「でまかせが上手だな！」

僕は返事の代わりに、手の甲に神経を集中させた。骨の細胞に突然変異を作り、癌を発病させ、そうしてできた腫瘍を少しずつ育てた。手の甲からまるで芽が出るように骨と肉が盛り上がったかと思うと三対の脚が出てきた。僕の皮膚で作った虫の頭には退化した眼と触角のようなものもついていた。爪ほどの大きさだ。

「超知能体になれば肉体の細胞一つひとつを統制する

ることができるようになるよ。それでこんなこともできる。これは今、僕が考えただけで自分の体から作り出した新生命体だ。こいつはすごく特殊なタンパク質を分泌してね。これをおまえの目か鼻にでも突っ込めばすぐに脳に向かって肉をほじり食って進む。そして脳細胞に到達したらそれをゆっくりと溶かしながらそこに保存されていた情報を僕に転送することになる。時間がかかるから僕としてもあんまり気乗りしないやり方ではあるけどね。どう、そうしようか？」

僕は脚を気味悪くうごめかす手の甲の虫をセリウムの目の前に差し出した。ヤツの顔はここでようやく青ざめた。

「わかった、話すよ！　それをあっちにやってくれ！」

セリウムは子どもみたいに甲高い声で哀願した。たやすく屈服する彼を見ると妙な気分になった。そんな姿は、僕の中に潜んでいた可能性の一つだった。いくつかの些細な初期条件と偶然のせいで、セリウムは外目に映る自分のキャラクターを〈ナイスガイ〉に決めていた。そのキャラクターのために、またいくつかの重要な戦闘が自分とは遠く離れた場所で起こったせいで、彼は正面対決よりも偽装術や長期戦を好むようになり、これがまた彼の性格に影響を及ぼした。

おそらくセリウムは、これまで僕が学べなかったいくつかの長所を身につけているだろう。長い間、耐えて待つ方法を学んだのかもしれなかった。それを〈セリウムらしさ〉と表現してもよさそうだ。しかし彼は僕が経験した苦痛を味わえていない。むしろ死んだほうがましだと思う苦痛が、ほかのすべての苦痛と恐怖を消し去り、むしろ人を死なせなくするという経験もしていない。だからある程度以上のストレスには耐えられなかった。

僕は手を引っ込めた。カマキリを捕まえてちぎるように手の甲の虫をむしり取り、床に逃げるそいつを踏みつぶした。セリウムはその光景を恐れと嫌悪感の入り混じった目で見て、口を開いた。

「独立連盟を解体したわけじゃない。ただメディアの前では解体したように見せているだけだ。ガドリニウムに何かがあったことは俺たちも気付いている。だから一旦〈反ガドリニウム戦線〉を構成して、あいつをまず倒してから俺たちで勝負することで合意している。土星に来るときに俺たちはみな一緒に超小型プルトニウム爆弾が搭載された錠剤を飲んでいる。その爆弾は生体信号と連結していて、体の主人が死ぬことになれば少しして爆発するんだ。ガドリニウムはテレビをかなり意識している上に、いつも剣闘で片を付けるから、悪くない方法だと思っているよ」

緑と黄色の火焔がセリウムの周りをゆっくりと包み込んだ。その模様のおかげで僕はセリウムが本当のことを話しているとわかった。

「それがすべてか？」

「それと俺たちの中でくじ引きをしたよ。タイタン空港で俺とルテチウムが二人一組でガドリニウムと戦うことにした。ルテチウムが表に出て戦っているときに俺が後ろに隠れて隙を突くことになっている。プルトニウム爆弾は生体信号が止まって一分ほど後に作動するから、一人が死んでも逃げる余裕はある。それに、もしも俺たちが二人とも失敗したら、テルビウムが空港全体を極小の反物質爆弾で吹っ飛ばす予定だ。そのときは、半径五〇キロメートルは廃墟になるだろうな。反物質爆弾は俺とルテチウムが二人とも死ぬまで起爆装置が作動しないようになっている」

僕はセリウムにふたたび麻酔針を打って機械室を出た。

空港全体を攻撃するというアイデアは、それほど目新しいものではなかった。視聴者掲示板にも〈自分がセリウム／テルビウム／ルテチウムだったらガドリニウムが来る時間に合わせて空港を丸ごと吹き飛ばしてやる〉というようなコメントがたくさん上がっていた。

当然ガドリニウムもそれに備えた策を講じているはずだ。何らかの形で防空計画を立てているだろう。しかも、今やセリウムも気を失って機械室に閉じ込められているから、僕はテルビウムの反物質爆弾については心配しなかった。

ルテチウムの体の中に入っているというプルトニウム爆弾は少し気にかかった。別の受け止め方をすれば、僕が生きているという事実と合わせて、どんでん返しのカギとして活用できそうでもあった。

ロビーに出てくると、空港に用意されたステージの上にルテチウムが立っていた。歓声を上げる人も冷やかしを浴びせるガドリニウムファンもいた。ルテチウムのファンたちとガドリニウムのファンたちが一緒になって壁を作り、警察ボットが空港に入って来られないように妨げていた。

ルテチウムは落ち着いた表情だった。彼はステージの下には何もいないかのように黙って炭素繊維で編んだカバンから携帯式ロケットランチャーを出して組み立てた。大型のカバンの中には各種重火器がぎっしりと詰まっていた。

赤い空に銀色の点がだんだん大きくなってきた。ガドリニウム専用機はそのまま空港の滑走路に着陸はしないで、アクロバットをして見せた。ファンサービスだった。ルテチウムは関心のない表情でステージに立ったまま宇宙船に向かってロケットランチャーを発射した。

＊

ルテチウムの撃ったロケット弾は空港のガラス窓を突き抜けて飛んでいき、ガドリニウムの銀色の宇宙船に命中した。観衆は一瞬驚愕したが、テレビの画面ではロケット弾が発射される前に宇宙船から飛び降りるガドリニウムの姿が見えた。ガドリニウムは空港の隣の湖に落ちる直前に服に装備された滑空用の翼を広げた。彼はちょうど爆発の火で巻きおこった強風を利用して、鳥のように水面を滑って空港までやってきた。ルテチウムがロケット弾をさらに何発か発射したが、今回は彼に運がついてこなかった。

ガドリニウムがターミナルの屋根に着陸するや、ルテチウムは武器をスーパーバズーカに持ち替えてガドリニウムが立っていると思われる辺りに爆弾を浴びせた。ガドリニウムはまったく見当違いの方向からロビーに降りてきてステージに駆け上がると、ルテチウムに向かって銃を撃った。低出力のコイルガンだった。火力は比べ物にならなかった。しかもガドリニウムはあえてルテチウムに照準を定めず、明らかに銃弾を外していた。

ルテチウムは重機関銃でガドリニウムの近くを射撃した。銃弾が降り注ぐのを見たタイタンの市民たちは悲鳴を上げながら四方に散らばった。数人の市民は銃弾に当たって頭がはじけ、手足が吹き飛ばされたが、ルテチウムはびくともしなかった。

ガドリニウムは、はじめは柱の陰に隠れているように見えた。しかし柱が重機関銃の洗礼に耐えきれず崩れたとき、彼の姿は見えなかった。

ガドリニウムは短剣を手に構造物の天井からステージに飛び降りた。ルテチウムはガドリニウムの攻撃を避けながら、ステージから降りてきて榴弾発射器と火炎放射器を手に取った。ルテチウムは悲鳴を上げる群衆の間を生まじめに走り抜けながら、榴弾発射器でガドリニウムを攻撃した。ガドリニウムは榴弾を避けながらルテチウムとの距離を詰めていった。

敵が数メートル前まで近づくとルテチウムは火炎放射器を起動した。ガドリニウムが投げた短剣が肩に刺さったが、ルテチウムは耐えた。ガドリニウムは新たな剣を取り出した。

そのとき、僕が飛び込んだ。最大出力に高めたプラズマ鞭でガドリニウムの背中を打ちつけた。ガドリニウムは床に顔をぶつけて倒れたが、死ぬことも意識を失うこともなかった。僕としても望むところだった。彼は意識をはっきり持ったまま苦痛を味わうべきだった。ガドリニウムは素早く体をひねって、僕が次に振り下ろした鞭をかわした。

「サマリウムか?」

僕は答えずにプラズマ鞭を振り回した。ルテチウムが肩に刺さった短剣を抜いてちらりと僕を見ると、ガドリニウムに向けてふたたび火炎を放った。ガドリニウムの髪が少し焼けた。それだけだった。ガドリニウムは舌を巻く腕前でルテチウムに足蹴りを食らわせ、僕に向かって走ってきた。ルテチウムは火炎放射器を手放して四、五メートルほど吹っ飛ばされた。僕は鞭を光線剣のサイズに下げてガドリニウムを斬りつけたと思ったが、ただ相手のマントを裂いただけだった。ガドリニウムの剣が僕の首筋ギリギリのところをかすめていった。

ガドリニウムは腰を一回転させて絶妙にプラズマ鞭を避けながら、僕のすぐ前まで突っ込んできていた。僕は彼の剣をプラズマ鞭の持ち手でかろうじて受け止めた。ダイヤモンド短剣が鞭の持ち手に深く突き刺さり、プラズマが消えた。ガドリニウムは短剣をあきらめ、肘で僕のみぞおちを突こうとしてきた。間一髪で急所を避けた僕は、彼の足を引っかけて転ばせた。

僕は立ち上がるガドリニウムにボクシングのステップで近づきジャブを飛ばした。ガドリニウムは体を回転させて、僕を蹴ろうとしてきた。その形はカポエイラに似ていた。僕はたいしたことないだろうと思って片腕をあげてそのキックを防いだが、慌ててしまった。頭への直撃を何とか防いだだけで、腕がしびれてしばらく戻らないほど強烈な回転蹴りだった。

僕では到底及ばないほどガドリニウムが優れているということに、すぐに気が付いた。筋力でも運動神経でも状況把握力においても。彼は絶望的に強かった。ルテチウムやセリウム、アルビウムのような者たちとは比較にならなかった。

僕は彼に勝てない。

ガドリニウムもそのことに気が付いた。予想していなかった僕の攻撃にしばし慌てただけで、彼はすでに余裕を取り戻していた。

「サマリウム、変わったなあ。強くなったよ」ガドリニウムが言った。僕はその言葉に言い返す余裕がなかった。

ガドリニウムの後ろでルテチウムが意識を取り戻して起き上がった。ルテチウムは腰から拳銃をとって手に持った。僕は彼が望みのない闘いを続けるものと思いこんだ。そうではなかった。ルテチウムは銃口を自分の口に入れた。

ルテチウムが何をしでかそうとしているのかに気付いた瞬間、僕は後ろを向いて必死に走り出した。ガドリニウムもどんな状況なのかわかったようだ。彼も逃げ始めた。何十秒かのちには彼は僕を追い越していた。

ルテチウムは自分の頭に銃弾を撃ち込んだ。ガドリニウムと僕は身を隠す物に向かって狂ったように走った。

少ししてプルトニウム爆弾が爆発した。

床に伏せ、目を閉じていても目の前がピカッと光った。僕が背にしていた柱の横を衝撃波と熱爆風が過ぎていくのを感じ、少しのちに拳大の石の塊が飛んできた。

あらゆる色のオーロラが光った。光の筋が僕の周りをぐるぐると回ると道を案内するかのように前に伸びていった。僕はその光に従って走った。目の前にある物と人々は熱線と放射線に当たって蒸発するか溶け落ちていた。目の前で天井と柱が崩れ落ち、巨大な破片が跳ね返って頬をかすめたが、僕は無事だった。

僕はたった一度だけ後ろを振り返った。耳は聞こえなかったが目は見えた。臭いを嗅ぐこともできた。地獄のような光景だった。血の臭いと肉が焼ける臭いが充満するなかで、灰色の埃が目の前をすっかり遮っていた。オーロラが警告するかのように赤みを帯びて足を包んだ。僕は足を引きずりながらまた走った。体中の力を振り絞って焼けた皮膚細胞と怪我した足を少しずつ再生させた。

ガドリニウムが爆発を避けられたのか気になった。爆発の最初の瞬間、僕は奇跡的な幸運を享受した。おそらく、僕がガドリニウムより優れている点といったら、幸運しかないだろう。もしもガドリニウムが爆発後〇・五秒生き延びていたら、僕には次のチャンスがなかった。僕は彼に勝つことはできなかった。

僕にはそれがわかっていた。

＊

ガドリニウムは爆発で生き残った。毛先のひとつも傷ついていないように見えた。

僕はタイタンの小さなホテルで、テレビでその姿を見た。記者たちは彼に〈テルビウムを殺したのはあなたではないのか？〉と尋ねた。質問ではなくお世辞に聞こえた。ガドリニウムは「ノーコメント」と笑った。

テルビウムは二時間前にタイタンの通りで銃に撃たれて死んだ。銃弾は少なくとも三〇キロ離れた地点から飛んできたものだと判定された。それほどの距離ともなると、超精密超長距離狙撃ライフルで、目標物の移動速度や空気の温度、湿度、風向き、風速などの要素はもちろん、タイタンの自転速度や土星の重力まで考慮して撃たねばならない。超知能体のガドリニウム以外にそんな射撃ができる人は誰もいなかった。

もしかしたら、その射撃が狙っていた対象は死んだテルビウムではなく僕かもしれない。僕がいくらオーロラの力を借りたとしても、三〇キロ離れたところで動いている人物を一発で仕留める計算はできなかった。

ガドリニウムは自分の超知能を僕に見せつけているのだ。

テルビウムは死ぬ前日に公開の場でガドリニウムに降伏した。テルビウムはテレビに出て、自分はアスタチンの遺産を受け継ぐ資格がないことを認めると話した。そしてアスタチンの座に登るものとしてガドリニウムを支持すると明かした。

そんな降伏宣言をした後で、テルビウムの人気は地面から地下まで墜落した。ガドリニウムが降伏を受け入れようと受け入れまいと、その時点でテルビウムがアスタチンになる可能性はなくなった。アスタチンになる可能性がなくなったことで、ガドリニウムが自分に神経を使う理由もなくなり、だから安全になったものとテルビウムは考えていたようだ。しかし、彼が降伏の対価として受け取ったのは遠くから飛んできた旧式の銃弾だった。

タイタン空港でガドリニウムもセリウムも生き残った。セリウムは僕よりもさらに運がよかった。地下の機械室に閉じ込められていたので放射線を少し浴びた以外は無傷だった。セリウムはガドリニウムを避けて、必死にタイタンの大陸をうろついているところだった。

僕はなるようになれという気持ちだった。いかなる計画も、闘志もなかった。ガドリニウムは僕のいる場所を一寸の狂いもなく把握しているに違いなかった。

今や残るはセリウムと僕、二人だけだった。おそらくセリウムは僕より先に死に、僕が最後の悪役を務めることになるんじゃないか。だから僕は当分の間安全だろう。少なくともホテルの部屋でテレビを見ていて死ぬことはないだろう。多くの人が見守るステージに引っ張り上げられて、テレビカメラの前で、一旦はガドリニウムを窮地に追い込んだように見せてから劇的な反撃で虚を突かれて死ぬことになるだろう。

そうやってホテルの部屋でぼんやりと寝転んでいると、ある瞬間から僕はガドリニウムや彼の戦略、自分の死について考えなくなった。テレビで政治評論家たちが騒いでいる話もほとんど聞こえなかった。

僕はエオスのことを考えた。

僕がどんな形であれ彼女の死を克服したら、その次にはどうなるのか気になった。火傷でしわくちゃになった顔の皮膚のように、彼女も僕にとってそんなふうに残るんだろうか。消えることはないけれど、もう痛くもない傷痕として？　それはいいことだろうか？

僕は若干恐ろしくなった。こんなふうに落ち着いてエオスを思い浮かべられること自体が喪失の始まりではないかという考えが浮かんだ。苦痛なしに彼女を思い出すことが一種の裏切りのように感じられもした。

つらい記憶をどのように扱えばいいかと考えているうちに、僕は過去の記憶たちがこの問題にあまり助けになってくれないことを悟った。後悔も未練もなかった。それらはすっきりと整理・分類された情報として完結していた。その記憶が古くなりすぎて僕が何の悔恨も味わえなくなったのか、それともその記憶たちがデジタル信号で挿入されているせいなのか、わからなかった。

僕は自分の人生を生きたことがないのだと気付いた。そのとき、部屋のすべての壁が緑と紫の炎で燃え上がった。

テレビ画面が急に切り替わった。ガドリニウムがカメラに向かって何か騒いでいるところだ。僕は彼の言葉にほとんど関心を傾けなかった。

テレビの中のガドリニウムがパチンと指を鳴らした。

「おい、サマリウム。人をそんなに無視するなよ、こっちが恥ずかしくなるだろ。ホテルの部屋を探し当てるのにちょっと時間がかかったよ」

ガドリニウムが言った。

＊

「ほかの人たちはこの会話を盗み聞きできないから、

気楽に話せ。そっちにはマイクが見あたらないって？　大丈夫だ。全部聞こえる。原理は訊かないでくれ」ガドリニウムはにっこり笑った。

「おまえは誰だ？　本当にガドリニウムなのか？」

「もちろん、俺はガドリニウムだ。おまえがサマリウムであるように。超知能体になったといっても、おまえがサマリウムなのは変わらない、そうだろう？」

「おまえは、もうアスタチンマシンと統合したんだろ？」

　僕をはるか遠く引き離した敵がまた笑った。黄色のオーロラがふた筋、画面から立ち上った。彼が何かを隠したがっているという意味だった。

「楽しいな。ほかの超知能体と話すのは、なあ。先代アスタチンたちは常に孤独をかこっていただろうな」

彼は本当に楽しんでいるようだった。しかし、オーロラは相変わらずふた筋の黄色の線だった。

「おまえはアスタチンじゃないみたいに話すんだな」

「当然、違うじゃないか？　おまえも自分がアスタチンじゃなくて、アスタチンになれないってわかっているだろう。自然人のアスタチンは死んだ。俺たちはどうやったってアスタチンにはなれない。しかも俺の場合は比率が違う」ガドリニウムが言った。

「比率？」

「統合意識でアスタチンマシンが占めることにした比率。俺たちはニューロン単位で生化学的結合を推進しているよな。絶対に分離できないように。統合が終わればアスタチンマシンと現在の俺がその意識で占める比率は半々ではなくて八〇対二〇程度になるんだよ」

　黄色のオーロラが一つに合わさって、紫に変わった。

「アスタチンマシンから統合を提案してきたのか？　そんな条件で？」

「ああ。アスタチンマシンが俺のところに来たよ。俺としては断る理由がなかった。ゲームを終える前に賞をもらったってことだから」

「精神の半分以上を機械に差し出してでも、確実に権力の座につくほうがましだと？」

ガドリニウムは心の底からがっかりした表情を見せた。

「おまえまでそんなことを言うとは思わなかったな。俺はそれが恥ずかしくはない。むしろ誇らしいよ。目が悪くなって眼鏡のレンズの度数を上げれば、それは目が眼鏡に視力を譲ったことになるのか？　違う、眼鏡と目という統合体がより適切な倍率で組み合わさったって思ってみろ。アスタチンマシンははじめにアスタチンという自然人と統合するときよりもはるかに速く正確になった。象徴体系の把握だとか、空間感覚のようなものは以前とは比べ物にならない。俺はそんな部分の思考をアスタチンマシンに任せているだけだ。おまえは二十七次元という空間を直感的に理解できるか？　俺はできる」

二十七次元空間を頭の中に思い浮かべようとしたが、うまくいかなかった。そもそも庭園コンピューター自体の問題なのか、それとも統合意識で庭園コンピューターが占める比重が小さいからかはわからない。

二十七次元を理解する者が話を続けた。

「その一方で自然人アスタチンの個性と言えるものは、俺が見るに大部分が無意味な特性だよ。明らかな欠陥も多い。貧乏ゆすりや自己顕示欲なんてものが一体何の役に立つやら。勇気だとか想像力などの問題も同じだ。アスタチンゲームに参加した俺たち兄弟が、全員無謀にふるまったのを見ていないのか？　もしかして初代アスタチンはただ運がよかっただけなのかもしれない。運がよくて無謀な試みが成功して、周りはその蛮勇を勇気だと考えたのかもな。アスタチンの立場にいない状態で、アスタチンの勇気が何だったか理解する方法もない。それはただの意味のない抽象名詞にすぎない。想像力？　想像力って、ある事柄の象徴体系を多様な角度から検討したのち、それぞれの予想関数を求める能力だよ。俺はその作業をアスタチンマシンに、何というかアウトソーシングしている。そんな能力は人工知能のほうが人間よりうまく遂行するものだね。

そんなふうにして、俺たちが考えるアスタチンらしさという性質を一つ一つ分解していけば何が残るか？ 些細な特性まで取り除いてみれば最後に残る本質は何か？ 権力欲、そしてもっとずば抜けているのは人間になろうという意志じゃないか？ そんな意味で、俺はまさにアスタチンだと言えるだろう。俺は純粋にそのアスタチンらしさそのものを持った人間だよ。アスタチンは数百年前に生まれて死んだ自然人を指すのではなくて、肉体を取り替えながら自らを改良して世界を征服しようとする意志の象徴だ」

「じゃあ、どうしてこんな話を僕にするんだ？ 直接ここに来て僕を殺せば済むじゃないか。それとも些細な自己顕示欲からまだ抜け出せないのか？」

「まあ、それもあるな。こんなもの自慢したくても、わかってくれる相手がいないとな。それにもう一つの理由は……」

テレビ画面が二分割された。画面の左にはガドリニウム、右には棒グラフが現れた。ガドリニウムを支持するかを問う世論調査の結果だった。

「いくら超知能体だといっても、大衆の心変わりは予想しがたいな。テルビウムをあんなふうに殺してから支持率ががくんと下がった。降伏を宣言した人間をあえて排除するのは残忍すぎると思われたようだ。予想はしていたが、数値がこんなに落ち込むとは思わなかった」

テレビに現れた棒グラフでは、ガドリニウムの人気が落ちたその分を反映して利益を受けたのは僕だった。ガドリニウムの支持率は七七パーセント、僕の支持率は一九パーセントだった。

「総統の座に登ったら、時間をかけて複雑系をきちんと研究してみるつもりだ。すべての人の心を読み取って行動を予想するって、想像してみたことあるか？」

ガドリニウムが言った。

「めちゃくちゃつまらない人生になると思うね」僕は応酬した。

「サマリウム、俺はおまえを殺す気はない。セリウムも同じだ。セリウムなんて危険なところはひとつもないだろう？　平均よりも少しだけ利口で少しだけ丈夫な一般人だよ。おまえの超知能は……ふむ、その超知能はイオで身につけたのか？　地下宮殿で？」

「そうだ」僕はうなずいた。

「そうか、わかった。その程度ならたいして危険でもないだろう。俺たちは友人になれそうだ。お望みならおまえをアスタチン理事会のメンバーに任命することもできる。みんなこれ以上の殺戮は嫌がるからな。俺はアスタチンになった後のことも考えなきゃならない立場だろう？　アスタチンになったら、俺にとって完全に新しい局面が始まるんだ。競争ではなく、統治をしなくちゃいけなくなる。この辺で大物の風貌も見せておかないとな。

地球にいる人たちのことも考えないと。このゲーム全体がある程度、地球の視聴者を狙ったショーだって知っているだろう？　復活に対する拒否感をなくして、木星・土星圏の魅力的な場所を見せてやって、移民希望者を増やすためだよ。地球の人の多くがいまだに復活を認めていない。彼らは俺たちを区別して呼んでいる。初代アスタチン、二代目アスタチン、っていうふうに。俺は三代目アスタチンになる。三代目アスタチンは先代よりも寛大な人物らしいと評価が広まれば、これから地球圏国家との事業に有利になるはずだ。あ、そうだ、イオの地下宮殿に行ったなら〈あの女〉にも会ったんだろうな」

＊

ガドリニウムが急に話題を変えた。僕の周りから紫の炎がめらめらと燃え上がった。

「アスタチンマシンがあの女のことを話してくれたのか？」僕は訊き返した。

「いや、あの女のことで直接知っていることはない。だが先代アスタチンがイオに行く前に温めていた構想は覚えている。後からあれこれ類推したこともある。しかし、あの女はどうなった？」

「死んだよ。彼女はツリウムと恋に落ちた。そのザマを見ているとムカつくから僕が殺してやったよ。ツリウムと一緒に」僕が言った。僕はできるだけオーロラを消そうと努力した。

「ははあ！　そいつはちょうどいい。プレゼントを気に入ってくれなかったらどうしようかと心配していたが……」

外から誰かホテルの部屋のドアをノックした。

「開けてみろ。俺からのプレゼントだ」ガドリニウムが言った。

僕はベッドから起き上がりドアを開けた。

そこにはエオスが立っていた。白い皮膚、灰青の髪、ターコイズの瞳、ふっくらとした唇。僕たちが初めて会ったときとまったく同じ姿だった。彼女はひらひらとした白いローブを着ていた。

女性は僕を見るなり腕の中に収まった。そして僕の目と頰、唇にキスを浴びせた。

僕は驚いた眼でテレビを眺めた。画面の中では僕の部屋にいるのとまったく同じに見えるエオスがもう一人現れてガドリニウムの後ろに座った。

＊

「理想形を作るときに自分の遺伝子を使ったのが致命的だったな、先代アスタチンは。俺たちの遺伝子は実際たいしたことないんだよ。あれやこれや欠陥も多い。独立心があまりに強すぎるし、執着も強すぎる。配偶者にふさわしい性格じゃないだろう。発現していない遺伝病もいくつかある。その遺伝病が発病する可能性なんかわずかなものではあるがね。アスタチン理事会の金庫にその治療薬がたっぷり積み上げてある」ガドリニウムが説明した。

僕はエオスに似た女性を乱暴に振り払った。彼女は静かに隅にある椅子に座った。薄い緑色のオーロラが彼女の周囲に湧いて弱々しく揺れた。

「どうした、気に入らないのか？　異性の好みは俺たちみんなが共有していると思っていたのに。まったく気が乗らないなら、そのクローンのローブのポケットに遺伝子設計図とナノマシン入りのカプセルがあるから、それでカスタマイズするなりしてくれ」

「いや、ただ試してみただけだ。どれだけ言うことをきくのかって。しかし、あの女はあまりにおとなしすぎるみたいだな」かろうじて正気を取り戻した僕が答えた。

「あ！　それは遺伝子操作をしたからだ。それでも気に入らないようならカスタマイズである程度調整できるはずだ。他の点はどうだ？　あの女と見た目は同じか？　あの女の名前は何だった？」

「知らないよ。聞いていないから」僕は首を振った。

エオスに似た女性は、おびえた表情で椅子に座って僕を見た。彼女がエオスに似ているのでさらに居心地が悪くなった。彼女の存在自体がエオスを冒瀆《ぼうとく》しているようだった。ガドリニウムは僕の表情を理解できなかった。

その瞬間、黒いオーロラが落雷のように彼と僕の間に突き刺さり、僕はイオの庭園コンピューターが少なくとも一点ではアスタチンマシンよりも優れている事実に気付いた。僕はガドリニウムを騙すことができる。

「まあ、あの女と遺伝子も違って性格もたぶん違うだろう。だが、外見はまったく同じじゃないか。象みたいに見えるものが、象みたいに動いて象みたいな声で鳴き、象みたいな臭いと味がするなら、それは象ってことだ」

僕は目を閉じて黒髪に黒い瞳、浅黒い肌を必死で思い浮かべた。

〈あなたの兄弟が私を追いかけることももうないでしょうね。私はもうあなたたちの理想形ではないから〉

〈見送りはここまででいいです〉

〈ありがとう〉

僕は目を開けた。

「アスタチンになるのを諦めておまえを認める対価がこれか？　これと、さっきなんて言った？　アスタチン理事会の理事？」僕が訊いた。

「常任理事の席をやるよ」

その提案には特に気乗りしなかった。むしろその次にガドリニウムが言った言葉のほうが説得力があった。

「おまえはこのゲームに勝しない、サマリウム。おまえにはアスタチンは幻だ。俺にだけリアルだ。おまえがもしもアスタチンのように生きたかったら、俺の手で死ぬか、それとも自らを卑屈で無能な存在だと思って自己卑下しながら生き延びるほかない。だがどこにそんな必要がある？　ただ、おまえはおまえらしく生きればいいじゃないか？　アスタチンではない、サマリウムの人生ってことだ。アスタチン理事会の理事も悪くないポストだ。あれこれお楽しみもあるし、いろいろな経験を積むこともできる立場だよ。それだってリアルだ。偽物じゃない。その女もリアルだよ。おまえがあの女の幻を追い続けるなら、その女は偽物だろうが、幻を捨てるなら……」

「一週間だけ時間をくれ」僕が言った。隅に座っている女性は何がどうなっているのかわからず、相変わらず不安そうな表情だった。淡い黄色のオーロラが彼女の手と顎の先に滴を成していた。

「三日やろう。不完全だといっても超知能体を一人で長いこと放っておくのはどうにも不安だからな」

僕は唇をかみしめてうなずいた。ガドリニウムがまた笑った。

4. ガニメデ

おまえはできものだ、疫病で生じたあばただ
汚染された血で膨れ上がった炎症だ
——リア王

ガニメデは木星最大の衛星だ。ガニメデは木星・土星圏の事実上の行政首都でもあった。アスタチン理事会本部がガニメデにあった。

アスタチンマシンとアスタチン理事会はガドリニウムをアスタチンの現身《うつしみ》と認定した。ガドリニウムはガニメデのアスタチン広場で就任式を挙げる予定だった。彼は専用機に乗ってガニメデに来た。法的にはまだ市民ではなく復活対象者で、またいくつかの犯罪の容疑者だったが、警察ボットは彼を阻止しなかった。

僕はアスタチン理事会に提供された宇宙船に乗って

ガニメデに来た。セリウムと並んで一等席に座った。警察ボットは僕たちのことも制止しなかった。僕の隣席にはエオスに似た女性が座った。セリウムはエオスに似た女性を見て恍惚とした表情を浮かべ、話しかけようとした。僕は彼が女性と話を交わせるように席を譲ってやった。セリウムは再会してみると僕に挨拶すらしなかった。僕もやはり同じだった。僕はアスタチン理事会の常任理事に、セリウムは非常任理事になる予定だった。

僕はガドリニウムが間もなく僕たち二人を排除するだろうと予想していた。彼がどんなに天下無敵の権力者になったといっても、アスタチンの遺伝子と記憶を持つ兄弟はそのまま放っておくには穏やかでない存在だった。

暗殺されるか、巧妙に仕掛けられたスキャンダルの犠牲者に仕立てられるか、二つに一つではないだろうか。

セリウムが先か、僕が先か？

空港の保安検査ゲートはアスタチン理事会理事の肩書で何の支障もなく通過した。しかしアスタチン広場の就任式場に入る時は僕もセリウムも綿密なボディチェックを受けた。

セリウムは体に改造部分が多く、検査ゲートで苦労していた。僕も検査ゲートを通過するのに長く時間がかかった。ゲートの職員が近づいてきて言った。

「サマリウム理事殿、私どもはX線で身体検査も同時に行ったのですが、理事殿の片方の肺は全部腐っています。ほぼ死んだも同然です」

職員はホログラムを手の上に浮かべて差し出した。僕の左の肺は穴だらけでよれよれに丸めたぼろきれのように見えた。

「イオで硫黄ガスを吸いすぎたからだと思います。早いうちに移植手術を受けることにします」

僕は職員にありがとうと答えた。エオスに似た女性が心配そうなまなざしで僕を見やった。彼女はようやく僕に話しかけてきた。就任式が終わり次第、一緒に病院へ行こうと。僕はゆっくりとうなずいた。

アスタチン広場のところどころにはガニメデ特有の黒いつららが空に向かって伸びていた。テラフォーミング初期に、この衛星の大気成分を変えるのに使っていたナノマシンの一部が突然変異を起こした。自己増殖化コードにエラーが発生したようで、その結果ナノマシンたちがまとまって結晶化する現象が起こった。地面のところどころに逆さに伸びていくつららのように、その結晶はこぶのように成長した。成長が速いものは人間の身長ほどになるものもあった。掃除ボットが定期的に除去作業を行ってはいるが、根本的な対策はなかった。ナノマシン結晶は建物の角や窓枠に奇怪な形に育つこともあった。石でできた木の根が壁を穿って出てくるように。

広場には千人ほどの人びとが集まっていた。理事会と議会の関係者たち、起業家たち、住民代表に選ばれた人たち、祝賀使節たち。地球圏国家の元大統領も数人いた。

広場の外には激烈な共和主義者が数十人集まってデモを行っているところだった。彼らは〈アスタチン一人の独裁はもう終わり〉などといったスローガンの書かれたプラカードを掲げていた。顔を隠している者もいたし、はなから復活をあきらめた者たちもいた。警察ボットが彼らを挑発して暴力デモに仕立てようとしたが、共和主義者たちはその手には乗らなかった。

就任式は退屈だった。アスタチンだったら鼻で笑って行事の途中で席を立ち、会場から出て行っていただろう。特に式前行事が長かった。人気シンガーがステージで公演を行い、木星と土星の各衛星代表として参加した子どもたちが〈木星の歌〉と〈土星の歌〉を何度も歌った。くすんだ色のオーロラが式場の少し上の空中に柔らかくうねっていた。

メイン行事の前に食事をした。VIP席でビュッフェ式の食事をした。アスタチン理事会の理事たちが僕に寄ってきて挨拶をした。僕は注意深く失礼のない態度を維持した。彼らが僕の小間使いにすぎなかった記憶を必死で押し殺した。

儀仗隊《ぎじょうたい》が行進して礼砲を放ち、メイン行事が始まった。空に巨大なホログラムが現れた。英雄ガドリニウムを主人公とした映像だった。

理事会の首席常任理事の次の演説者は僕だった。僕の祝辞の次にガドリニウムがステージに上がって就任の辞を述べる予定だった。

僕は壇上に登った。

＊

「尊敬すべき木星圏と土星圏の住民のみなさん、遠くから来てくださった地球圏のみなさん、議長殿をはじめとする理事会関係者のみなさん、こんにちは。私はサマリウムです。私は先代アスタチン様の遺伝子と記憶の一部を受け継いでいます。おかげでガドリニウム様としばしながら互いの運命をかけて競いあうという光栄にもあずかりました」

聴衆は落ち着かず、緊張した表情で僕を見つめた。ゲームの最後になってイメージチェンジに成功したガドリニウムや、大衆から臆病者と認識されているセリウムと違って、僕は最後まで謎の人物で、また陰険なキャラクターだった。この場に集まった人たちの中で、今後が一番不透明な人物でもあった。みな僕がいつかは粛清されるだろうと予想していた。僕がガドリニウムへ反旗を翻し、反乱を起こすのをひそかに期待する人たちもいた。現実の政治を時代劇のように楽しむ人たちのことだ。

僕は準備した原稿を読み続けた。

「しかし私はガドリニウム様に比べ情けないほど実力不足でした。知力においても、体力においても、意志力においても相手になりませんでした。しかし、私がアスタチンゲームで最後にガドリニウム様に降伏したのはそんな実力不足のためではありませんでした」

僕は聴衆が裏話を聞きたくなるように、一息置いた。しかし次に続く内容は、まったく重要ではなかった。適当に書いた文章だった。僕は自分がアスタチンらしさについて誤解していて、それが自分の敗因だと告白した。自分にとって〈アスタチンとは何か〉を教えてくれた人がそこに、目の前に座っていると言いながらガドリニウムを指さした。ガドリニウムはそんなジェスチャーを面白がっている顔だった。アスタチンはわれわれを生み出した父であり、霊的な師であり、自我を実現させる方法についての寓話であると同時に、われわれの文明の進むべきところを教えてくれる神話である、と僕は声を張り上げた。聴衆の中にはそんなでたらめに感動する者もいた。

本題に入った。

「もしかして、われわれ全員がアスタチンなのかもしれません。われわれの中の最も素晴らしく自由で勇敢な、その精神がまさにアスタチンなのです。この言葉は荒唐無稽に聞こえるかもしれません。しかし、本当に荒唐無稽なことは何かご存じでしょうか？　私が数日前にタイタンで発見したタンパク質です。このタンパク質こそ、いかに華やかな修辞よりも本当に、明らかに、アスタチンという偉大な精神が何かを雄弁に語るのです」

黄色のオーロラがふた筋、私の体から噴き出した。

そのタンパク質とは、実はウイルスだった。一五〇ナノメートルほどのヤツだ。そして僕はそのウイルスを発見したのではなかった。僕の体から、正確には肺の中で作って育てた。ウイルスの毒性を強化させる実験を三日間休む間もなく繰り返したせいで、僕の肺は古雑巾のように穴だらけのぼろくずになった。

「このタンパク質がいつタイタンに広がったのか、よくわかりません。しかし、土星のほかの衛星、エンケラドゥスにもこのタンパク質があるだろうと確信しています。ガニメデの大気には明らかに存在しています。木星のほかの衛星にもそのタンパク質はおそらく存在するでしょう。うじゃうじゃといるはずです！」

タイタンでも、ほかの衛星でもそのウイルスはこの三日の間に広がった。僕の胸から口を経て大気へ出て行った。タイタン空港で僕は何度も息を深く吸っては吐き出した。ほかの衛星に行く乗客たちがこのウイルスにまみれて行くように。ガニメデでは今この瞬間にも僕の吐く息を通してウイルスが吐き出されていた。ウイルスはおそらくエウロパの水中都市まで浸透しているだろう。僕はウイルスの伝播スピードと発病時期について何回もシミュレーションをしてみた。

ガドリニウムはようやく不安な顔色をあらわにして僕を見た。

「このタンパク質がアスタチンと何の関係があるのかですって？　みなさん、アスタチンの精神は不滅で無敵です。あの偉大な精神はタンパク質なんかに屈服はしません。しかし、われわれがアスタチンと呼んでいたある男の体は、このタンパク質に反応します。このタンパク質は全世界でわずか三、四人の体に奇異な遺伝病を引き起こします。このタンパク質が、その男の遺伝子に最初から刻まれていた経験を世の中にあらわにします。この病が発病する可能性がある限り、われわれはふたたびアスタチンの複製人間をそのまま再現するわけにはいきません。二度とアスタチンを元通りに復活させることができないのです。アスタチンの遺伝子に手を付けねばならず、そうしたら新たに生まれる人はアスタチンではないのですから。しかし、みなさん、アスタチンの精神はそのような遺伝子とは関係ありません。その魂は……」

ガドリニウムは席を立ち、僕に飛びかかってきた。

ガドリニウムが就任の辞を述べるために席を立って

ステージに上がってくれれば、それに合わせて上空に荘厳なホログラムが流れるようになっていた。アスタチンの過去の業績を編集した映像だった。しかし、ガドリニウムが僕を攻撃しようとガバッと立ち上がったせいでいきなり映像が再生された。それも再生速度がめちゃくちゃに速く、空に浮かぶ巨大なアスタチンはおかしな音楽に合わせて動くコメディアンのように見えた。

これが、僕の仕掛けておいた罠だった。

就任式行事を任されたホログラムは保安装置があまりに強くて、僕にできるハッキングといえばそのホログラムの速度を調節するか止めることしかなかった。しかし、それでも充分だった。

僕が作ったタンパク質は、アスタチンの遺伝子を持つ者にだけ病気を引き起こすオーダーメイドのウイルスだった。このウイルスはアスタチンの潜在的な遺伝病をひとつ発病させた。とても珍しいタイプの光過敏性痙攣発作だった。アスタチンの体を持つ者がこのウイルスに感染すると、特定のスピードで点滅する光や、同じスピードで振動する物体を見たときにひどい発作を引き起こすことになる。その発作は絶対に止まらない。

(なんだこれは!)という表情で空を見上げたセリウムが地面に倒れて痙攣を起こした。できることなら空を見まいとしたが、すでに僕の体も反応を見せていた。頭がくらくらして立っているのもつらかった。肩が自然と震え、酸っぱい液体が食道をさかのぼってきた。死にかけている母親のそばでどうしたらいいかわからない動物の仔のように、オーロラが僕の体の周りを目まぐるしく回っていた。

僕は顔をしかめてステージに倒れた。エオスに似た女性が駆け寄ってきた……。

ガドリニウム……ガドリニウムはどこに……?

僕は口から唾液を流しながら必死になって床を這っ

た。顎と肩に力を入れて体をひねった。

ガドリニウムはステージの片隅で腹を空に向けたまま、ひっくり返って手足をばたばたと震わせていた。殺虫剤を浴びたゴキブリみたいに。

僕は大笑いしたかったけど、僕の口からは笑いの代わりに胃液がどっと噴き出した。

＊

僕は救急車の中で意識を取り戻した。そして正気になったとたん、何かを失敗したと悟った。

僕は意識を取り戻してはいけなかった。セリウムも、ガドリニウムも、僕もみな痙攣の発作で死んでいるはずだった。僕は何度もシミュレーションをしてみた。そのたびに結論は同じだった。僕たちは全員脳死状態に陥っているはずだった。発作は僕たちのからだの人間的な部分を越えて超知能体まで影響を及ぼすように設計されていた。


理由は知りえなかったが、ともかく体の状態が回復していたので、僕は救急車の後ろのドアを壊して走る車から飛び降りた。そして追いかけてくる警察ボットを避けて、近くにある建物に隠れた。

テレビニュースを通じてセリウムもガドリニウムも死ななかったことがわかった。セリウムは昏睡状態だった。医師たちはガドリニウムを助ける治療法を見つけ出すためにセリウムの体であれこれと実験を行っているようだった。

ガドリニウムは四日目に姿を現した。マスコミは彼が健在であることを誇示して死亡説を静まらせたと報道したが、画面の中のガドリニウムはどこか変だった。過去の自信満々な姿は見る影もなくなった。警護ボットが周囲に四体あり、私服を着て民間人のふりをしているガードマンも数十人見えた。彼の歩き方も以前のように優雅ではなかった。

重要な裁判が二件、理由もなく急に延期された。闇僚会議も延期された。僕には天文学的な懸賞金がかけられた。

　僕はどんなことが起きたのか、仮説をひとつ立てた。この仮説によれば、僕が作ったウイルスは半分ほどの成功を収めた。このウイルスは本来アスタチン遺伝子を持つ人の脳をめちゃくちゃにするようにできていた。それでセリウムは植物状態になった。

　僕とガドリニウムの場合は、僕たちの意識と結合した超知能が瞬間的にウイルスの作動機序を把握して対処したようだ。僕の場合は無意識のうちにあった庭園コンピューターの生存本能、ガドリニウムの場合は統合意識の八〇パーセントを占有していたアスタチンマシンがそれを行った。

　庭園コンピューターは僕が意識を失っている間に素早くウイルスの治療剤を開発して体に適用したようだ。その代わり、ウイルスとの対決の過程で生体回路の決定的な部分が作動しなくなった。僕はもうどんなに頑張ってもオーロラを見ることができなくなった。言い換えれば、イオへ行く前の体の状態になった。

　ガドリニウムとアスタチンマシンも致命傷は免れたようだ。しかし半分ほど進んでいた彼らの統合意識は二つに分かれ、どちらも傷を負ったに違いない。ガドリニウムの歩き方が変わったのはそのためだった。アスタチンマシンは一種の部分脳死状態に陥ったようだ。

　裁判と閣僚会議が開かれない理由はそのせいではないだろうか？　日常的な行政業務は処理できるが、高度の思考能力を要することはできなくなったのではないか？

　このすべてが僕を狙ったガドリニウムの欺瞞劇の可能性もなくはない。僕の仮説を確かめるすべは一つだけだった。

＊

ガドリニウムが公式にアスタチンになってから五日

目の夜、僕は彼の執務室を襲撃した。

数十体の警備ボットが駆け寄ってきたが、相手にならなかった。僕はプラズマ鞭でボットをすべて片付けてからアスタチンタワーの最上階へと上がっていった。テレビ局が飛ばしたドローンがアスタチンタワーの周りをぶんぶん飛び回って僕の姿を撮った。

ガドリニウムは執務室の椅子に真っ青な顔で座っていた。警護ボットが八体、僕に飛びかかってきた。前から四体、後ろから三体、そして天井から一体。出力制限が適用されていないのか、動きも速く火力もやりすぎなほど強かった。

そのうちの一体のヤツが発射した弾が強化壁をわら半紙にでもなったかのように貫き、それで片側の壁はほとんど崩れそうなほどだった。また別の一体は球形の雷に似たエネルギーの塊を打ちあげて、このエネルギーの塊は空中にゆっくりと浮かびながら時折フレアを吐き出した。それ自体はたいしたことのない攻撃だったが、近接信管のある対人用誘導ミサイルを撃ってくる別のボットの攻撃と結合して、そのパターンを把握するのはややこしかった。

僕がボットたちと戦っている間、ガドリニウムは上の階に逃げた。最後のボットを片付けた僕は彼を追いかけた。

「総統専用機を待っているのか？　来ないぞ。ここに来る前に先にあの宇宙船を壊しておいたからな」僕はガドリニウムの背中に向かって叫んだ。

ガドリニウムの狙いは脱出用飛行機ではなかった。格納庫を兼ねたその部屋には床と天井、そして壁ごとに人工重力発生器があるようだった。ガドリニウムは人工重力を調節した。上下が入れ替わり、僕は天井に向かって落ちた。ガドリニウムがマイクロレールガンで僕に狙いを定めた。人工重力は彼には影響を及ぼさなかった。簡単に言うと、彼はこの部屋で飛び回ることができて、僕は次の瞬間、自分がどの方向に落ちるかわからない状態だった。

僕は何分間か天井と床、壁にしがみついたりその上を飛び跳ねて転がったりと苦戦した。マイクロレールガンの銃弾が僕の周りに雨あられと降ってきた。しかし、僕は最終的にガドリニウムの腕に付いているものが人工重力調節装置だということを見破って、プラズマ鞭でその器械を叩き落とすのに成功した。

とうとうガドリニウムは僕と同じ平面の上に立った。ガドリニウムはぶるぶると震えながらマイクロレールガンで僕を狙った。照準がお粗末で銃弾はすべて外れていったが、僕はそのうちのいくつかをあえてプラズマ鞭ではじき落とした。テレビカメラにはそのほうがかっこよく映るだろうから。

ガドリニウムのレールガンの弾が尽きた。僕はあくびの真似をして彼の前に短剣を投げてやった。

「これで戦ってみようじゃないか。おまえの特技だろ?」

ガドリニウムは震える手で短剣を摑んだ。僕もプラズマ鞭を消して、短剣を抜いた。

ガドリニウムははじめのうちは何とか善戦しているように見えた。僕がそんな場面を演出してやったからだ。僕は決定的な瞬間に彼の剣先を撥ね返したり間一髪のところで避けたりしながら彼の力をゆっくりと奪った。ガドリニウムも僕が手を抜いていることに気付いた。

「このまま殺してくれ! 殺せ! こんなふうに辱めるくらいなら!」僕の敵は剣を投げて泣き叫んだ。

「短剣術までアスタチンの能力だったのか? 一体、おまえは何だったた? 歩き回る死体だったのか? おまえの頭の中からアスタチンマシンを抜いたら、何か残る物でもあるのか?」僕は尋ねた。

「俺は意志だった! アスタチンマシンは意志の道具だった! 俺が計画を立てた! 統合連帯に対抗して独立連盟を作って、惑星間誘導ミサイルプログラムをアップグレードするときにこっそり入れたコードでイオにミサイルを発射して、マーケティング効果の高い順にほかのヤツらを殺した！　それは全部、俺の頭の中から出た考えだったよ。サマリウム、このクソ野郎！」彼が罵倒した。

「そうだったのか」

僕は彼に近づき、短剣で首を斬った。ヘモグロビンが改造されたせいで地球人よりもずっと赤みの強い血が空に噴き上がった。

＊

僕がガドリニウムを殺して姿を隠すと、共和主義者たちが反乱を起こした。アスタチンマシンが作動しなくなって初めて共和主義者だと明かして立ち上がった人たちがかなり多かった。

共和主義者たちは相変わらず少数派だったが、意見が統一されているという点で有利だった。共和主義者たちに立ち向かったアスタチン派は、その中でいくつかに意見が分かれた。大きく四つの分派があった。僕を新たなアスタチンとして認めようという派、僕をアスタチンとして認めるにせよその前に理事会の長官を代えねばならないという派、アスタチンマシンを直してからアスタチンマシンに訊いてみようという派、復活儀式を最初からもう一度始めるべきだという派まで。

復活儀式を最初からもう一度始めるべきだという派の人たちは、現実的な限界にぶつかった。アスタチンの遺伝子を利用してアスタチンの複製たちをまた作り出すなら、彼らもまたひどい光過敏性の発作を起こす〈アスタチン病〉にかかるだろう。すでに僕が作ったウィルスは人間の住むすべての天体にまんべんなくうまく広がった状態だった。地球と月、小惑星帯にまで。それらをすべてなくすことはできなかった。

アスタチンマシンに訊いてみようという意見も、やはり甘くない反対に突き当たった。アスタチンマシンは高次元の思考を担当する領域が完全に故障していた。いわゆる人工知能専門家という者たちすら、その回路をきちんと理解できていなかった。それでも可能性がありそうな唯一の解決策はアスタチンマシンを完全にシャットダウンして再起動することだけだった。しかし、そうやったからといって機械がまともに再起動するという保証がなかったので、この方法に反対する人たちが多かった。そもそも高次元の思考を担当する領域が故障したままアスタチンマシンをそのまま運用しようという人たちが大多数だった。特に、僕とガドリニウムの決闘を通して、アスタチンマシンが復活儀式に関与したということが知られていくうちに、そんな意見が多くの支持を得た。

僕を新たなアスタチンとして認めようという派と、僕を新たなアスタチンとして認めるにせよその前に理事会の長官を代えねばならないという派は、必死になって僕を探しまわった。

僕は肺を完全に再生させた次の日、彼らのリーダーに会った。

アスタチン派のリーダーは大義名分をくだくだしく説明した。どうやって共和主義を退けて罰を下すのかまで力説した。オーロラを見る能力が変わらず残っていたら、リーダーの周りにどんな色でどんな模様でオーロラができるかと少し気になった。僕はまじめな表情で願い出た。

「考える時間が少し必要です。一週間だけ時間をください」

「三日ではダメですか？　みんなが不安がります」

アスタチン派のリーダーが訴えた。一番不安がっているのはその人のようだ。僕はわかったと答えた。三日後、僕に映像電話をかけるように言った。重大メッセージを発表するから、その映像をアスタチン放送で放映すればいいと付け加えた。

その三日間で僕はアスタチン理事会の金庫の中身を

かき集めた。

約束の時間にアスタチン派のリーダーが僕に電話をかけてきた。

「アスタチン様！　アスタチン様！」

アスタチン派のリーダーの後ろには期待に膨らんだ支持者たちの姿が現れた。各種のスローガンを描いた横断幕が壁に掛かっていた。あの人たちが自分たちで影の内閣《シャドウ・キャビネット》を組み、問題人物リストを作ったという話をニュース報道で聞いた。

「アスタチンではありません。僕はサマリウムです」

僕は言い返した。

「ああ、すみません。サマリウム様。あの、お気持ちは固まりましたでしょうか？」

彼は、このすべてが政治的なショーだと信じているようだった。僕が最後に三日ほしいと言った理由も、ただこの記者会見の注目度を高めるためだと考えているようだった。

「ええ、固まりました。みなさんのおかげです。もともとそうすべきだと考えていましたが、みなさんの姿を見て気持ちが確実になりました」

「でしたら、早くお話しくださいませ！　アスタチン様……いや、サマリウム様のその高貴なご決断を！　私どもは命にかけてそのお言葉に従います。邪魔する者は私どもが先頭に立って排除いたします」

アスタチン派のリーダーは喜びに満ちた声で叫んだ。

「いや、僕の言葉に命をかける必要はありません。ともかく僕が決心した内容をお話ししましょう。僕は木星・土星圏を離れることにしました。地球圏にも行かないつもりです。みなさんが僕を見つけられないところに行って新たな人生を歩むことにしました。木星・土星圏の住民のみなさんの未来がよい出来事で満たされるよう祈ります。多くの困難があるでしょうし、新たに挑戦しなければならないこともあるでしょうけど。みなさんが賢く乗り越えていくだろうと信じています」

　驚きに満ちたアスタチン派のリーダーをほったらかしにして、僕はその席から立ち上がった。宇宙船の状態を点検するためだった。

　盗んだ宇宙船で、土星程度の距離を移動できる船の客室をはぎ取って荷物を詰め込んだので、状態を注意深く調べなくてはいけなかった。貨物の大部分はアスタチン理事会の金庫から持ってきたテラフォーミング関連の装備だった。金庫からそれらを奪いだしてくるときにアスタチンの遺伝子地図や修正すべき点などは丸ごとすっかり破壊した。

　操縦席に入るとアスタチン派のリーダーがその時までまだ電話を切らずに僕を待っているところだった。僕がさっき発表したショッキングなニュースのヘッドラインホログラムが彼の頭の周りに浮かびまわっていた。

「私どもには……哀れな私どものような者には……、超人が必要なのです」

　僕を見たアスタチン派のリーダーが哀願した。

「でも、超人には何も必要ないでしょ」

　と言いながら僕は宇宙船のエンジンをかけた。

「それでは、これから誰が私どもを導いてくれるというのですか？」

　アスタチン派のリーダーは今にも泣きだしそうな表情だった。

「自分たちで導いてお行きなさい」

　映像電話、強制終了。

　木星・土星圏の住民たちに申し訳ない気持ちは何もなかった。彼らは生きる道を見つけるだろう。アスタチンマシンの使い方にも慣れるだろう。

　さっさとシャットダウンするのも悪くない解決策だし。

　エオスに似た女性についてはやや申し訳ない気持ちがした。しかし、彼女はどんな基準から見ても魅力的な女性だった。悪くない恋人に出会って、自分の人生を生きていくだろうと信じた。僕に対する、プログラミングされた愛情を克服できるだろう。彼女もやはりプログラム以上の存在だった。彼女の中にもたくさんの可能性があった。

滑走路の周りには突然変異したナノマシンが集まってできた黒いつららが特に多かった。宇宙船が、夜の滑走路を走り始めた。つららたちがぽきぽきと折れて、闇の中に消えていった。

ガニメデの都市たちがきらめきながら遠ざかる。一気にガニメデの大気を突き破って飛び上がる。

木星の重力圏を抜け出す。

どこに行こうかまだ決心がつかない状態だ。天王星か海王星が頭に最初に浮かんだ候補だ。天王星の衛星の中ではオベロンが、海王星の衛星の中ではトリトンがテラフォーミングに向いていそうだ。

宇宙船のコンピューターが僕の意図を読み取って画面に海王星を拡大する。ターコイズの惑星を見て、僕はある女性の瞳を思い浮かべる。

それとももっと遠いところまで行こうか？

彗星が作られるところ？

遠くに星々がある。僕は虚空をかき分けて進む。

女神を愛するということ

여신을 사랑한다는 것

僕が別れようと言ったとき、もう耐えられないと言ってぶちぎれたとき、彼女は地団駄を踏んだ。

彼女は体を宙に浮かべて暴風を起こした。近所の建物のガラス窓はみんな粉々になった。道行く人たちは悲鳴を上げながらガラスの破片を避けた。

「人間の分際でよくも……。災害を呼んでくれるわ。おまえの一族を滅ぼし、街を焼き払ってやる。生きたまま石にして一万年の間縛り付けてやろう。一万年後に目覚めたら、手足を引き裂いて殺してやろう」

しかし、その時は僕もまともではなかったので、好きにしろと言い返した。すると彼女はいきなり泣きだした。

二時間ほど経って、僕たちふたりはぴったりとくっついて座っていた。僕は頭に浮かんだフレーズをいくつかギターで弾いた。複雑なコードのメロディーだった。彼女は僕に頭をもたせかけていた。

「石にしてから一万年後に手足を引き裂くのと、そのまま引き裂くのとどこが違うのさ？　どうせ石になったら、何も感じないだろ」

そう僕が訊くと、彼女は答える代わりに指で僕の脇腹をつついた。

ついでに、彼女に本当に僕の一族を滅ぼして街を焼き払う力があるのか訊いた。僕の知っている限り、彼女はそんなに強い神ではなかったから。

「あるわ」と彼女。彼女は自分も古代の戦争に参戦して文明をいくつか滅ぼしたことがあるのだと打ち明けた。

「私を除いて」彼女は説明した。「神さまたちってみんな戦争マニアだよ。ただ、みんな好みが違うってだけ。古代の白兵戦が大好きな神さまもいるし、中世の城を攻めるのがたまらんっていう神さまもいる。近代になって地上に降りた神々は超人とか英雄とか伝説になる代わりに、超人的な指揮官とか、英雄的な分隊長とか、伝説的な射撃主になっているってわけ」

「でも、今の時代に神はいないだろ？」

「現代の戦争は、神から見たらつまらないもん」

「バラードの女神に都市を滅ぼす力があるとしたら、創造神ってのは、どんなに強いんだろうな」

「創造神は戦争なんてしないよ。あの人たちは摂理ってやつを担当してる。はじめに摂理を作って、ときどきその摂理がうまく回ってないなあって思うと降臨して、処置をするってだけ」

さっきまで激しく喧嘩していたおかげだろうか？　神に関する話をそんなに長々と、深く交わしたのは初めてだった。

「もしかして神さまにも理由があって、神の世界に帰らずにこの世界に残りたいって言いだしたら……創造神はそれを許可する権限も持っているんだろうか？」

「あの人たちは、そういうのは絶対に許してくれないよ」彼女が僕の肩から頭を離した。

「そこまで人間を愛してしまったから……？　僕たちを神々から保護しようって？」

僕の言葉に彼女は乾いた笑いで答えた。「そんなの司祭のついた嘘でしょ。創造神たちは人間なんかにはまったく関心がない。あの人たちが保護しようとしているのは、私たちだよ。自分たち以外のほかの神さまたち」

僕が住む世界は、ただ神さまの遊び場にすぎないのだと彼女は説明してくれた。

彼らは自分たちの世界ではできない戦争を楽しみたくて、僕たちの世界を作ったのだと。ここでは僕をはじめ人間たちの役割は彼らのドラマに現実味を与えることなのだと。兵士や負傷者、戦死者になって。悲しみや悲鳴が予測できないほうが盛り上がるから、僕たちに自由意志を与えたのだと。

「人間を愛してしまいましたって私が言えば、創造神は、それは、愛ではなく深い病だと言い返すでしょうね。そして二度とふたたびここに降りてこられなくされてしまう。創造神たちはほかの神さまが人間界に降臨するのを妨げることができる。実は私たち、ここに降りてくるたびに創造神から許可をもらっているの」

そんな説明にも僕の気持ちは揺れなかった。むしろ以前からこの世界には自分が知らない力が動いていた。変わることはなかった。

彼女は続けた。

「あなたにはわからないと思う。神々の人生がどれだけ下品なものなのか。神聖ってことがどれだけつまらなくて、むかつくものなのか。私だってここにいたいよ。でも、そんなの無理。あなたの顔、あなたの歌、あなたの体……。それを見て、聞いて、触れるために私は一時間ごとに創造神に課金しなくちゃいけない。あなたと過ごすために」

＊

彼女は客席の一番前に座った。僕の女神はできるだけ神聖を隠そうとするけど、周りの人たちは本能的にその力を感じて萎縮している。

僕はライブの間、ずっと彼女を見つめて歌を歌う。何度もアンコールに応えた僕は、ためらいながら新曲を発表した。故郷を離れて放浪し、遠い街まで来た旅人の話だ。都会に暮らす人たちは美しいけどか弱くて、若さはあっという間にしおれてしまう。旅人は街の住民と恋に落ちて苦しむ。歌い終えるころ彼女がわあっと泣き出した。

楽屋に戻ると彼女は僕を抱きしめた。マネージャーが楽屋に入ってきたけど、彼女の気に圧倒されて面食らった顔で出て行った。

「永遠に忘れられないわ。特に最後の歌……」

彼女は、急に立ったまま夢遊病患者のようにもうろうとした。

〈ログアウト〉と呼ばれる現象について、以前彼女から警告されたことがあったが、実際に見るのは初めてだ。神の世界と人間の世界をつなぐ細い糸が揺れるとき、または神の魂に重大な事件が起きたとき、神さまたちはそんなふうに肉体だけを残して神の世界に戻ってしまうのだと聞いた。

そんな時には創造神の力を借りて、空っぽの体を自然に動くようにする方法があると、彼女は説明してくれた。しかし、自分はそうはしないと。彼女は自分の魂から湧き出す言葉と行動だけを僕に見せたいのだと。

僕は彼女を抱きしめて魂が戻るのを待つ。

僕は祈る。女神の魂に事故が起きたのではなく、しばらく二つの世界をつなぐ糸が揺れているだけでありますように。創造神でも摂理でもない何かに向かって、切に、祈る。

少し経って、彼女が徐々に正気を取り戻す。僕を抱きしめる彼女の腕に力がこもる。

胸の深いところから、熱い何かがこみ上げる。

「これは本物だ。嘘じゃない。誰かの夢じゃない」僕は考える。

アルゴル

알골

月面連合は、静かの海全域を閉鎖した理由は原子力発電所の故障により放射能漏出事故が起こったためだと発表した。中国領小惑星帯自治政府は、セレスで起きた大規模爆発が隕石の衝突によるものだと明らかにした。火星の産業管理当局は、オリンポス山一帯で起きた〈ロボットたちの反乱〉事件が実際にはソフトウェアアップグレードのバグによる単純な誤作動だとわかったと説明した。

この三つの事件は十七年前、一週間の間に起きた。宇宙探査の歴史上、もっとも被害が大きい三件が同じ時期に発生したのだ。この奇異な同時性に注目してあれこれ言い立てる人たちももちろんいたが、だいたいは論点がめちゃくちゃだった。宇宙コロニー開拓の推進派の、我先にと分別のない拡張主義が批判された。真相を正確に知る者は五十人もいなかった。

真相を部分的に知っている者は百人余りだった。彼らは十七年間、五百人ほどの研究者たちに真相の一部ずつを提示して分析に当たらせた。研究者は物理学者、脳科学者、心理学者、電波工学者、ロボット工学者たちで、心霊術師と超自然現象を研究するエセ科学者も一部混じっていた。しかし一部領域を任された学者の大部分は、自分たちが何を扱っているのかもわからなかった。

ごく一部の人間だけが、自分たちがどんな現象を分析しているかを察することができた。彼らは秘密保持誓約を何度も書き、情報機関の監視まで受けた。依頼人たちは研究者に研究対象の三人の名前さえ知らせなかった。研究者たちは報告書でその三人を呼ばざるをえない時にはそれぞれアルゴルA、アルゴルB、アルゴルCと称することになっていた。ペルセウス座にあるアルゴル三重連星の名前からとったものだった。

そのコードネームの由来については誰も説明しなかったが、意味深長なネーミングだった。東洋でも西洋でも昔からアルゴルは巨大な悲劇を予告する星だった。アルゴル（Algol）という名前自体が、アラビア語で悪魔という意味だった。古代中国人たちはアルゴルを〈積屍星〉と呼んだ。アルゴルが現れると大きな災害が起こり、死体が積み重なるであろうと信じていたためだ。

僕が書いた報告書は真相を知る者たちの注意を引いた。彼らは僕に情報の断片をいくつか投げてよこしては、新しい情報を根拠とした次の報告書を要求した。僕が二度目の報告書を提出するとすぐに、面会の提案が来た。彼らと最初に会ったのは地球の情報機関のアジトで、二度目に会ったのは地球の軌道上の軍事施設だった。会うたびに僕が知る情報量も増えていった。

アルゴルA、アルゴルB、アルゴルCは同じ日の同じ時間に出現した超人たちだということ。三人とも宇宙で生まれた人間だということ。彼らがはじめは力を抑制できずに、月と小惑星帯と火星で惨事を引き起こしたということ。自分たちがしでかした事故を見て驚いた彼らは、自ら力を封印したということ。彼らは最初の二年間、科学者たちの調査に応じていたが、ある瞬間から拒否しはじめたということ。その後、地球連邦は〈宇宙で生まれた子どもたちには深刻な異常が生じる可能性がある〉という偽物の研究結果を発表し、地球外での妊娠と出産を禁止したということ。

何度も報告書を直しては、新たに書いた。三度目の面会は静かの海で行われた。風化しない月面の開拓都市は十七年前と変わらず焼け野原だった。自然放射線以外の放射線は全くなかった。僕は建物が倒壊し鉄骨がねじれた様子を注意深く観察した。

静かの海ではこの問題に数年以上関わってきた軍人と実務者たちに会った。彼らはたまに三人の超能力者を古典文学に現れる大魔法使いの名前で呼んだ。アルゴルAはプロスペロー、アルゴルBはマーリン、アルゴルCはメディアだった。初期のコードネームがそうだったのか、それとも少しでも人間的な感じを与える呼び名が自然と生まれたのかはわからなかった。僕はメディアという名前を聞いてアルゴルCが女性ではないかと推測した。

ほかの研究者たちは月面の事故を引き起こしたのがアルゴルA、小惑星帯の事故を起こしたのがアルゴルB、火星の事件を起こしたのがアルゴルCだと信じているようだった。研究者たちはアルゴルたちの力がどんどん強くなっていると信じていたが、僕の考えは少し違った。

四度目の面会は火星の軌道上で行うことになると知らされた。僕は長距離旅行に備えて着替えと精神安定剤を準備した。中枢にいる関係者に会えるだろうと予想した。おそらくアルゴルA、アルゴルB、アルゴルCに関する情報と経歴もその時に教えてくれるのではないかと思われた。火星の軌道の近くに彼らがいるだろうことも見当がついた。

しかし、火星の軌道に達してすぐにアルゴルAとアルゴルCに直接会うことになるとは思いもしなかった。自分は彼らに招かれたのだということも火星へと向かう途中で遅まきながら知らされた。彼らも僕と同じくらい自分たちがどんな存在なのか知りたがっていた。

＊

地球から火星の軌道までは半月ほどかかった。ちょうど火星が地球に接近していて、僕は旅客船ではなく軍艦に乗って行った。サイズは小さいがエンジンが四十二個もついている艦だった。

ほかの乗務員の前では冷静に見えるように努力したが、うまくいかなかった。僕はアルゴルたちに、好奇心と呼ぶには強力すぎる感情を抱いていた。彼らは文字通りの新人類で、新しい世界のゲートだった。僕は興奮を抑えるために、いつもよりも頻繁に精神安定剤を服用しなければならなかった。

宇宙艦が火星の近くに到達すると、定められた睡眠時間もほぼ眠らずに過ごした。しばし眠ろうとすると悪夢を見た。長い間忘れていた事故の記憶が夢の中でよみがえった。海と区別できない空、霧の立ち込めた道、行列を成す自動車、地平にひろがっていくようなテールランプの赤い照明。

そして急にすべてがぐちゃぐちゃに揺れて突き上げられる……

「顔色がよくありませんね、教授殿。宇宙酔いなら薬を差し上げましょうか？」

ブリッジに入って行った僕を見て艦長が声をかけた。僕は大丈夫だと答えた。そして、僕は教授でも博士でもないと付け加えた。僕が研究する分野は他の人からはエセ科学だと呼ばれているのだと。艦長は片方の眉を高く上げてみせた。顔の反対側には目の代わりに高倍率カメラが装着されていた。

「ふつう特に肩書がなくてもみんな自分は教授だ、博士だと自称するじゃありませんか？」艦長は〈特にそちらの分野では〉という言葉をこらえたようだ。

「僕は違います。荒唐無稽な出来事を取材して文章を書くのは著述の自由ですが、学位があるように騙《かた》るのは詐欺になりますよね」

「では、何とお呼びしましょうか？　独立研究家？　在野の科学者？」

「一応何冊か本を出していますから、ただ作家と呼んでいただければありがたいです」

その会話で艦長は僕に好感を抱いたようだった。それまで僕たちが会話を交わすことはほとんどなかった。

「僕たちはフォボスへ行くのですか？　それともダイモス？　そろそろお話しくださってもいいのではありませんか？」

「どうして火星に行くと思わないのですか？」艦長はにっこりと笑って問い返した。

「惑星に着陸するときにこんな角度で侵入しないことくらいはわかっています。それにどこに行くにしても極秘施設でしょうし、そんな施設だとしたら火星の表面ではなくて衛星に作るでしょうから」

「私たちがどこかの施設に行くと、そしてその施設を私たちが作ったとお考えなんですね」

「僕の考えは間違っていますか？」

「この先、ちょっと驚かれると思いますよ」

艦長は顎で前方の光景を見ろというしぐさをした。

僕は黙って何か変化があるのを待った。二分ほど経つと突然宇宙艦の前の風景が変わった。ある瞬間、ミサイルの山が現れた。まるで瞬間移動でもしてきたみたいだった。

「これは何ですか？」僕は呆れかえって訊いた。

「私が直感的に理解したことをお話しするなら、ちょうどフォボスが二つあるようなのです。私たちがみな知っているあの火星の衛星があり、十五年前に新たなフォボスができたのです。そしてその二つのフォボスはある空間で重なっているようです。新しいフォボスは宇宙艦に乗ってこの角度で接近し、特定の距離まで近づかなくては見ることができません。フォボスの公転周期は八時間もかかりませんから、なかなか難しいのです。私たちは新しいフォボスをなくそうと核ミサイルを何発も撃ち込みました。しかしミサイルはあそこで止まりました。それからはあんなふうにフォボスの周りに浮かびつづけています。あれらのミサイルは物理の法則を完全に無視しています。一定の距離を離れると見えなくなり、探知もできなくなります。あれほどの質量を持った物体が秒速数十キロで飛行しながら、あんなふうに停止することも不可能ですし、あの位置にそのままの姿勢で留まりつづけることもありえません。静止衛星ならフォボスの周りを回らなくては」艦長が答えた。

「あそこにアルゴルたちがいるのですか？　艦長の言葉を借りれば〈新しいフォボス〉に？」

「ええ」

「核ミサイルは彼らを殺そうとして撃ったのですね？」

「ふむ……」艦長はしばしためらって結局認めた。「おそらく、そうなのでしょう」

（本当にまるで結界だな）と僕は思った。中にいる者を隠し、保護している。

「私は彼らが自分の力を誇示しているのだと思います。ミサイルを破壊することも消すこともできるでしょうに、あのように留めておく理由は何でしょうか？　自分たちにはこんなこともできるのだと見せつけようという意図ではありませんか？」艦長が言った。

僕はその意見に完全には同意しなかった。アルゴルたちの力には理解しがたい側面があった。決して全能ではなく、それなりの限界があるのははっきりしていた。何でもできるとしたら、このような旅行の必要もなかった。自分たちのもとに僕を瞬間移動させれば済むことだ。

「おそらく効果はなさそうですが……」

〈新しいフォボス〉が近づくと、艦長が僕に小さな箱を差し出して言った。

「これは何ですか？」

「着けてみてください。中にカメラがあります。あなたがあちらで見る光景を私たちに転送するものです」

「マイクも必要なのではありませんか？　アルゴルたちが何を言うかお聞きにならないと」レンズを着けながら僕は尋ねた。

「マイクならすでにあなたの体の中に入っています。

二時間前に召し上がった食事に入っていました」

その言葉に僕はいつになく串が鋭かった串焼き料理《サンジョク》を思い出した。味は良かったのにな。

宇宙艦はフォボスに着陸しなかった。前方スクリーン一面に火星が見えて黒い空間が見えなくなったとき、艦長は僕に甲板に上るように指示をした。僕はそこでロボットの手を借りて宇宙服を着た。

　ハッチが開くとき僕はすっかりおびえて震えていた。宇宙服で宇宙に出て行くのは初めてだった。頭上には赤い大地とジャガイモのような衛星が見えていて、僕は天地が逆さになった感覚を振り払うことができなかった。自分の呼吸音があまりに大きく聞こえてこのままでは過呼吸症になるのではないかと心配になった。

「彼らとうまく付き合っていくのですよ」艦長が無線通信で言った。

「帰るときにはどうするんですか？」

艦長の答えはなかった。もしかして以前にアルゴルに会いに行った訪問客たちは、誰ひとり戻って来られなかったのではないだろうか？　もしかして新しいフォボスに行く外部の人間は僕が初めてなのではあるまいか？　もしかして僕は一種のエサか生贄なのでは……

その時ステップが僕をやさしく宙に押し浮かべた。

*

生まれて初めての宇宙遊泳は思ったよりもはるかにいい感じだった。僕はきれいに舗装された道を自転車で爽快に走るようなスピードでフォボスに進んでいった。揺れはほとんどなく、見えない手に強くもなく弱くもなく支えられているような気分だった。それはおそらくアルゴルたちの念力なのだろうと僕は考えた。

　フォボスの地表には一組の男女が立っていた。彼らはセンスのいいカジュアルな服装で、いかなる保護装備も身に着けていない状態だった。僕はフォボスにゆっくりと降り立ってからその地の重力が一Gだとわかった。

挨拶も交わさないうちに、女性が僕の宇宙服の減圧ボタンを押してヘルメットを外した。空気があるのだろうと予想はしていたか、それでも僕は一度息をのみこんだ。

「ファンです」若い女性が言った。

「我々二人とも先生のファンです」三十代半ばに見える男性が挨拶をした。

僕の経験からすると、初対面でファンだという人の中で実際に僕の本を読んだことがあるのは五人中一人いればいいほうだった。僕はぎこちなく頭を下げ、ぎこちなく宇宙服を脱いだ。宇宙服を脱いでみると彼らと自分の服装の違いがはっきりとした。僕はポケットのたくさん付いたオーバーオール姿だった。宇宙艦で受け取った多機能活動服だった。

フォボスの地面は灰色でてかてかとしていた。ところどころに街灯のような照明施設が立てられていた。それらの照明はほぼ地平線まで続いていた。夜の飛行場の滑走路にこっそり忍び込んだ気分だった。しかし本物のフォボスがこんな様子かは確信が持てなかった。ここには本物のフォボスには絶対にない、厚い大気層と強い重力があった。

「私をプロスペローと、こちらはメディアと呼んでください。本名を明かせなくて申し訳ない。本名を知られると友人や親戚が政府に人質にとられるのではないかと思いまして。私たちは見た目もだいぶ変えたのです」

男性が言った。僕はその時になってようやく政府がアルゴルたちの詳しい身上情報を提供しなかった理由がわかった。政府にはもとから情報がなかったのだ。

「外見を変えたとして指紋や遺伝子情報なども、逃げ切れるのですか?」

「そういうところまで変えました」

プロスペローが言った。彼は目を細めた。僕の反応を確かめようとしていたのだろうか？

「マーリンはどこにいるんですか？」

僕は努めて明るい声で尋ねた。僕の言葉にプロスペローとメディアは顔を見合わせた。

「マーリンは眠っています」メディアが言った。

「眠り始めて四百四時間になります」プロスペローが付け加えた。「地球の基準で十七日目ですね。先生はすでにご存じかと思いますが、我々は生理的な問題にそれほど囚われません。しかし、マーリンも寝る前に先生の小説を読んでずいぶん興味を見せていました」

「私はもう一週間眠っていません。眠ると悪夢を見るのです。プロスペローも同じです」メディアが言った。「私は、ですから眠る代わりによく瞑想をします。昨日はクジラについて深く考えました。ああ、ここで話すのもなんですから、室内に入ってお茶でもいかがですか？　いろいろ知りたいのです。先生も私たちについて気になることが多いでしょうし。そうだ、邪魔でしたら目からコンタクトレンズを外しても構いませんよ。どうせ効果を発揮しませんから」

プロスペローが提案した。

＊

「一世紀ほど前に絶滅した動物です。数が急速に減ったことに人類が気付いたときには手遅れで、保護しようとしましたがどうにもなりませんでした。その種が地球に現れ、繁栄してから消滅する過程を頭の中で描きました」

ロボット召使いが茶を沸かしている間、僕はクジラについて質問し、プロスペローは説明しながら空中に小さなクジラの模型を作って浮かべて見せた。ホログラムのように見えたがホログラムではなかった。彼が考えるだけで作り上げた実体だった。小さなクジラは彼の頭の周りを泳いでいるうちにぼんやりと霞んで消えた。

僕たちはプロスペローの自宅兼研究室に来ていた。宇宙コロニーの組み立て式住宅というより、地球にあるリゾートホテルというほうがはるかにぴったりな空間だった。しかし、彼の気持ち一つでここに紫禁城やピラミッドを複製することもできるはずだった。僕はこの家も彼にとってはロボット召使いと同じようなものではないかと思った。訪問者を驚かせないための、ありふれたイメージ。

「一日中クジラのことを考えてきたのですか?」僕が尋ねた。

「時間はたくさんありますから」プロスペローが答えた。「ここに閉じ込められた囚人の身の上ですよ。自ら進んで入ってきたというところが違うだけで」

「先生の報告書を読んで驚きました」メディアが割って入ってきた。「私たちのことを前から知っている人が、知らないふりをして書いたのかと思いました。特に、最初の報告書。私たちの関係をどうやって導き出したのですか?」

「報告書に書いた通りです。論理的で緻密な推論ではありませんでした。奇異なことが同時に三カ所で起こった、それは大変可能性の低いことだ、よって三つの事件の直接的な原因は同じことだ、どんなトリガーがあるのか……。もちろん、とてもまれな偶然という可能性もあるでしょう。でも僕は断定と飛躍が必要だと見ました。ある覚醒の瞬間があって、その時に事故が起こり、それはその時点では、事故を起こした主体には自制力がなかったことを意味します。しかし、その後十七年間も何事もありませんでしたね。政府が状況をうまく管理しているか、あるいは十七年前の事故を起こした当事者たちが自分の力を制御できるようになったからでしょう。前者は違うと思ったし、後者は少し深読みすると三人の超人がそれぞれ力をこらえているのではなく、互いに重なりあって作用した結果、力を使えなくなるか、少なくとも暴走を止めているのだと見ました」

「以前、我々が外界のウィルスに感染したのだと主張した研究者がいたのです」プロスペローがやや呆れた様子で言った。「その研究者の理論も三つの事件の関連性を低レベルで説明しています。しかし、ウィルスに感染した人間がどうしてほぼ同じ時期に発病したのか説明しようとすれば結局、偶然という概念を持ち出すほかありません」

「ウィルス論では私たち三人が集まっているときにどうして力の様相が変わるのか説明できないでしょう」メディアが付け加えた。

「しかし、作家さんがわれわれをそれぞれ発熱者、冷却者、回転者と分類したのが納得いかないのです。その理論によれば私が回転者に当たるわけですが……」

プロスペローが首をふりながら言った。

「それはただ文学的な比喩にすぎません」今度は私が言葉を遮った。「三人がどのように力を合わせて一つのエンジンのように作動するのか説明しようとしたんです。〈ピストン、クランク、シリンダー〉、あるいは〈司法府、行政府、立法府〉、いや、何と呼んでも関係ありません。お望みとあらば〈神と神の子と聖霊〉でもいいのです。三人の意見が同じになれば非常に強い力が出せます。一人の力とは比べ物になりません。この時、それぞれの役割は異なるでしょう。しかし他の人の同意が伴わない限り、個人の瞬間的な欲求は現実を動かす力とはなりえません。ですから破壊的な衝動が起きたとしても、それが現実になる心配はしなくてもいいでしょう」

「私は冷却者という単語が気に入りました。クーラーの部品になったような気分も若干しますけど」メディアが微笑んだ。

「私も文学的な比喩を一つ挙げていいでしょうか。私は自分たちが互いに足首を結びあった夢遊病患者のようだと思うことが時々あります。重症の夢遊病患者たちは寝ている間に起き上がり、歩き、話し、運転をして、しまいには罪を犯すこともある。しかし、夢遊病患者は別の夢遊病患者がいなくても自分の体をベッドに縛り付けてしまえばおしまいですが、我々はほかのアルゴルがいなければ自分たちの意識をどこかにつなぎとめることができません」プロスペローが言った。

「クジラの姿を作るときにも、いちいちほかの二人の同意を得なくてはいけないのですか？」僕が尋ねた。

「いいえ、その程度なら構いません。それはただ眠っているときに寝言を言ったり足を揺らしたりするレベルにすぎません」

「そんなふうに自分の意識が他の人と結ばれていると いうのは、気が詰まることではありませんか？」

「詰まりますよ。しかし、どうしようもないのです。それが他の人たちを守る唯一の方法で、我々が人間として生きる唯一の道ですから」プロスペローが言った。

＊

「ご家族はいらっしゃいますか？」プロスペローがややかすれた声で尋ねた。

「両親は交通事故で亡くなりました」僕は答えた。

「同じ車に乗っていたのに、僕は怪我ひとつなくて二人は亡くなったんです。霧が深くて道路で玉突き事故が起きました。今でもたまにその事故の夢を見ます。とても大きな事故でした」

「私は子どもと妻を失いました」プロスペローが言った。

「覚醒の際の事故で、ですか？」僕が尋ねると彼はうなずいた。彼は実際には何歳なのか気になった。職業は何だったのか？ 禁欲的でありながらカリスマ性のある職業だったろう。人文学の教授？ 聖職者？ 軍人？

「私は妹と友人を失いました」メディアが言った。

「自分がまた同じようなことをしでかすかもしれないことが恐ろしくて、混乱しました。何をどうしたらいいかわからなかったです。そんなときにプロスペローが来て、テレパシーで話しかけられました。マーリンが合流したのはその直後でした」

「今、マーリンと私は十代の息子とその父親のような関係ですよ。気詰まりなことも多いです。人から遠く離れたところに監禁されている身の上ですから……。しかしここから出て行けば安全ではありません。マーリンにとっても、この世の中にとっても。マーリンもそのことはわかっています」

「たいへんな犠牲ですし、簡単な決断ではなかっただろうと信じています」僕は言った。

まるで最初に火を起こす方法を発見した人類が、周辺の原人たちに〈私たちはこれであなたたちを絶滅させることもできる〉と言いながら火打石を預けるのと同じようなことだった。僕がそう言うと、プロスペローは苦笑した。

「一番先に火を起こす技術を発見した先祖は、その発見が世界をどれだけ変えてしまうか知らなかったでしょう。しかし、我々は自分たちの力が持つ破壊力を知っています。そして、その力のなかった世界を愛していましてね」

「結果に満足していらっしゃいますか？」

「最初に政府に自分たちの存在を知らせたのは、それが正しいと信じていて、もしかして他の人たちと共に生きていく方法を政府の科学者たちが見つけてくれることもありえると期待したからです。しかし、あいつらは我々を実験室の動物か何かのように扱ったのです。二年も耐えられずに出てきました。その時には若干の物理的衝突がありましたね。それからフォボスに居を構えました。ここに来る途中で核ミサイルをいくつも目にされたと思います。あれが政府の対応でした。

現在は奇妙な対峙をつづけている状態です。我々はばらばらでは弱い。個人ひとりで発揮できる現実操作能力は単純な念動力くらいです。政府の立場からすれば頭の痛い新種のテロリストではありますが、制圧できないほどではありません。しかし三人が集まれば、現存するいかなる武器体系も凌駕する存在になります。ここは要塞であると同時に監獄ですよ。ここにいる限り、捕まって生体実験される心配などなく自由にいられます。しかし、それだけです。正直に言って、今ではこの状況をどうしたらいいかわかりません。それは政府も同じようです」

「三人そろって外に出て行こうと考えたことはありませんか?」

「考えましたよ。しかし、どこに行くというのですか?」

「そうですね、太陽系の外側のほうとか」

「海王星で腸炎を起こしたらどうしましょう? そんな問題は現実操作能力で解決できないのですよ。我々が年老いていったらどうなるのでしょう? 冥王星で急に現実操作能力が消えたらどうしたらいいのでしょう? それにわれわれも新しく出た本を読んだり映画を見たりして、地球の消息を知りたいのです。フォボスに落ち着くことになったのはいくつかの備品補給の問題もあります」

「地球に隠れるのは? 政府の追跡をはぐらかすこともできるのではありませんか?」

「それは可能だと見ています」メディアが割って入った。

しかしプロスペローは首を振って否定した。

「簡単ではないでしょう。フォボスからの脱出に成功したとしても、どこかで現実操作能力を使えば周りの人たちの注目を集めるでしょうし。それに、私はまだ希望を持っています。政府の科学者たちが、我々が他の人たちと平和に共存できる方法を見つけ出してくれるかもしれないという希望です。我々がここから消えたとしたら、先生のような方の報告書をこの先どのようにして受けとればよいのでしょうか?」

「この問題についてだけは、私とマーリンはプロスペローよりもはるかに悲観的なんです」メディアがため息をついた。

「ほかにもアルゴルたちがいると考えたことはありませんか?」僕が尋ねた。

「もちろんありますよ、政府も血眼になって探していることでしょう。しかしここまで出てこないところを見ると、もしかして我々三人しかいないのかもしれません。もし存在したとしても地球にいるでしょうし。地球でなら自己統制力のないアルゴルが現実操作能力で事故を起こしても、それが自然災害や他の原因で起こったものと錯覚されて好都合でしょうから」

その時マーリンが目覚めた。

プロスペローとメディアはすぐにマーリンが目覚めたことに気付いた。背中が痒いとか、足が攣《つ》ったとかと同じような自然な感覚だった。

僕もまた同じように、マーリンが目を覚ましたことに自然に気付いた。確実に、他のアルゴルたちと一緒にいると能力が増幅するようだった。

*

「あなたは……」プロスペローは驚いた目で僕を見つめた。

「覚醒の時期に僕は大きな交通事故を起こしました。五十台の玉突き事故でした。でも、警察ではそれが霧のせいだと言って、自動車会社では自律運行車を利用せずに手動で運転することにこだわる非常識な青年たちのせいだと言って、精神科の医師はとにかく絶対に僕のせいではないと言いました。僕もしばらくその言葉を信じていましたが、どうしても腑に落ちないのであちこちさまよいながら自分と同じような人を探すようになりました。だから超自然現象専門のルポライターになったんですよ」僕は言った。

「どうやって耐えたんですか？」メディアが尋ねた。

「精神安定剤を毎日ひと握りほど飲みました」僕は答えた。

「こんなにうれしいことがあるなんて！　今夜はともに語り合うことがたくさんありますね。マーリンも呼びましょう」プロスペローが言った。

実は、マーリンはその瞬間、僕のいるところに高速飛行で近づきつつあった。そして僕はマーリンとすでにテレパシーでたくさん語り合った状態だった。誰かとテレパシーで対話するのは初めてで、拙いものではあったが。マーリンは僕の計画に賛成した。

僕はメディアに語りかけた。彼女は自由になるのと同じくらい悪夢から抜け出すことができる可能性に揺さぶられていた。僕は、彼女の悪夢は自責の念からではなくここの結界のせいで発生したものだと考えた。僕の場合、地球でたまに見ていた夢と結界の近くで経験した生々しい悪夢には画然とした違いがあった。しかしメディアはまだ自分の立場をはっきりと決めかねていた。二対一、あるいは二対二だった。

マーリンはリゾートホテルのような外観の建物の片側の壁を破って入ってくると、プロスペローに突進した。マーリンのがっしりとした体格は二十代前半の男性に見えた。

「またか！」プロスペローが顔を歪めて叫んだ。

マーリンの体が空中で止まった。二人のアルゴルの間の空間が歪むのが見えた。メディアは僕の表情を探っていた。

僕は念動力で介入する気はなかった。その代わりにオーバーオールの前ポケットから、ひときわ先の尖った串を取り出した。宇宙艦で最後に食べた、なかなかおいしかった串焼き料理を刺してあった串だ。僕はその串でプロスペローの首を二回刺した。

歪んでいた空間がふたたびもとに戻った。マーリンはゆっくりと地面に降りた。

「死んだの？」メディアがテレパシーで訊いてきた。

「ほぼ死んでる」僕はテレパシーで答えた。プロスペローは右手で首を押さえていたが、息をするたびに指の間からおびただしい量の血が流れ出てきた。その目はどこか別のところを見ていた。

「クジラの夢でも見ているみたいだな」マーリンがテレパシーで言った。

「これからどうするの？」メディアが尋ねた。

「とりあえず、このうんざりするところから抜け出そう。外に出て何かやらかそうぜ」マーリンが答えた。

僕はその言葉のほうがプロスペローの演説よりもはるかに人間的だと感じた。ニーチェが彼みたいな主張をしていなかったろうか？

僕が新しい顔と体と指紋と遺伝子を構成している間、マーリンが隣で訊いてきた。名前はどうするのかと。

僕は彼らの伝統に従って、文学作品に出てくる偉大な魔法使いの名前に倣《なら》うつもりだった。

オベロン、ガンダルフ、ゲド……ちょうどいい名前を探しながら僕はプロスペローという名前がどれほど傲慢なものだったか、今更ながら気付いた。もしかしたら彼は内心ほかの二人のアルゴルを、自分がコントロールできる怪物かいたずらっ子程度に考えていたのではないか？

その瞬間、短いが生々しい光景が目の前に広がっては消えた。僕が知っている地球の都市を上空から見下ろす光景だった。霧に覆われた道に自動車が行列を成し、死体が山と積まれていた。その上をマーリンとメディアと僕が飛んでいった。

＊

これはなんだろう？

マーリンとメディアが送ったテレパシーでないことははっきりしていた。二人は僕をじっと見つめていた。

突然力を得た脳が混乱に陥って引き起こした意味のない白日夢か？　それとも僕にある種のビジョンができたのだろうか？　予知力だろうか？

もしかして、プロスペローもこの映像を見たのだろうか？

それともこれは、彼が死に向かいつつも僕らに送っているメッセージだろうか？

だったらどうした。僕は唇をかみしめた。僕たちはもう生まれてしまって、今や世界は……

「ちょうどいい名前、思いついた？　俺が代わりにつけてやろうか？」せっかちなマーリンが訊いてきた。

「今ちょうどいい案が浮かんだよ」僕は答えた。

「何？」メディアが尋ねた。

「ヴォルデモートはどう？」僕は答えた。

あなた、その川を渡らないで

님이여 물을 건너지 마오

森があり、男と女がいた。男は女の夫で、女は男の妻だった。男はがっしりとした体格に、まなざしは温かく、優しい笑顔の作り方を知っていた。女は……女の髪は細く美しくシルクのようにさらさらと揺れ、その肌は白くてすべらかだった。

女の唇はしっとりとして、額は明るく光り、眉毛は定規を当てて描いたようで、首は細く白く、胸はつぼみのようにふっくらと盛り上がっていた。彼女の近くにはいつもかぐわしい香りが漂った。

男は昼の間、森と野原で木を切り、畑を耕した。もちろん、川へ行って魚を捕ることもあった。女は家で鶏とウサギを育て、森で果物を摘んだ。暇な日には手の込んだ料理をし、服を編んだ。彼らは家の外で会うこともよくあった。女はキノコを採っていて男が木を切る音が聞こえると、そちらに向かった。女は男がごつごつとした腕で斧をふるう姿を見守った。女は男に弁当を準備してやった。彼らはそれぞれ昼ご飯を食べ、家で夕食を共にした。昼に汗を流し、夜はぐっすり眠った。

女は時おり、夜遅く一人で目覚めると肩にショールをかけて森に入っていった。悩みを森に打ち明けて、助言を得るためだった。男は森と話すことができなかった。

男はある日から悪夢を見はじめた。おかしな夢だった。夢の中で彼はとても悲しくて、疲れていた。大地は一面の土と小石ばかりだったが、そこはかすかに青く光っていた。彼が悲嘆にくれて砂利道をとぼとぼと歩いていると、人びとは傷一つないまま、ひっくり返って死んでおり、自分の体もだるくて熱が出ていた。彼は一人で生き残り、家族を探しているところだった。

家族？　彼は夢の中で問い返した。

夢から覚めた後も、悲しみが消えなかった。

どうしたの？　美しい妻が目覚めて訊いた。

何でもない。おかしな夢だったよ。

彼女は腕を伸ばし、夫の頭を包み込むとその体を抱きしめた。彼女は男が眠るまで静かに待った。男がふたたび眠りに落ちると、ようやく彼女も安心して目を閉じた。

彼女は夫の夢のことを森に相談し、森は彼女に夢を消す薬草を教えてやった。彼女は心を込めて草の根を茹でて弁当に入れたが、男はこっそりそれを捨てた。

男はますます夢にとらわれるようになっていった。はじめのうちは、薬に頼らず自分の力で立ち向かうつもりだった。しかし次第に、夢から覚めてもひどい悲劇から抜け出したとほっとすることもできずに、隠された謎をかみしめるようになった。夢はその秘密を隠した啓示のようだった。彼自身も起きている時より、夢の中にいるほうが本当のように感じられた。

妻はその姿を見ながらやつれていった。夫をなだめ、止めようとしても、何もできなかった。うわごとをつぶやきながらのたうち回る夫を、女はかたく抱きしめて撫でさすってやったが、悪夢は終わらなかった。今では朝になって日が昇っても夫は死人のような顔で、一人じっと考えに耽っているばかりだった。森は女に様々な薬草を処方した。森は夢の内容を知りたがった。

女が夢の話を尋ねても、男は首を振って微笑むばかりだった。あまりにばかばかしい内容で、話せないのだ、と。女は夫の苦しみとその嘘に二重に傷ついた。

その夜、男は森へ入っていった。女は靴を脱いでこっそりとついていった。

男は答えを得るために森に入ったのではなかった。

彼は、森と戦うつもりだった。

空には無数の星がきらめき、満月が幽霊のように浮かんでいた。鳥も虫もおらず、木と木の間は深淵だった。妖《あや》しい風が木をかすめてすすり泣くような音を立てた。彼は木々の間の広場で止まった。男は木々が自分をにらみつけているようだと思った。

森よ。男は口を開いた。俺は誰だ？　そしてここはどこだ？

ひと筋の風が吹いた。

男は胸元から短刀を出した。刃は月光を受けて陰惨に光った。彼は短刀を両手で逆に握り、前に突き出すと力いっぱい自分の体に向けて引いた。と思うと悲鳴を上げ、短刀を地面に落とした。両手に火傷が残っていた。地面に落ちた短刀からは刃が消えていて、柄《つか》の部分は真っ赤に熱せられて赤い光を放っていた。

そんなことをなさってはいけません。森が言った。

ようやく俺と話す気になったか。男は胸から血を流しながら微笑んだ。

命を大事に考えなければ。

生きる意志がなかったとしても？

だますつもりはありませんでした。ただ、こちらのほうが過ごしやすいのではないかと考えただけなのです。

一体ここで真実とはなんだ？　この木々は本物か？

すべてが本物です。ここで感じられる安らぎと愛は本物です。私たちが提供したのは材料にすぎません、それらを作り出したのはあなたの心です。あなたの心は本物です。

だとしたら、俺はもう、その材料を拒否するよ。ここから出たら、死んでしまいます。

それでもいい。

あなたの夢が本物だと、どうしてわかるのですか？

わかるんだ。

あなたの体があなただけのものではないということ

を、考えてみましたか？　あなたの子孫のことを。人類全体への義務があるのですよ。

それは、同時に俺の意志が人類全体の意志でもあるということだ。

森はそれ以上答えなかった。森の答えが絶えると、男は当惑して立ち尽くしていたが、わけもなく柄だけ残った短刀を持って広場から出ていった。男は広場を出たところで妻に会った。女は最初から、夫と森との対話を聞いていた。

俺は行くよ……。男は女と目を合わせまいとしてつぶやいた。

私のことが嫌いになったの？　女は静かに涙を流した。

違う、違うんだ。俺は……、俺は……。男は何も言えなくて、同じ言葉を繰り返した。

ここに薬があるわ。このきのこを食べればつらい記憶はすべて消えるの。この草を食べれば、どんな闇夜でも安らかに眠りにつける。私が気に入らないのなら別の女を選んでもいいの。森に話せばあなたの願いをすべて聞いてくれるはずよ。だからここにいて。

俺のことを引き留めるために、好きなふりをしていたんだろう。男が言った。

女は驚いて顔を上げた。

男は彼女を押しのけて、力なく森から出ていった。

女が慌てて男を追いかけ何か叫んだが、男の耳には届かなかった。男は速く断固とした足取りで歩いていった。女は追いかけるのに精いっぱいで、もう泣いてもいられなかった。彼女は美しい目を大きく見開いて、半ば恐怖に青ざめ、半ば絶望に疲れ果て、それでも恋に落ちた者ならではの虚しい希望を胸に抱いて男を追いかけた。

愛しているの。女が後ろから男を呼んだ。

おまえに愛がわかるのか？　人間でもないくせに。

男は振り向かずに答えた。

あなたを……あなたのことを自分の体よりも大事に思って、大切にすることでしょ？

だったら、このまま行かせてくれないか。

男は森を抜け野原を駆けた。月明かりに照らされて、憂鬱な光景が胸を満たし、駆け抜けながら彼は作り物の世界から抜け出すという解放感を味わった。女は泣いては走り、走っては泣きながら、彼を追いかけた。

男は川辺に出た。黒い川が行く手を遮っていた。川の向こう岸は彼が以前知っていた世界だった。川の水に月が映って揺れていた。

行かないで。夫を追ってきた女が後ろから叫んだ。何を言われてもいいの、何をしても邪魔しないから。渡らないで。その川を渡ったら死んでしまう。

ようやく男は後ろを振り返り、寂しげな微笑みを浮かべると川の中へ歩いていった。

男の後ろ姿は次第に水の中に消え、頭だけが水の上に浮かんでいるように見えたが、それもすぐに月明かりの陰に隠れて、とうとう見えなくなってしまった。

女はしゃがみこんで大声を上げて泣いていたが、自分も水に入ろうとした。膝まで水に入ると森の声が聞こえた。

やめなさい。

なぜ？　もう私には生きる理由がないのに。女が言った。

理由ならある。私たちは先ほどの行動で、おまえが人間になったと判断した。今やおまえこそがこの世に残った唯一の人間だ。

人間はみんな自殺したわ。

女はそう言うと川に飛び込んで動きを止めた。人類史上はじめて人間性を獲得した人工知能は、そうやって自殺によって命を終えた。

愛が人間を作り、また、人間を殺すというが。ついに。

訳者付記

〈님이여、그 물을 건너지 마오／あなた、その川を渡らないで〉は韓国で最古と言われる詩〈公無渡河歌〉の一節だ。

中国の歴史書に漢詩とエピソードが残っており、漢詩は長らく口承文学として伝えられた。漢詩を解釈した（そのため少しずつ違いがあるようだ。）韓国語の詩は、歌手イ・サンウンのリメークなどで広く知られている。

〈公無渡河歌〉

公無渡河　공무도하（님이여、그 물을 건너지 마오／あなた、その川を渡らないで）

公竟渡河　공경도하（님은 기어코 물을 건너셨네／ついに渡ってしまいましたね）

墮河而死　타하이사（물에 빠져 돌아가시니／溺れて死んでしまうなんて）

當奈公何　당내공하（가신 님을 어찌할꼬／あなたをどうしたらいいのでしょう）

歌は朝鮮の船頭、藿里子高《クァクリジャゴ》の妻、麗玉《ヨオク》という女性が作ったものだ。藿里子高は早朝に起き、渡し場で船の手入れをしていた。その時突然、頭が真っ白になった狂人一人が、髪を解き放ったまま、酒瓶を抱えて川の中に入っていった。そしてその後ろには、その老人の妻が追いかけてきて、夫を呼びながら止めたが、その老人は深みにはまって流され、ついに溺れて死んでしまった。この時、妻は持って来た箜《ク》篌《ゴ》（琴の一種）を持ってきて、「公無渡河」の歌を作って歌った。その歌声は、この上なく悲しかった。歌い終えると、その妻も自ら身を投げて死んでしまった。

藿里子高は家へ帰り、妻の麗玉に自分が見たことを話して、また、その歌を妻に聞かせた。夫の話を聞いた麗玉は涙を流し、箜篌を抱きしめ、ふたたびその歌を歌ってみた。その歌を聞いた人は誰でも涙をこらえきれず泣き出したそうだ。
参照：ウェブ版『韓国民族文化大百科事典』

データの時代の愛《サラン》

데이터 시대의 사랑

イ・ユジンとソン・ユジンは新道林《シンドリム》（ソウル市内、南西部の地名）の映画館で初めて出会った。午後十一時五十五分上映の台湾映画が始まる数分前だった。台湾では商業ベースの映画だったが、韓国に来てからは多様性映画として受け止められている、そんな映画だった。

ポップコーンとドリンクを売っているカウンターと映画の予告篇が繰り返し流れている巨大なスクリーンの間では、十五人ほどが退屈そうな疲れた表情でそれぞれスマホの画面をのぞきこんでいた。するとその中のひとり、ひどく痩せた中年の女性が胸元をぎゅっとつかんで床に倒れこんだ。周りの人たちはおずおずと周りを取り囲んだ。

イ・ユジンは倒れた女性の脈をとり、青ざめている映画館スタッフに近くにＡＥＤがあるはずだから探してくるように指示した。さらに彼女は、ぼんやり突っ立っているソン・ユジンを指さして１１９番に通報するように頼んだ。そして倒れた女性に心肺蘇生術を施した。

消防署の救助隊員たちが女性を担架に乗せていくと、見物していた人たちは気まずそうな表情でシアターに入っていった。イ・ユジンはソン・ユジンに、手伝ってくれて助かったと伝えた。ソン・ユジンはバカみたいな顔で、イ・ユジンが倒れた女性の連れだと思っていたと言った。イ・ユジンは今日初めて会った人だと答えた。

今入れば映画をご覧になれると思いますよ、始めのところをちょっと見逃すでしょうけど……。イ・ユジンが言った。

そうですね。でもそれほど映画を見たくて来たわけじゃないし、眠れなくてちょっと出てきただけなので……。ソン・ユジンが言った。

彼らは映画館を出ると映画館と変わらないほど真っ暗なバーに入っていった。ソン・ユジンはイ・ユジンに心肺蘇生術をどこで身につけたのかと尋ねた。イ・ユジンは貧しい女性と子どもを支援するNGOで働いており、紛争地域に派遣される応急救護チームで働いた経験があるのだと言った。彼女は薬学部を卒業し、薬剤師の資格もあるという話をするべきかどうか迷って結局やめた。NGOの前に木工を学んでいたこともあった。

子どものころは、世界を救いたかったんです。怖いものなしだったから。イ・ユジンが言った。

ソン・ユジンは、自分は一人でスペイン料理店をやっていると話した。商売を終えてからも興奮が冷めやらず、ぼんやりとひとりで酒を飲んだり映画を見に行ったりする日があるのだと。疲れている日ほどそうなるのだと、付け加えはしなかった。彼は自分の祖父がグラン・カナリア島でテコンドーを教えていて、スペイン育ちの韓国系二世の父親がマドリッドに留学に来た韓国人の母親と結婚したのだと説明した。そしてその息子であるソン・ユジンは二十歳でソウルに来た。

巡り巡ってスペイン料理を作ることになったんです。ソン・ユジンが言った。

ソン・ユジンはイ・ユジンに、数時間前にどうして自分を指さして119番に電話しろと言ったのかと尋ねた。

ああいう状況では一人をパッと指して頼まないとダメです。そうしないとお互いに顔色を見て誰も進んで動かないことがあるんですよ。イ・ユジンが言った。

それはわかる気がします。でもどうして、他の人じゃなくて俺を？

そうねえ。ハンサムだから？

*

イ・ユジンはソン・ユジンを初めて見たときに〈卑しいほどハンサムな男〉だと思ったのだと言った。なんだよ、卑しいほどハンサムって。ソン・ユジンは笑いながら言った。

付き合ってみたらスリルがありそうだけど、深く付き合いたいとは思わなかったってこと。若いときならそんな男性と一度付き合ってみるのもいいでしょ。イ・ユジンが言った。そしてその第一印象は少しして〈惨《むご》いほどハンサム〉に変わったと言い足した。

なんだよ、惨いほどハンサムって。ソン・ユジンはイ・ユジンを抱き寄せて耳元でささやいた。

あらためて見ると、初めて見たときよりもずっとセクシーに見えたってこと。イ・ユジンが答えた。

イ・ユジンは三十六回目の誕生日を数日過ぎてソン・ユジンに出会ったため、しばらく悩んでいた。異性関係にスリルを求める年齢はもう過ぎたと思っていたからだ。そのうえ、ソン・ユジンは彼女よりも五歳も年下だった。出会った時点も、年の差も微妙だった。彼女が四十代になってもソン・ユジンはまだ三十代半ばというわけだ。ソン・ユジンが猪突猛進で突っ込んできたとき、彼女はそのアプローチに巻き込まれながらもその事実を忘れなかった。

ソン・ユジンとの恋愛ははじめに予想したよりも長く続き、しかも甘美なものだったのでイ・ユジンは本格的な苦悩に陥った。ようやく三十を超えたばかりのソン・ユジンは、関係を結ぶスピードをあまりに巧みに調節してきて、イ・ユジンは満たされながらも不安になるというジレンマを感じた。この関係はどれほど持続可能なのだろう。

そんな悩みを打ち明けると、データマイニング会社に勤めている友人があるアルゴリズムを紹介してくれた。

もともと保険会社のために開発されたサービスなんだけど、VIPの顧客には非公式で提供することもあるよ。個人ファンドの投資家や金融会社の役員だとか、その子どもたちだとか。友人は言った。大げさに考えなくてもいいよ。私たちはいつもやっているし、ほら、有名俳優と自分が付き合う確率はどのくらいか、付き合うとしてどのくらい長続きするか、試してみるの。もちろん真剣に付き合っている相手とも試しているけど。

これはライフサイクル予測分析という新事業の小さな一角だった。恋愛、結婚、妊娠、出産、子どもの入学や卒業、引っ越し、本人あるいは配偶者の不倫、父母の死亡、配偶者の死亡、本人の死亡などの出来事を経験したときに、人々の消費パターンは大きく変化する。企業はこれを見抜くために顧客情報の収集と分析に努める。より安価に、より簡単に求められる少ない情報からより正確な結果を導くのがビジネスのポイントだ。洞察がすなわち金なのだ。

うちの会社が作ったのは、依頼人がすでに知っている情報と、外部に自ら公開している情報だけで関係持続性を予想するアルゴリズムなの。相手の生年月日や住んでいるところ、職業なんかはだいたいわかるでしょ? それを私たちに話したからってあなたと同じユジンって名前のその人の内密な個人情報を譲渡したわけじゃない。実際、もう私は少し前から全部話を聞いているしね。そこに、その人がネットにアップしている文章や写真、映像とか、他の人が彼を表でどう評価しているかをもとにして分析に入る。友人が言った。

高画質の写真一枚からわかる情報がどれほど多いか知ったら驚くと思うよ。写真にうつった女性が妊娠中かどうかは九八パーセント以上の精度で見抜くことができる。手の位置や皮膚の状態から判断できる。着ているものや髪型、カバンや靴、その人の年齢、写真を撮った日付がわかれば、その人がどのくらい流行に敏感なのか、年を取るのをどれほど嫌がっているのかさえ把握できる。

時間かかるの？　イ・ユジンが尋ねた。

一日で充分。やってあげようか？　友人が尋ねた。

＊

イ・ユジンが若いころには結婚を前にした男女が易者を訪ねて相性を見てもらったり、彼らの親が相手の四柱推命を調べてくるように言ったりすることも珍しくなかった。イ・ユジンがそんな友人たちを問いただすと、大部分は面白半分で占っただけだと自らをごまかし、一部は生まれた星回りなど一種の統計学だと言い返してきた。

イ・ユジンは二つの次元でその星回りというものに不信感を持っていた。ひとつは陰陽五行が何とか十二支十干が何とか言っている命理学の世界観が、現実世界での人々の動き方とはまったく別物に見えるからだった。もうひとつは易者もやはりサービス業者なので、依頼人の気分を害することは言わないだろうから。実際に知人たちが受け取った相性占いの結果は、全部一行にまとめてみれば百点満点のうち六十〜八十点程度といったところだった。〈おおむね結構なのだが、あれこれ落とし穴もあるので注意しなさい〉から〈ぴったりお似合いとはいいがたいが愛の力で乗り越えることができる〉まで。そんな予言なら予言者たちも深刻な責任を負わずに済むので、無難になるのも当然だった。

友人が勤めているデータ分析業者の予測結果は容赦なかった。彼らの出す結果は金を扱う人たちから何年も冷酷に評価されてきて、自分たちの予測に責任を負っていた。

友人は困った表情をしていた。酒に加えて友情の勢いでイ・ユジンとソン・ユジンの関係持続性を分析してあげると約束したことを後悔しているのがありありとわかる表情だった。

　友人の会社で開発した予測分析アルゴリズムによれば、イ・ユジンとソン・ユジンが五年以上付き合う可能性はほとんどなかったし、十年以上関係が続く確率は奇跡に近かった。ソン・ユジンは、金銭契約は厳格に守るだろうが、他の人間関係において誠実である義務をそれほど重要視する人ではないそうだ。特に配偶者や恋人への忠実さが他の人に比べ著しく低いって……。休む暇もなく浮気するということだった。

　まあ、予想通りだね。イ・ユジンはわざと平気なふりをした。

だよね。あんなイケメンだもん。それにスペイン育ちだって？　あっちは浮気男の本場でしょ？　友人が言った。

イ・ユジンは、その安価で直感的な分析を実行してくれた友人を一発ぶん殴ってやりたい気持ちだった。

　ソン・ユジンは一般的な意味での浮気男ではないとイ・ユジンは考えた。彼は誘惑に抵抗しない、あるいは抵抗できない快楽主義者、とめどなく新しいものを追い求める自由主義者というよりも、他の人に対して意味を求めず、自分に起きる出来事のほとんどを放っておく虚無主義者に近かった。もしかしてカナリア諸島で異邦人として育ち、ソウルで外国籍者として生活しているからかもしれない。女性が簡単に手に入るため、そんな性格になったのかもしれない。ソン・ユジンは友人カップルと酒を飲んでいるとき、男性側が席を離れたとたんに女性がすぐに自分に言い寄ってきたというエピソードも聞かせてくれたことがあった。ソン・ユジンは自分の人生に関心がなさそうな態度で、そんな雰囲気は周りの人をうずうずさせた。

　どうする、関係は続けるつもり？　友人が尋ねた。

　嫌な終わり方するの、はっきり見えているけどね。私たちだっていい年じゃない。イ・ユジンが答えた。

じゃあ、別れるの？　友人が尋ねた。

ちょっと様子を見るよ。別れそうになったらこっちから先に振ればいいし。イ・ユジンが笑った。

ほかの男も切らさずに付き合って、予備のカードをキープしておくんだよ。友人が笑った。

＊

心理学でいうところのロミオとジュリエット効果が発揮された。ソン・ユジンが禁じられた対象であるがゆえに、イ・ユジンはますます深くはまり込んだ。自分の顔から表情を消そうと、冷たくして距離を置こうとすればするほど、心の中は手が付けられなくなっていった。彼女は、両親の反対だとか貧富の格差だとか身体障碍《しょうがい》だったら軽々と克服できた。性格や価値観の違いもなんとか乗り越えられそうだ。しかし、ほぼ確実に予定されている醜悪な結末は強力なアッパーカットも同然だった。自分と別れてからもソン・ユジンは多くの女たちと付き合うだろうし、自分にとって彼はいつまでも忘れられない傷になるだろうが、自分は相手にとって分厚い本の小さなチャプター程度に、せいぜいちょっともったいなかったくらいの存在になるだろうという予想はストレートパンチだった。

どうしたんだよ、最近？　何か悪いことした？　ソン・ユジンが腹を立てて問いつめたときイ・ユジンは爆発した。きちんとした説明もできずに、そんなふうに感情が噴き出すのは二十歳以来初めてだった。あっけにとられた男をカフェに残したまま、彼女は涙を浮かべて家に帰った。ソン・ユジンは老練なことに彼女を引き留めはせず、怒りが収まったら電話してくれというショートメッセージをひとつ、その晩残していた。

イ・ユジンは理性で一週間耐え、羞恥心と自尊心と自己嫌悪でもう一週間耐えた。耐えられずに連絡しようとした直前にソン・ユジンのほうから連絡が来た。ソン・ユジンの顔もやつれていて、半月の間まともに眠れなかったと言って、彼はおびえながらも同時に怒っているようで、そんな感情を彼も隠し切れておらず、イ・ユジンは安堵した。

これはもう私の問題じゃなくて私たちの問題だよ。これをどうやって解決するのか話し合わないと。イ・ユジンは関係持続性の予測分析結果を取り出して見せながら言った。

ソン・ユジンは戸惑った。彼は世の出来事のほとんどについて〈俺の意見なんてどこが大事だというんだ?〉という意見だった!、自分自身に対してもそんな立場をとっていた。自分がどんな人間なのか、他人をどんなに傷つけているか深く顧みたことなどなかった。

漠然とサッカー選手にあこがれているけれど特に努力したことのない幼い子が、誰かから〈君は深刻な扁平足だ（韓国では扁平足は行軍に向かないとして兵役免除になることがあった。扁平足＝運動に不向きと考えられている）〉と教えられたら今の自分のような気分になるのではないだろうか、とソン・ユジンは考えた。彼はその時まで自分がイ・ユジンを愛していると素朴に信じてきたが、突然、愛という単語の意味を理解しなくてはならず、またその重さを受け止めなくてはならなくなった。

ソン・ユジンは、余命宣告を受けた人がたどるという五つの段階どおりに前半の過程を踏んだ。まずは否定し、その次に腹を立てた。その次に来るという取引の段階で、ソン・ユジンは遺伝子分析業者を訪れた。イ・ユジンに「遺伝科学者たちはデータ科学者たちとは別の話をしてくれたけど」と言うべく。しかし遺伝子分析の結果、彼は対人関係と関連が深い特定のドーパミン受容体の遺伝子が人に比べて鈍感で、新しいことをより多く追いかける傾向があることがわかった。浮気男の遺伝子があるというわけだ。統計易学と生物学、二つの分野から同じ診断を受けると、ソン・ユジンは戦意を喪失した。

ソン・ユジンは憂鬱になり、その次の段階は受け入れだった。ソン・ユジンは最後の段階のある時点でとどまった。彼は自分にプレイボーイ気質があることを認めた。これまで半年以上異性関係が続いたこともなかったし、恋人がいなかったこともほとんどなかった。それでも二人と同時に付き合ったり、相手をだましたりすることはなかった。彼はインターネットで人間行動分析アルゴリズムについて検索し、ある人文学の講義映像を見ると、イ・ユジンのもとを訪れた。

俺はアルゴリズムに屈服しないよ。俺は変わるんだ。人間は変化できる存在だからね。俺を助けてくれ。俺がもっとましな人間になれるようにしてほしい。ソン・ユジンはその場でプロポーズし、イ・ユジンは受け入れた。しかしイ・ユジンの心の奥深くの片隅には、客観的には戦力で劣勢に立たされた試合を前にして精神論を語るスポーツの監督を眺めているような気持ちもあった。そんな感覚はどんなに消そうとしてもうまくいかなかった。

*

ソン・ユジンは結婚とは誓約だと考えていて、盛大な式を挙げればそれだけ堅く決心ができるだろうと期待した。非婚主義者だったイ・ユジンはそんな発想にゾッと身震いした。結婚式に来た友人で口の悪い彫刻家が予想通りの量産型礼式だと言ってイ・ユジンをからかった。彼女はウェディングドレス姿で怒りをこらえた。

〈俺がもっとましな人間になれるようにしてほしい〉というソン・ユジンの言葉が、もうロマンティックに聞こえないことにイ・ユジンはその時に気付いて驚いた。あなたをもっとましな人間にしてあげるために、私はあなたの新婦にならなきゃいけないわけではない。私は自分が幸せになるために結婚するのだ。しかしイ・ユジンはそんな考えを口には出さなかった。実際に、彼女自身の幸せのために結婚するのかどうかも定かではなかったからだ。結婚は恋の完成だという神話と衝動的な感情に押し流されたのではないだろうか？

それでもはじめの一、二年はとても順調だった。二年が過ぎると徐々に、どうしようもなく、倦怠が訪れた。

イ・ユジンは四十歳が近づいてきた。彼女は急に白髪が増えたのを見て恐怖にかられた。胸は垂れ、皮膚も弾力を失ったようだ。一方でソン・ユジンは相変わらず若々しく見えた。

ソン・ユジンはレストランを拡張し、シェフが登場するバラエティ番組に出演して半ば芸能人になりつつあった。番組ではソン・ユジンは既婚者だと明言していなかった。キッチンでもスタジオでも彼に近づいてきて軽く頼みごとをしたり、つまらないジョークを投げかけたりする女性たちは多く、ソン・ユジンはその状況を避けなかった。

イ・ユジンはアジア非識字根絶プロジェクトを企画し、責任者となって海外出張が増えた。彼女はトランクを転がして空港に向かうたびに、帰ってきたときに家の雰囲気が変わっていないと言い切れないという不安が消せなかった。ソン・ユジンが浮気をするとしたら、彼女の出張時を狙って実行するようなタイプではないとわかっていながらも。

ある日の夕方、ビールを飲みながら野球中継を見ているソン・ユジンに向かってイ・ユジンは以前聞いたことのある面白いエピソードを聞かせた。中継のカメラが観客席を映している時だった。

「ある既婚男性が愛人と野球を見に行って観客席で手をつないで座っている場面が中継されたんだって。それを家にいた奥さんが偶然に見つけて、浮気を見破って裁判所に離婚を訴えたっていうの。男は怒ってテレビ局に自分のプライバシーと肖像権を侵害されたって損害賠償請求訴訟を起こしたけど、裁判で敗訴した。観客席に座っている人は自分の顔がテレビに映ることに合意したと考えられるって。

イ・ユジンが何気なく言ったひと言にソン・ユジンの顔は引きつった。

どうしていつも俺にそんな話ばかりするんだよ？ そんなに信頼できないってこと？ ソン・ユジンが言った。

イ・ユジンは、自分たちが不吉な予言を避けようとしながらも予言通りに運命を完成させてしまうギリシア悲劇の主人公たちのように、予測分析結果に支配されているのだと思った。

俺たちには何かルールが必要なんじゃないか？ ある日ソン・ユジンが提案した。ソン・ユジンはまだ結婚して二年しか経っていないのに、自分と妻との間に不信感が存在しているのが不満だった。自分は何も悪いことをしていないのに気まずく、緊張した気分で生活すること、常に監視されていることに疲れていた。彼は何が不貞で、何が不貞でないのかはっきりと線を引いて、二人のどちらかがその線を越えたときにどうするのかあらかじめ決めておこうと主張した。どちら側であってもその一線を越えた人は即刻打ち明けようと。浮気だとか、それは浮気じゃないとか、みっともなく争うのは最悪だという点でイ・ユジンも同意した。精神的な不誠実は規定しがたいので、彼らは不倫の基準を肉体関係で決めた。

いいね、じゃあどこから不倫になる？ セックス？ キス？ それとも手をつなぐこと？ イ・ユジンが尋ねた。

キス。ソン・ユジンが答えた。頬とかおでこじゃなくて、唇にするキス。

彼らは二人のうち一人が他の異性とキスしたら、その場で結婚生活を終え、間違いを犯した側が財産を放棄することで合意した。

こんな約束は奇妙な副作用を生んだ。ソン・ユジンは気がねなく女性たちと軽口を叩くようになった。女性から露骨なまなざしで見つめられたり、肩に手を置かれたり、肘を掴まれたりすると、以前は自分を責めて居心地の悪い思いをしたが、今やそんなことはなくなった。たまにそうやって接近してくる女性にそつなく応えてやりながら、体温がちょっと高まるような性的な緊張感をそれとなく楽しむこともあった。彼は誠実な人間になるために結婚を選択し、自己欺瞞の言い訳を避けるために誠実さをはっきりとした言葉で定義しようとした。そして、そのことによって下半身だけ誠実な人間になっていった。

＊

　ガルシア＝マルケスの小説の舞台から名前をとったソン・ユジンのレストラン〈マコンド〉は、新沙洞《シンサドン》（江南にある高級な商業エリア。ブランドの路面店やおしゃれなカフェ、レストランも多い）に移転した。今では料理人だけでも四人になった。黒一色にそろえたオープンキッチンで、料理人も厨房補助もホール担当者もみな黒い制服を着て仕事をした。スタッフたちは互いに、次長、課長と肩書で呼び合った。ソン・ユジンは直接料理を作る代わりに、スタッフの監督やメニューの開発など全体的なコンセプトを指示していた。

　スタッフとその家族を呼んで開いたパーティーで、イ・ユジンは新しく料理人となった主任の女性に初めて出会った。意志の強そうな目をした主任は大げさな身振りで、イ・ユジンはきれいで優雅でソン・ユジンととてもお似合いだと褒めあげた。イ・ユジンはその若い主任がソン・ユジンにすっかり惚れこんでいて、ソン・ユジンが浮気をするとしたら相手はこの人だろうなと直感した。

　生まれつきのプレイボーイたちがたいていそうであるように、ソン・ユジンもその時まで自分が誰と浮気をすることになるのかわからなかった。その事実を彼に知らせてくれたのは新しいデータと分析技術だった。

　厨房用品と調理器具だけでなく、下着、シャツ、ズボン、時計、眼鏡、ネックレスなどすべてのものにセンサーとCPUが搭載されている時代だった。ネックレスの加速度センサーはその持ち主がどれほどたくさん対話をしているのか、どれほどはきはきと話すのか、どれほどよく笑うのか、どれほどしょっちゅうあくびをするのかを分析し、腕時計の動作センサーと温度計は腕の持ち主が話をしながら腕を上げて振る回数をカウントし、脈拍の速さと体温の上下変動を記録した。

人間行動データの分析家たちは、ある人が一日のうちでいつが最も幸福なのか、どんなことをしているときに一番気分が高揚するのかを探り当てることができると発表した。万物の構成要素についての学問が哲学から物理学へと分離されたように、自我の本質に関する研究が神経科学へと分かれて出てきたように、今や幸福の正体と原理もデータ科学の領域に入ってきた。幸福とは、人がどれだけよく笑いうなずいているのか、どれだけ活発に手を振っているのかによって規定される問題だった。そのデータが、人びとが主観的に記録した幸福感と最も正確に一致した。物質が素粒子によって構成され、自我が神経細胞の作るシステムであるように、幸福も科学的に定義できるようになった。

ソン・ユジンは自分が若い主任と一緒にいるときに一番幸せを感じているという事実に気付いた。幸福レベルはイ・ユジンといるときに比べて平均して五倍だった。グラフを見て彼は言葉に詰まった。彼は自分が家庭を安息の場所だと考えていないことを、認めるしかなかった。

ソン・ユジンが夏の休暇に出かける前の晩、若い主任が新しいタパスのメニューをいくつか開発したので試食してほしいと言ってきた。退勤する直前だった。厨房には二人きりだった。ソン・ユジンは若い主任が作った料理を食べて褒める部分は褒め、指摘する部分は指摘した。若い主任はソン・ユジンの言葉を最後まで聞くと不意討ちで彼にキスをした。

意志の強そうな目をした主任は唇を離してから、近すぎも遠すぎもしない距離でソン・ユジンの反応を待った。哀願するような表情だった。ソン・ユジンはまだ自分にチャンスがあるとわかっていた。自分でも驚いたと、避ける暇もなかったと、それ以上は何もやましいことはないと、その場でその主任を解雇するつもりだと説明したなら、イ・ユジンもわかってくれるだろうと考えた。

しかし、それはあまりに見え透いた嘘だった。そうなるだろうって予想できただろ。待ってました、じゃないのか？　若い主任がメニューを開発したと、評価してほしいと言った時から気付いていたんだろうが？　今度、他の人もいるときに一緒に食べようと話すこともできただろ。おまえだってその程度の予測と分析ならできただろ。

しかし、重要なことは予測や分析ではなく、行動だ。いつだって。その日〈マコンド〉の厨房でその単純な真実がわかっていたのはソン・ユジンではなく若い主任だった。主任はソン・ユジンが何を考えているのか、彼がどのように行動するか見当もつかなかった。だから直接体当たりをしたのだ。彼女は顔を上げ、目を閉じたままソン・ユジンに近づいた。

ソン・ユジンは主任が目の前まで来た時、うつむいて目を閉じて考えた。

クソッ、これが俺だ。

ソン・ユジンがイ・ユジンと結婚してから満四年九カ月五日になる日だった。

ああ、これが俺だよ。どうしろっていうんだ。

＊

イ・ユジンはソン・ユジンが浮気をしたことにすぐに気付いた。会社近くのマンション、フィットネスクラブ、ヒーリング瞑想センター、一人旅商品、結婚情報会社、離婚訴訟専門弁護士、生きる意味と独り立ちについての各種の本と講演の案内が、一斉に舞い込み始めたので、気付かないわけがなかった。企業側はソン・ユジンが浮気をしたという事実、ソン・ユジンの妻がイ・ユジンであるという事実を知っていて、イ・ユジンが間もなくフィットネスクラブや瞑想センターを訪れるなり、新しい配偶者候補や弁護士を探すことになるだろうと予測したようだ。ソン・ユジンはあれこれ商品を買ったり、サービスを購入する際に約款をきちんと読まずに、自分の個人情報を利用したり他の会社に譲っても構わないと承認していたに違いない。しっかりしていないから。

ソン・ユジンはイ・ユジンに自分が一線を越えたとは打ち明けなかった。だからイ・ユジンは企業側の分析が間違っているかもしれないというかすかな希望を抱いた。イ・ユジンが知っているソン・ユジンは、たとえ浮気をしたとしても嘘をつく人ではなかった。

ソン・ユジンがイ・ユジンに真実を話さなかったのは、二重生活に満足していたからでは決してなかった。ソン・ユジンは何をどうすべきかわからなかった。若い主任と寝ながらも、ソン・ユジンは自分がイ・ユジンのことをどれほど愛しているか、彼女が自分にとってどれだけ大事な存在なのか逆説的に気付いた。自分が彼女を裏切って、彼女が間もなくその事実に気付いて自分から離れていくだろうと思うたびに、胸が張り裂けそうに痛かった。だから、割れてしまった茶碗とこぼれた水を前にぼけっと突っ立って別のことを考えている子どものように、彼はぼんやりと一日一日を過ごしていた。

イ・ユジンを思う気持ちだけが真実だった。彼は純粋さと不誠実さがそんなふうに混ざり合えるなど、以前は想像もできなかった。そんな観点からみれば、恋愛や背信行為を具体的な言語で描写しようとしていた試み自体が間違いだった。

彼らが結婚してから満四年十一ヵ月二十六日目に、

イ・ユジンはとうとうこらえきれずにソン・ユジンに尋ねた。

私に言うことがあるんじゃないの？

ソン・ユジンは、イ・ユジンがセンサーとCPUを搭載したコンタクトレンズを着用していると思っていた。基本性能として嘘が感知でき、相手の毛穴が普段と比べて何パーセント開き、そこから汗が何ミリリットル噴き出しているかまで分析できるというホームショッピングの商品だ。もともと犯罪捜査用に開発されたが、恋人たちの間で人気が沸き起こっているという商品。

イ・ユジンはそんなウェアラブル機器など装着していなかった。だからソン・ユジンが不倫をやらかしたことは認めるが、それでもイ・ユジンを愛しており、自分にもう一度だけチャンスをくれと言ったときに、その言葉が真実だとは想像できなかった。まるで陳腐な台詞のように聞こえると感じただけだった。

イ・ユジンはソン・ユジンにすぐに出て行くように言い、ソン・ユジンはいやいや荷物をまとめた。ソン・ユジンが広げたトランクを見て、それは自分が海外出張するときに使うから触らないでとイ・ユジンに言われ、ソン・ユジンは急に怒り出した。自分がこれまで頑張ってきたのにどうしてわかってくれないのかというのだった。イ・ユジンは呆れ、開いた口もふさがらない様子で、盗人猛々しいと言い返した。その姿は陳腐なドラマにそっくりで、二人もそのことはわかっていた。

結局、俺はどこにでもいるような人間だったんだよ。ありがちなドラマを見て鼻で笑うことすらありがちな話だったんだよ。そのくせ、何が運命を乗り越えて、だよ……。ソン・ユジンは考えた。

ソン・ユジンがバックパックに下着を何セットか入れて家を出るときに、ちょうどオーディオシステムが別れた恋人たちに人気の静かな音楽を流してくれた。

イ・ユジンは一人で何時間も酒を飲み、ソン・ユジンを思い出させるものを出してきては捨てた。彼女は新しい人生を誓ってヨガセンターに入会した。眠る前に中東パッケージ旅行を予約するときにはそんな俗っぽい雰囲気をいくらか楽しんでいた。

ほかの人と同様に、彼女にできることには限界があった。彼女は否定したかっただろうが、限界というのは厳然として存在する。そんな限界の中にあるものはだいたいが俗っぽかった。限界を受け入れると、心が穏やかになった。

＊

ソン・ユジンは若い主任とはいくらも経たずに別れた。その関係がいくらも続かないだろうことは彼もわかっていたが、彼女がどんな理由を言い出すかまでは全く予想できなかった。主任は最近出てきたアプリで二人の関係がどれほど持続可能か分析してみたところ五年以内に別れる確率が九五パーセント以上だと出たのだと言った。

こういう言い方は申し訳ないけど、そのアプリのアルゴリズムはすごく正確なんですって。彼女が言った。

知ってるよ。ソン・ユジンは笑いながら返した。イ・ユジンを思い出して胸が張り裂けそうだった。だったらどうして主任と寝たのかという質問には、何とも答えがたかった。

別れてからも主任はずっと〈マコンド〉で働いた。そんな関係が気まずいというよりクールだと考えているようだ。彼女は課長に昇進し、次長になるころ〈マコンド〉を離れ、他の人と自分の店を持った。ソン・ユジンは彼女にうまくいくよと声をかけてナイフを何本かプレゼントしたが、彼女のレストランを訪れることはなかった。その時すでにソン・ユジンは料理評論家と付き合ったのち別れ、料理評論家の友人の映画評論家と交際中だった。

彼はアルゴリズムの予言通り、遺伝子の予告通りに浮気男になった。彼は女性が自分に近づいてくると大部分は無抵抗で、誘惑に抵抗しなかった。カップルでいた男性が席を立ったときに残された女性が言い寄ってきたら、それに応じた。一種の精神的な自傷行為として。ソン・ユジンは関係を結ぶスピードを調節する手練になり、女性たちを一層うずうずさせた。彼は自分がゲームのキャラクターのように変わりつつあることを感じた。

イ・ユジンはソン・ユジンより自分自身に対してずっと強く憤慨していた。NGO団体で働いている間、彼女は現実感覚のない理想主義者たちをあまりにもたくさん見てきた。事業に一番邪魔になるのもそんな部類の人たちだった。それなのに、気付いてみれば世界の誰よりも純真きわまりない理想主義者は自分自身だった。彼女以外のすべての人と機械にはくっきりと見えていた、実は彼女もわかっていた現実というものを否定していたのだった。

彼女はソン・ユジンと過ごした四年十一ヵ月二十六日は浪費だったと考えた。無駄にしてしまった時間に追いつくために、猛烈に仕事に取り組んだ。彼女は冷徹な戦略家、決断力のある経営者、勇猛果敢な闘士になった。彼女は自分が属する国際NGOの歴代最年少ソウル事務局長になり、しばらくしてアジア理事会でも最年少理事として登録された。アジア事務総長の座も遠からず見えてきた。

新聞にコラムを書き、テレビの討論プログラムにパネリストとして出演しているうちに、今度は彼女がだんだん有名になった。彼女は社会運動に献身的な八歳下の小説家と出会って二度目の結婚式を挙げた。最初の時よりも年の差が離れた結婚だったが、特に不安ではなかった。相手にそれほど惚れこんでいなかったからだ。相性占いも、関係持続性予測もしなかった。結婚式は小さく素朴に準備した。そうするまいと努力したが、何度も最初の結婚式を思い出した。その瞬間でさえ、ソン・ユジンを憎む気持ちは新しい夫への愛情の何倍も強力だった。

彼女をロールモデルと考えている若い女性たちがやってきては、仕事と人生についてアドバイスを求めた。自分の中にある巨大な黒い穴が、彼女たちにはまったく見えていないということが不思議だった。進路の決定とキャリアの管理についてはいくつか話してやることもあったが、恋愛、結婚、人生についてかける言葉がなかった。尊敬に満ちた目で自分を見つめる若い女性たちに、イ・ユジンはこう言った。

特にお話しすることはないんですけど……。そうね、男性の顔だけ見て結婚したらダメってことかな？

すると彼女らはイ・ユジンが控えめなうえにユーモア感覚まで持ち合わせていると感嘆した。

そうこうしている間、ソン・ユジンはどうやって生きるべきかわからなくなり、データ科学の信奉者になった。アルゴリズムが指示する通りに店舗を飾り、新メニューを選び、冷凍食品とフランチャイズ事業に手を広げた。ところが金融市場が崩壊し、ほとんどすべての財産が飛んでいった。アルゴリズム技法を使用していた投資家たちは大きな損害を被り、ソン・ユジンもそのうちの一人だった。

その後、数年は失意と自己破壊の衝動で、周りにやるなと言われたことをわざとやりながら暮らしていた。彼は自分が予測不可能な人間になったと信じたかったが、すべてのアドバイスにそのまま従う人間と真逆に行動する人間は、実は全く同じ程度に予測可能だった。

ソン・ユジンは遅まきながらエクストリームスポーツにはまり、ウイングスーツで飛んでいるときに全身を骨折し、肺に穴が開き、腎臓が破裂した。両足の神経が完全に断たれたので切断して、ロボット義足をつけた。病院のベッドに横たわり、彼は人生を予測することがどれほど自分の人生を台無しにしてしまったかについて考え抜いた。予測が正しかろうが、間違っていようが、彼自身が見られない自分の内面と未来を、それほど奥深くまで誰かにのぞきこませてはいけなかったと、彼は考えた。

＊

小説家の夫は弟子と恋に落ちた。彼はイ・ユジンに一夫一妻制は人間を抑圧する制度だから、と非独占的な複数恋愛《ポリアモニー》を提案した。彼と彼の弟子とイ・ユジンとが、ヘンリー・ミラーとジューン・ミラーとアナイス・ニンのように結婚制度の外で同時に恋愛することができると。イ・ユジンは短いひと言で答えた。

地獄へ落ちろ。

ソン・ユジンはスペイン語能力と食堂経営のキャリアのおかげで、豚肉の輸入流通会社で働くことになった。彼には家族はおらず、終業時間以後は他の人にあまり会わなかった。たまにロボット義足を引きずって夜ひとりで映画館に行き、これといった関心もない映画のレイトショーを見た。そうするたびにイ・ユジンを思い出した。イ・ユジンと過ごした期間こそが彼の人生で最も興味にあふれて満ち足りていたチャプターだった。

国際NGO団体でアジア事務総長になったイ・ユジンは新入職員、インターンたちと食事をしていて、最近の若い人たちはみんなデーティングアプリで異性と出会うという事実を知って驚いた。まだ会ったこともない人同士が、出会って抱くだろう好感度と関係持続性を分析する複雑なアルゴリズムを用いたサービスだった。

私、最初の夫は映画館で偶然に出会ったんですよ。

イ・ユジンは冗談めかして話したが、若い職員たちはあまり愉快そうに笑ってくれなかった。みんな渋い表情で、衝撃を受けた様子の若者もいた。イ・ユジンは、まるで若い時の趣味は飲酒運転だったとか、一番楽しんだ料理は犬肉だったとか偉そうに言ってしまってから、社会が遅れていて市民意識も発展していない時代だったからと言い訳をしているような気分だった。

だとしたら、相手が誰かもまともに知らないまま付き合ったってことですか？　あるインターンが尋ねた。それって無責任すぎませんか？　という言葉をこらえているようだった。

だから長く続かなかったの、あの頃はそんなことも珍しくなかったんですよ、とイ・ユジンは答えた。

インパクト投資者と起業家たちが集まるフォーラムの晩餐会の席で、イ・ユジンとソン・ユジンは再会した。イベントは南山韓屋村《ナムサンハノクマウル》（韓国の伝統的な建物を移築した実在する施設）の野外空間の一区画を丸ごと借りて開かれた。イ・ユジンはそこで演説をすることになっていて、ソン・ユジンはビュッフェの一ブースでスペインの豚肉料理チチャロンとさまざまなタパスを作る役割だった。イベントの主催者側はロボットではなく人間の料理人を使うほどの高級な晩餐だとアピールしようとしていたのだ。

丁重なマナーが重要視されるため、ソン・ユジンはナノ仮面をつけていた。粉状で顔にはたくと常に穏やかな微笑みを浮かべるように筋肉を支えてくれる発明品だった。ソン・ユジンを雇用したケータリング会社は勤務時間中全てのスタッフにその粉をつけさせた。

客たちが食事する中、晩餐イベントは進行した。主要な貴賓客の演説が終わるとすべての参加者が演壇に登り、三泊四日続いたフォーラムに参加した所感を話した。演壇の下のテーブルでは社会的企業の代表と巨額の寄付者たちがうなずき合って食事をしていた。

みなだいたい二皿、あるいは三皿程度食事をした。イベントが始まって二時間も過ぎると、食事が準備されているブースのほうへ行く人びとの客足が減ってきた。イ・ユジンがチチャロンとタパスのあるブースに行くのはその日四回目だった。今回は皿を持たずに。

元気？　イ・ユジンが尋ねた。

うん。ソン・ユジンがぎこちなくうなずいて答えた。そのせいで薄くなった頭頂部があらわになった。それでも彼は相変わらず年の割には若く見えたし、特有の傲慢な魅力もまだ残っていた。

元気そうね。イ・ユジンが言った。

まあね、なんとかやっているよ。ソン・ユジンは事務的な微笑みを失わず答えた。

イ・ユジンは相手の自尊心を傷つけないように話を続けたかったが、状況は複雑すぎた。二人が別れてからも何度も彼のことを考えたと言いたかったし、彼はどうだったのか訊きたかった。二人がともに過ごした四年十一ヵ月二十六日を時間の無駄だったとか失敗だったなんて今では思っていなくて、ただ一緒に過ごせなかった時間がもったいないということ、最近では人生に成功か失敗かを問うなんておかしいと思っていると言いたかった。

最初のひと言さえうまく切り出すことができたなら、自然とそんな話に広げていけそうだった。彼女はそのひと言をしばらく考えこんで結局諦め、自分のテーブルに戻った。彼女は自分の席に置かれたグラスワインを一息に飲み干した。私に会うのにナノ仮面をつけてくるなんて。どうしてそんなことができるわけ？　彼女は心の中でぶつぶつと言った。酔いが回って頭がくらくらした。

＊

イ・ユジンが子どものころまでは、毎年冬になるとありがちなロマンティックコメディ映画が何本も公開された。そんな映画では、みんなに不釣り合いだと言われ、決して結ばれないだろう男女が不思議な偶然によって出会う。そして一時間程度なんだかんだぶつかり合いつつ相手の秘められた思いに気付き、次第に恋に落ちていく。映画が終わる十五分ほど前に大きな危機に巻き込まれ二人は別れることになるが、終了五分前にある奇跡的な出来事によって二人とも相手が自分にとってかけがえのないパートナーであることに気付く。そしてだいたいは男性側が、たまに女性側が、時には二人同時に駆けだす。車道を横切り、信号を無視し、飛行機を止めてまで。映画終了五十秒前に二人は息を弾ませて互いの気持ちを確認する。

線形計画問題において最適解を求めるアルゴリズムを開発した数学者ジョージ・ダンツィーグは恋愛も結婚もアルゴリズムで計算できると信じていた。彼は一夫一妻制が一夫多妻制よりも優れた制度だとする数学的な証明を試みたが、失敗したという。ダンツィーグは博士課程で学んでいるときに講義に遅刻し、黒板に書かれた問題を宿題だと思って帰宅してから頭を振り絞って解いた。今回の宿題はどうしてこんなに難しいのか、と思いながら。彼は〈宿題〉を数日かけて解いて提出し、わかってみるとその問題はその時まで統計学の分野で未解決とされる難題だとして教授が学生に紹介したものだった。ダンツィーグはその事実を知らなかったために、それに挑戦することができた。

だとしたら、相手が誰かもまともに知らないまま付き合ったってことですか？

インターンに訊かれたとき、イ・ユジンはしばし答えに躊躇した。どうせ長く付き合ったとしても相手がどんな人かわからないのは同じことでしょ、最後までわからないものよ、と答えたくもあった。相手がどんな人かわからないからこそ付き合えるんじゃないの？と訊き返したくもあった。

イ・ユジンは人間が生きるための基本条件に不確実性もあると考えた。食事、衣服、住宅、安全ほどに有用な問題ではないかもしれないが、愛情や尊敬、帰属感よりも上に来ると思っていた。もしかしたら不確実性はそれらの条件を決める条件なのかもしれない。人間は自分が誰なのかもわからず、未来がどうなるかもわからないからこそ、恋愛をして冒険をして発見して決断することができる。

　中国から来た社会的企業の代表がマイクを手に李白の詩を引用しながらフォーラムの主催者側に感謝の意を述べているとき、イ・ユジンのテーブルに座っていた中年の男性が胸をぎゅっとつかんで倒れた。イ・ユジンははっと驚いて椅子から立ち上がり、男性の脈をとって心肺蘇生術を施した。イベントの進行係がすぐさまＡＥＤを持ってきて、イ・ユジンを立ち上がらせた。周りの人がざわざわと倒れた男に近づいてくると、イ・ユジンはチチャロンとタパスを作るブースへ駆け出した。

　二人は名前が同じで、同じ町に暮らしていて、同じ映画を同じ時間に見に行って、映画が始まる前に二人の前で一人の心臓が止まりかけた。それは運命だとイ・ユジンは思った。

　ロマンティックな人たちは往々にして根拠が希薄でも前に見える道が運命だと信じて突き進む。


　厨房はどこにあるの？　イ・ユジンが尋ねた。

　ソン・ユジンは屋外庭園の一角を指さした。

　イ・ユジンはソン・ユジンについてくるように手招きをして、厨房に向かってすたすたと歩いていった。

　ソン・ユジンが追いかけていくとロボット義足の関節から耳ざわりな嫌な音がした。彼はこれからどんなことが起きるかわかっていて、待っていた。イ・ユジンが空になった皿をもって三度もタパスのブースに来た時から、気付いていた。

　厨房に入ったソン・ユジンは布巾を手に取ってナノ仮面を拭きとった。イ・ユジンはようやくソン・ユジンの羞恥心と罪悪感、そして興奮を見分けることができた。厨房には人間の調理師は一人もおらず、非人間型ロボットだけが二台あった。イ・ユジンはソン・ユジンの顔を一発ぶん殴り、ソン・ユジンは避けなかった。

　キスしたら一線を越えるのよ。イ・ユジンが言った。

ソン・ユジンはうなずいた。

イ・ユジンは顔を上げ、目を閉じてソン・ユジンに近づいていった。近づいてくる顔からやさしい不確実性の香りがした。ソン・ユジンは目を閉じて考えた。

これが俺たちだ。

作家の言葉

「定時に服用してください」

薬にも人にも、よいころあいがあると思います。

「アラスカのアイヒマン」

歴史学者のリン・ハントは十八世紀ヨーロッパで書簡体小説が流行したことが人々の共感能力を育て、これが人道主義革命につながったと主張しています。書簡体小説が人道主義革命を引き起こしたなら、小説よりもより深く他人の立場を理解してそこに共感させる機械が登場したらどんなことが起こるだろうか？　誰がそんな機械を作りたがるだろうか？　他人を正確に理解するというのはどんなことだろうか？　悪人の内面に私たちは耐えられるだろうか？　そんな想像をしているうちにこの作品を書くことになりました。

社会の役に立つだろうと言って登場した科学技術のうち、かなりの数がその適用対象である人間をあまりに単純な存在として仮定しています。そのような技術は人間たちの行動と意識に予想外の、時に否定的な影響を及ぼします。この本に掲載した半分ほどはそんなテーマを扱っています。

タイトルは当然ハンナ・アーレントの『エルサレムのアイヒマン』から持ってきました。〈エルサレム〉のように母音で始まり韓国語で四音節に当たる地名を探したところ、アラスカが浮かびました。ちょうどマイケル・シェイボンが、ヒューゴー賞、ネビュラ賞、ローカス賞を受賞した『ユダヤ警官同盟』が第二次世界大戦後のアラスカにユダヤ人定着村が設立された並行宇宙を背景にしており、その影響も受けました。『ユダヤ警官同盟』ではアンカレッジではなくシトカが主な舞台で、ユダヤ人たちははるかに大変な状況に直面しています。

アイヒマン以外にもアインシュタイン、ジョン・F・ケネディ、ダヴィド・ベングリオン、ゴルダ・メイヤー、ロザリンド・フランクリン、アン・モリッシー・メリックなど実在した人物たちの名前を使用しました。小説的な利用としてご理解いただけたらと思います。

「極めて私的な超能力」

この単行本のタイトルはスタジオボムボムのキム・ヒラ理事がつけてくれました。

「あなたは灼熱の星に」

自分の身体に対する所有権を侵害された女性と、潜在能力を伸ばす機会を剥奪された女性の連帯から、抑圧に立ち向かい、それと同時に互いを理解する話です。

哲学者かつ認知科学者であるダニエル・デネットが身体と脳を分離した状況について小篇を書いており、その影響を受けました。その小篇は『マインズ・アイ――コンピュータ時代の「心」と「私」』に収録されています。

書きながら子どもの時に読んだレイモンド・ジョーンズの『サイバネティック・ブレインズ』も思い出しました。この小説は『合成脳のはんらん』というタイトルの子ども用SFとして韓国に紹介されました。アイデア会館SF世界名作シリーズの十二番目の作品でした。

「センサス・コムニス」

日本の哲学者で批評家である東浩紀は『一般意志2.0』でルソーの一般意志の概念を科学技術でアップグレードした〈一般意志2.0〉という、新しい政治形態を提案しています。作動しない公論の場という概念にしがみつくよりは情報技術で市民の無意識を読みとり、それを政治に活用しようという大胆な発想ですが、私にはとても危険に聞こえました。そんな考えをもとに書くことになった小説です。

内容は当然ですが、フィクションです。特定の政権についての話ではなく、二〇一六年に雑誌に発表した文章だと明かしておきます。

「アスタチン」

人間のアイデンティティの核心は、フィリップ・K・ディックの小説やその影響を受けたその他創作物におけるように果たして記憶にあるのだろうかという疑問があります。今まで積み上がってきた記憶と受け継がれた遺伝情報だけでこの瞬間の私が規定されるのでしょうか。

ＳＦ世界観の中で繰り広げられるサバイバル・ゲームという点では、スティーヴン・キングの『バトルランナー』、高見広春の『バトル・ロワイアル』、スーザン・コリンズの『ハンガー・ゲーム』の影響を受けています。機械装置を通じた復活はロバート・シェクリイの『不死販売株式会社』から、復活と転生が社会システムとして発展する世界はロジャー・ゼラズニイの『光の王』からアイデアを取り入れました。

最後の二文、「遠くに星々がある。僕は虚空をかき分けて進む」はアルフレッド・ベスターの小説『虎よ、虎よ！』のもうひとつのタイトルである *The Stars My Destination* を私なりにオマージュしたものです。

各チャプターの冒頭にシェイクスピアの四大悲劇の台詞をペンギンクラッシックコリア翻訳版から引用しました。『オセロー』はカン・ソクジュ訳、『ハムレット』はノ・スンヒ訳、『マクベス』はキム・ガン訳、『リア王』はキム・テウォン訳。

「女神を愛するということ」

オンラインゲームのノンプレイヤーキャラクターたちは、何を考えているのか想像していて生まれた文章です。

「アルゴル」

子どものころ両親と手をつないで映画館でクリストファー・リーヴとジーン・ハックマンが出る映画『スーパーマン2』を見ました。黒い服を着た部下ふたりと共にスーパーマンを妨害するゾッド将軍がかっこよかったです。その後スーパーヒーローの映画を見るたびにいつも気になっていたことが一つあるのですが〈どうして超能力を持った悪役は群れて行動するのか、つるまないで自分の能力でひとり気楽に生きればいいのに〉という点です。そんな考えがこの文章の設定になりました。

書きながらやはり子どものころ感銘を受けながら見ていた一九五〇年代傑作SF映画『禁断の惑星』を思い出しました。この映画のあらすじはシェイクスピアの『テンペスト』をSFに発展させたものです。ですから私も『テンペスト』を引用したかったのです。

「あなた、その川を渡らないで」

改稿しながら、イ・サンウンの「公無渡河歌」を繰り返し聞きました。

「データの時代の愛《サラン》」

〈テクノロジーと人文〉連続講演でビッグデータをテーマに発表したことがありますが、その前後でこの問題に関心ができて関連教養書をいくつか読みました。スティーヴン・ベイカーの『NUMERATI ビッグデータの開拓者たち』、矢野和男の『データの見えざる手』、キャシー・オニールの『あなたを支配し、社会を破壊する、AI・ビッグデータの罠』、エリック・シーゲルの『ヤバい予測学』、パク・ヒョンジュンの『ビッグデータ戦争』などです。著者たちの危機意識を共有して私なりに補った考えがこの小説になりました。

〈幸福は加速度センサーで測定することができる〉という主張は矢野和男日立製作所フェローの本に出てくる話です。矢野氏はすでに手首に巻くベルト型ウェアラブル機器を利用していくつかのヒューマンビッグデータを分析しているそうです。

短篇のタイトルはガブリエル・ガルシア゠マルケスの『コレラの時代の愛』からとりました。

しょっちゅう締め切りに遅れるのに、信じて、待って、励ましてくれたアザク出版社に感謝いたします。

スタジオボムボムのイ・ソニョン代表、キム・ヒラ理事にも感謝いたします。

そしてHJに。

愛してる。いつもそばにいてくれてありがとう。

訳者あとがき

本書は韓国の人気作家チャン・ガンミョンの四冊目の邦訳にして、初のSF作品集である。

訳者が初めて読んだ本書はアザク社版の『極めて私的な超能力』だが、出版社と表題を変えて出版予定の『アラスカのアイヒマン』の現時点での改訂原稿を参考にした。したがって本書の底本はその二冊の中間にある特別バージョンだ。

著者のチャン・ガンミョン（張康明／장강명）は一九七五年、ソウル生まれ。工学部出身で一度は建設会社に勤めたが、大手新聞社「東亜日報」に転職、その社会部で十一年の勤務経験を持つ元新聞記者だ。二〇一一年に『漂白』でハンギョレ文学賞を受賞し、作家活動を開始。『熱狂禁止、エヴァロード』で秀林《スリム》文学賞、『コメント部隊』で済州《チェジュ》四・三平和賞と今日の作家賞を、『朔日、あるいはあなたの世界の覚え方』で文学トンネ作家賞を受賞した。デビュー以来、単行本だけでも十六冊が発売されており、二〇二二年の夏には二年ぶりの単行本として長篇の推理小説が出版される予定である。創作活動だけにとどまらず、かつては書評ポッドキャストも運営し、テレビやラジオに登場すること

も多く、最近では読書の生態系を取り戻すためのプラットフォームとして「知識空間朔日」（http://www.gmeum.com/）を立ち上げた。

日本では、韓国社会を飛び出してオーストラリアに移住する若い女性の一人称小説『韓国が嫌いで』、北朝鮮の現体制が崩壊し、統一過渡政府となった朝鮮半島を舞台としたディストピア小説『我らが願いは戦争』、二〇一〇年代の韓国の労働問題を様々な視点から描く連作小説集『鳥は飛ぶのが楽しいか』が出版されている。取材力をいかした社会派の労働小説からSF恋愛小説まで内容も作風も多岐にわたり驚くばかりだが、さかのぼれば学生時代からネット上でSF小説を連載し、兵役中には長篇を書いて文学賞に応募していたという、根っからのSFファンである。また、ガンダムシリーズの大ファンだという。

「定時に服用してください」「センサス・コムニス」「データの時代の愛《サラン》」はテクノロジーが進化した近未来における「人間らしさ」を扱った作品だ。全てが解析され、薬や機械、データによって感情も政治もコントロールできるとしたら、人間には何が残されるのかを問いかける。「データの時代の愛《サラン》」に登場するデジタル・ガジェットの一部は身近にあり、私たちはすでに振り回されていて、作品の舞台もそれほど遠くない未来のように感じられる。

「アラスカのアイヒマン」は、アラスカにユダヤ人自治区があり、人の感情を移植できる〈体験機械〉が発明されている、並行世界が舞台だ。アイヒマンがナチス・ドイツの役人として多数のユダヤ人虐殺に関わり、アルゼンチンで潜伏したのちに捕まって裁判を受けるという事実を前提とし、ハンナ・アーレント、アルベルト・アインシュタイン、ゴルダ・メイヤーなど実在の人物を多数登場させながら、テクノロジーの発達と倫理観、人間の共感の可能性と不可能性を考えさせる作品だ。

「極めて私的な超能力」は、三人の登場人物がそれぞれ持っている超能力が本物なのか？　誰かが嘘をついているとしたら？　と、読むたびに異なる読み方が可能な不思議な作品だ。舞台は今、ここであっても構わない。

「あなたは灼熱の星に」「アスタチン」「アルゴル」では一転、舞台を宇宙に移している。

「あなたは灼熱の星に」は、金星探査からのヒリヒリするような脱出劇を描きながら宇宙開発における資本による知の独占を批判しているとも読める。私は暗号解読のエピソードをたいへんわくわくして読んだ。韓国語学習者であれば共感いただけると思う。

「アスタチン」は、神話に由来する名前を冠した木星・土星の衛星コロニーを舞台にした壮大なスペース・オペラだ。神話由来の名づけも多い元素名を持つ超人の兄弟たちが殺し合う様子は再び神話の時代を彷彿とさせる。支配者であるアスタチン候補の超人たちがアイドル扱いされてファンたちが空港に押し寄せる描写は韓国芸能界のファンダムを再現して読者をクスリとさせるが、テーマは深大だ。未来の宇宙の片隅でも、人類は神を求めているだろうか。科学技術の発展とその知の独占は神を生み出すことができるのだろうか。読者がサマリウムだったら、支配者になりたいだろうか。なお韓国語版『アスタチン』は単行本として電子書籍で読むことができる。

「アルゴル」は覚醒の瞬間に災害をもたらしてしまい、共にいることでその力を制御する超人たちを、古くから不吉な星として観測されてきたアルゴル三重連星になぞらえている。彼らはそれぞれ古典由来の魔法使いの名前を名乗っているが、主人公が選択した名前はぐっと最近のものにアップデートされている。もちろんJ・K・ローリングによる〈ハリー・ポッター〉シリーズのラスボスの魔法使いの名だ。

「女神を愛するということ」は、ゲームの中のNPC（ノン・プレーヤー・キャラクター）が自我を持ちゲームに参加する女神のキャラクターを愛するという設定。創造神は運営会社に当たる。

「あなた、その川を渡らないで」は、人類の最後の一人が川を渡っていく終末世界を描くために漢詩「公無渡河歌」をモチーフとしている。この詩は古朝鮮時代の説話をもとにしており、朝鮮半島で最も古い詩と言われている。しかし、二十一世紀に生きる私たちから見れば、韓国の作家が描くこの地とかの地とを分断する川には、また別の意味が重なってくるのではないだろうか。

SFにせよ、労働小説にせよ、チャン・ガンミョンの小説は描写がこまやかで、読者の目の前に座り正面から語りかける力がある。そして、すべての小説を通して「私たちは人間らしく生きているか」と問いかけてくる。そして読み終わった私たちは自問するのだ。「私たちは人間らしく生きているか」と。

これまでに刊行された著者の長篇・短篇集は以下の通り。未訳作品の邦訳タイトルは訳者による。

●小説

『漂白』(표백/二〇一一)
『ルミエールピープル』(뤼미에르 피플/二〇一二)
『熱狂禁止、エヴァロード』(열광금지, 에바로드/二〇一四)
『ホモドミナンス』(호모도미난스/二〇一四)
『韓国が嫌いで』(한국이 싫어서/二〇一五)拙訳、ころから、二〇二〇
『朔日、あるいはあなたの世界の覚え方』(그믐, 또는 당신이 세계를 기억하는 방식/二〇一五)
『コメント部隊』(댓글부대/二〇一五)
『我らが願いは戦争』(우리의 소원은 전쟁/二〇一六)小西直子訳、新泉社、二〇二一
『アスタチン』(아스타틴/二〇一七)*二〇二二年現在電子ブックのみ、本書に収録
『ノラ』(노라/二〇一八)
『鳥は飛ぶのが楽しいか』(산 자들/二〇一九)拙訳、堀之内出版、二〇二二
『極めて私的な超能力』(지극히 사적인 초능력/二〇一九)☆本書

●エッセイ

『5年目の新婚旅行』(5년 만에 신혼여행/二〇一六)

『本を一度書いてみましょう』（책 한번 써봅시다／二〇二一）
●ノンフィクション
『当選、合格、階級』（당선、합격、계급／二〇一八）
『腕と脚の価格』（팔과 다리의 가격／二〇一八）
『本、これが何だって？』（책、이게 뭐라고／二〇二〇）

二〇二二年五月

A HAYAKAWA SCIENCE FICTION SERIES No. 5057

吉《き》良《ら》佳《か》奈《な》江《え》

1971年生，東京外国語大学日本語学科，
朝鮮語学科卒
翻訳家
訳書
『韓国が嫌いで』『鳥は飛ぶのが楽しいか』チャン・ガンミョン
『大邱の夜、ソウルの夜』ソン・アラム
『二度の自画像』チョン・ソンテ
他多数

この本の型は、縦18.4センチ、横10.6センチのポケット・ブック判です。

〔極《きわ》めて私的《してき》な超能力《ちょうのうりょく》〕

2022年6月20日印刷　　2022年6月25日発行

著者	チャン・ガンミョン
訳者	吉良佳奈江
発行者	早川浩
印刷所	三松堂株式会社
表紙印刷	株式会社文化カラー印刷
製本所	株式会社川島製本所

発行所 株式会社 早川書房
東京都千代田区神田多町2-2
電話 03-3252-3111
振替 00160-3-47799
https://www.hayakawa-online.co.jp

（乱丁・落丁本は小社制作部宛お送り下さい
送料小社負担にてお取りかえいたします）

ISBN978-4-15-335057-1 C0297
Printed and bound in Japan